■ 夜读汉江

崔光华 著

陕西新华出版

太白文艺出版社 · 西安

图书在版编目（CIP）数据

夜读汉江 / 崔光华著. -- 2版. -- 西安 ：太白文艺出版社，2017.9（2023.6重印）
ISBN 978-7-5513-1261-5

Ⅰ．①夜… Ⅱ．①崔… Ⅲ．①散文集－中国－当代 Ⅳ．①I267

中国版本图书馆CIP数据核字(2017)第186103号

夜读汉江
YEDU HANJIANG

作　　者　　崔光华
责任编辑　　王明媚
整体设计　　但小琴
出版发行　　太白文艺出版社
经　　销　　新华书店
印　　刷　　三河市同力彩印有限公司
开　　本　　720mm×1000mm　1/16
字　　数　　262千字
印　　张　　23.5
版　　次　　2016年12月第1版
　　　　　　2017年9月第2版
印　　次　　2023年6月第2次印刷
书　　号　　ISBN 978-7-5513-1261-5
定　　价　　68.00元

爱心如诗情如歌

——崔光华《夜读汉江》序

张 虹

　　读完崔光华先生的文集《夜读汉江》，我心里油然冒出"爱心如诗情如歌"的评价。这强烈的感受使我久久地沉浸其中，思绪拉不回来。我虽然和崔先生是同乡又是校友，近十几年又同在异乡安康工作，且多受他的关怀、支持和帮助，但因他是市委领导，我看见的只是他的外在形象，并不了解他的精神追求和内心世界。读了他的作品，一个内心纯净、自律自觉、充满工作热情的人形象而生动地站在我的面前；一个孝心殷殷、忠于爱情且珍惜爱情的真汉子站在我的面前；一个内心阳光，充满友爱的朋友站在我的面前；一个歌唱着前行、将一切困难踩在脚下的刚强铁汉站在我的面前。

　　我被深深地打动了！

　　《夜读汉江》里给人启迪最深的篇章，是作者的从政经历——武乡初为官，他从小事、实事做起，时刻将民众的安危放在心间；担任团地委书记，他变无为为有为，建设"青年之家"、组织实施"希望工程"，硬是将一个边缘化的部门领导得风生水起。在宁强做县长、县委书记的8年，是作者从政的黄金岁月，也是作者人生的黄金岁月，更是作者挑战极限的峥嵘岁月。宁强是汉中的西南边陲，山之高、路之险、民之贫，都可以用一个"最"字来形容。他到任之后，选择了迎难而上。扶贫攻坚，解决农民温饱；开山修路，让天堑变通途；发展工业，为经济突围开道，狠抓教育，让学校成为点亮希望的明灯！

作者在执政宁强8年的述职报告里写道：8年来，我如履薄冰，不敢有丝毫的懈怠和松懈，生怕自己决策上的不慎，给宁强人民带来灾难！生怕自己言行不检点，给组织抹了黑。这是一个党员干部的心声，更是一个民众之子的赤胆忠心，读来让人感慨万千！透过这些文字，我们的思绪不由自主跟着作者来到他工作的偏远山区宁强，洞见他孤灯下的沉思、清贫中的坚守、艰难中的奋进！

一个人，最难得的是心中时刻葆有真正的激情。崔光华先生是充满激情对待每一项工作的。他热爱着宁强，在任期间，为改变其贫穷落后的面貌呕心沥血，离开之后，为它梦牵魂绕。宁强受灾，他寝食难安；宁强发达，他欢欣鼓舞。为了天天看到宁强的信息，他专门订阅《汉中日报》。10年后回访故地，他为它的每一点进步而高兴，为它的每一点变化而激动。并用诗与歌的形式，且歌且吟，为宁强的山川河流、村庄工厂、城镇学校，书写下动人诗篇。大爱情怀，处处体现。

《夜读汉江》里最为感人的章节，是作者对于亲情、爱情、友情的描写。在他的笔下，外婆不仅慈心如海，还有铁肩担道义的凛然大气；父亲不仅仁慈厚道、自立自强，还有刚直不阿、包容天下的大胸怀大气度；母亲的一生平平淡淡，深沉的母爱却使她如圣母一般；妻子贤惠开朗，乐于奉献，他们之间的爱情如诗如歌。

一个敬天畏地，对亲人、对妻儿充满感恩之心的人，必定也是爱国家、爱他人之人。作者对同乡校友的热情，对贫困少年的救助，同样感人至深。资助贫困生谷雪梅；救治贫困村民姚志汉多年患病的孙子；牵挂当年一起同甘共苦的团干部；对当年大学校园里一起"挥斥方遒、激扬文字"的同学念念不忘，那份真挚、那份热忱，可谓山高水长。

透过《夜读汉江》，我们还可以看到作者对祖国山水的热爱。在他工作生活的每一地方，他不仅对那里的百姓倾注了爱心，对那里的自然山水也充满感情。家乡村子里的"东井""大场"，他赋予其人文内涵，深情歌吟；宁强的奇山异景，他赋予其柔情蜜意，殷殷歌唱；安康10县区，他更是自己写词作曲，尽情赞美；到新疆，他将其辽阔壮美描写得淋漓尽致；走西藏，他将其旖旎风光描写得栩栩如生。一个有情有义的人，总是看山生情看水生义。

最后，我必须要谈到崔光华先生洗尽铅华的朴素文字，谈到他那具有鲜明现场感的文风。他的文字就像原生矿石，不动声色地闪烁着灼灼之光，让人倍感亲切。在他的文字里，几乎看不到雕琢的痕迹，所有的故事都原汁原味。比如写到故乡旧事，一条乡间小路，一口老井，一个大场，饥饿年代挖花生的生动场景，青春年少学开手扶拖拉机的逸闻趣事；队长爷爷、民办教师、乡邮员、老机场；失宠的钢笔、古老的水磨，乡间的露天电影、村里的年味儿，看似信手拈来，却包含着作者浓浓的深情。那是对劳动生活的怀念，是对农耕文明的眷恋；那是对土地的痴爱，是一个游子的赤子情怀！读者透过滚烫的文字，似可触摸到那遥远年代的脉搏——虽然物质匮乏，社会动荡，但底层人民那人性的光辉从来都没有减弱，那劳动的欢乐从来都没有停止。这也许就是人类生生不息的原动力。

崔光华先生是注重实际的人，更是浪漫的诗人。他热爱家乡、热爱工作、热爱文学、热爱音乐，心底阳光。在爱情消解、道德滑坡的今天，他所坚守的一切、歌吟的一切、倡导的一切、追求的一切，正是对社会风气的最好校正！这也是本书的价值所在！

（作者系中国作家协会会员、陕西省作家协会副主席、安康市作家协会主席。长期从事文学创作与文学组织工作，有多部文学著作出版并获奖。）

目录

CONTENTS

第一辑　大场忆旧

第一辑

大场忆旧

大场忆旧

正月初二早上，我冒着凛冽的寒风，漫步在家乡的路头巷尾，寻觅昔日大场的踪迹。

大场给我留下的印象太深了。我们这个 3000 余人的大村有 3 个大场，最大的面积有近百亩，最小的也有十余亩。

大场是村民的命根子。

那时，耕作土地的农具在这里堆放，丰收的粮食在这里晾晒，交给国家的公购粮、分给农户的口粮从这里运出。村民们劳碌一年到头，喜悦与忧伤，全都寄托在这大场上。

大场是村民的"大会堂"。在这里，村民们经常开会，集体收听大喇叭里播送的中央文件，评说本组的好人好事和歪门邪道，教训那些损公肥私的小小"腐败"。那时候的夏夜，大场上不时响起忆苦思甜的哭声和声讨坏人坏事的口号声，青年人没少受到教育。

大场也是年轻人的娱乐场，看电影，看晚会，多半是在大场。那时候，只要听说哪个大场放电影，方圆数十里的青年人都要赶来，大场里，坐的、站的、身上架的，甚至银幕的后面也是人山人海，热闹非凡。青年人喜欢大场，因为在那里可以看到外面的世界，可以交朋友、谈恋爱，可以相互欣赏衣服的式样和新潮的发型，借机可以走亲串门，拉拉家常……

在麦收季节，我特别喜欢大场。在那里，你可以看到堆积如山的麦垛子，你可以听到震耳欲聋的脱粒机声。每年小麦脱粒的日子，生产队的劳力要全上，常常是通夜加班。遇到这样的夜晚，你可以吃到一顿质量颇高、让你盼几日、香几天、回味无穷的夜餐。困乏得实在不行的时候，你可躲在麦草堆里睡上一觉，而不致被队长发现。可惜，这样的日子每年只有一次。

大场带给我童年的欢乐溢于言表。我在大场捉迷藏，滚铁环，童年就这样度过。我在大场学骑自行车，学开拖拉机，摔过不少跤，没出什么大问题，也没成什么大器。在大场昏暗的电灯光下，我给乡亲们读过报，学过文件，这培养了我终生爱看报的习惯。在大场听老八路、老红军做报告，知道共产党打江山不易，樱桃好吃树难栽……

改革开放以来，农村土地承包到户，大场的作用日益减弱。近年来，为节省土地，大场陆续被乡亲们修起了座座小楼，农村放电影、演戏、开会很难找到地方。看到城里都在建广场、修草坪、架彩灯，大家又想起了大场，想起了一个村子也应有个场，有个老有所乐、少有所聚的地方。村干部们说，连个开会的地方都没有，不产生"会荒"才怪哩。

大场，到底找不到了。

（写于 2002 年 2 月）

东　井

我们村的东头有一口井，人们叫它东井。

东井是一位世纪老人。关于东井是哪一年建的，无从考究。但从井台上石条破损的程度看，至少也有数百年的历史。早些年，井台上铺有汉砖，井的四角刻有龙凤，井台的石槽由一块大石雕凿而成，四面有鱼鸟图，栩栩如生。可惜，"文革"中被作为"四旧"而毁掉了。这些年，井台、井壁的青苔愈来愈厚，东井有些被冷落了。

东井是一位不知疲倦的母亲。

那时候，全村近千人的吃水全靠这口井，无论冬夏，不分晴雨，东井的水总是源源不断地供给全村的百姓。即便大旱之年，东井的水也从未干过，就像母亲的乳汁滋润、哺育着一代又一代。那时，我们村人气很旺，在四周都有些名气，大家说，那是东井的水好。人们呵护母亲，呵护东井，谁也不能对东井想入非非。

东井是个大舞台，在这里演绎着人生百态。

每天早上，勤劳的人总是最早来到东井提水。当然也有在正午衣衫不整、打着哈欠前来取水的，那肯定是懒人。泾渭分明。早上九十点钟，那是东井最繁忙的时候，挑水的川流不息，淘菜的络绎不绝，洗衣的排成了长队，人们逗逗笑笑，打打闹闹。家有喜事的，在此渲染，带给大家更大的欢乐。家有不快的，在此发泄，勾起大家的同情。听说那些爱闹矛盾的小夫妻，总是喜欢相互扯到井台上让众人评理，大家劝一劝，笑一笑，矛盾顷刻化解，感情和好如初。

　　东井是一面镜子，每个人的品行在这里显影。东井很深，有好几丈，尤其是冬天水位下降，那些年幼、年长的人，体弱多病的人，提水就有困难，这时候，总有年轻人站出来帮助。有人的井绳短了，用不上，就有人主动借给他长的；有的不小心把桶掉下去了，就有人主动帮助打捞。尤其是遇到谁家失火，井台上就更繁忙了，水火不留情，此

汉江湿地

刻，谁还计较你我间恩恩怨怨，你长他短呢？可以说，东井沟通了人心，人心因东井而高尚。

在我的记忆里，东井还是一个考场。能不能从东井里挑回一担水，那是成人的标志。那时候，我家距东井有千把米，十二三岁起开始挑水。最初不会提水，把桶放到井台上，还得请人帮忙。挑不起满桶，只好挑半桶，弯着腰，走到中途还要歇几气。到后来，个子一天天长高了，力气也增了，一口气就能把满满两桶水挑回家。队长爷爷对我说："你娃长大了，在队上干活可要记全劳工分了。"

而今，村里的乡亲们户户都打起了小"压压井"，东井显然有些失宠了。但是，人们怀念东井，难忘东井带给我们无穷欢乐的那些岁月。

（写于 2002 年 2 月）

挨饿的日子

我是农村的孩子，自懂事以来，饥饿带给我的记忆一直是那么强烈，那么刻骨铭心。

20世纪60年代初村村冒烟吃"大锅饭"，我饿晕了。那时，我只有几岁。家里没有粮食，全赖队上的"大锅饭"。每天早晨九十点，盼呀盼呀，一直等到妈妈从大食堂端回的能"照镜子"的极稀的稀饭。妈端回来后还要再加工，里面放些苕子菜煮熟。每每见到稀粥里的苕子菜，我就恶心，不吃，从后门跑到前门，哭闹，坐在门槛上发呆、赌气。开始时，我妈还来哄劝。后来就没人理了，看到家人陆续吃完了，没指望了，还得乖乖地去吃。这样的日子持续了很久。

吃大食堂在我村很普遍，笑话也很多。一老农早上起来连续三次去食堂打饭，都被告知未到时间，气得当场摔了盛饭的瓦盆，由此得了"烧机子"的外号，流传许久。

后来因父亲在勉县工作，家里困难，母亲把我寄养到外婆家。外婆是一个慈祥、善良、能干的长辈，那时也是吃食堂。每天，上午去食堂打饭，共有4碗——3个舅舅各一碗，我和外婆各分半碗。这样的日子过得不长，我却怀念这段经历。

我们家在汉中平坝褒河边，是个土地十分肥沃的地方，可因为公购粮任务重，连年摆脱不了"吃不饱"的日子，到20世纪70年代依然是这样。1974年我在龙江中学上高中，那时除了上课外，每天在学校和家之间往返几十里路，就为能吃一顿饱饭。父亲每周给我5毛钱菜钱，我都舍不得花，积攒到星期六上午，用3毛

家乡的瓜果

钱在学校买一份米粉肉。那种兴奋的状态，无以言表。夏天有时回家，妈还意外地给我准备了干粮——一个馒头，我揣在怀里舍不得吃。晚9时下晚自习时，我用手捣了一下好友景春，他就知道啥事了。在回宿舍途中，我把馍拿出来，我们一人一半，悄悄地享受这难得的美味。

"挨饿的日子"使我终生难以忘怀，也培养了我节衣缩食、珍惜粮食的好习惯，民以食为天，这是再实在不过的大道理。

（写于2014年）

与土为伍

　　我从小在农村长大，因个子高，很早就开始从事农田地里的劳动了。最早是小学二三年级农忙期间，在田里拾麦穗，拾谷穗。上小学五年级时，我已开始干担挑的农活了，当时，担挑活是重体力，但按担挑量记分，挑得多可得高工分。

　　担粪要有好体力，两个圆筐要装满。担尿不仅要有好体力，还要有技巧，扁担要绵软，走的步子要均匀，这样才能保证尿不溅出。那时候的人真是老实，都把尿桶装得满满的，生怕别人说不是。后来有人开始变滑了，把尿桶底升得很高，从外面看不出来，实际数量减少了，担起轻巧。如果被队长发现，那是要受罚的。这些活我经常干，除了大集体的，还有自留地。因为自留地种得好坏，也反映一家人勤劳程度。父亲不愿落后，常常督促我抽时间给自留地上肥。我家的自留地种得不错，常有时令蔬菜供家人吃用。

　　在担挑的农活中，最难受的是挑麦子，尖担又粗又硬。一旦挑起来，因麦穗下垂，故中途不能歇气。在炎热的夏天，穿个背心，尖担压在肩膀上，一换肩，扯得肉生痛。直到担得出了汗，换肩稍滑顺些，才不痛了。这是农村好劳力要干的活，集中在麦收时节。

家乡的牛群

插秧是个技术活，既要有体力又要有技巧。那时还不兴拉绳定距，劳力们一字形排开，前后跟上，才能保证速度和质量。初中放农忙假，我与队上的青年一起比赛插秧。我落后了，被困在田中央不得出来。我在田埂上自言自语地发誓道：这辈子我一定要努力，找个轻省工作，这日子受不了。后来竟变成了现实，我得感谢这段苦难的日子。

我在农村劳动的时间实际并不长，但农活我样样能干，不说精通，至少还熟练。20世纪70年代，农业学大寨，我们村上移土改沙造地，搞得很热火。每个周末，我和弟弟两人拉上架子车，4个草蔸，在村里的几个高地，把土装满整整一车，估计有上千斤。从村边运到河坝移土改沙，每天4趟。我居中驾辕，弟弟居边拉绳。面朝黄土背朝天，挣得屁是屁，汗是汗，艰难地完成了任务。每到晚上，饭一吃，累得不想说一句话，躺在床上呼呼地睡着了，天塌下来了也不知道。

现在，每次回到老家，我都要在我当年填土的地方看一看。改土后的地里已栽上了桑树，种上了油菜，初春时，遍地金黄，美景如画。

（写于2013年）

惦记花生

我们村在褒河边，原有大片的沙滩地，适宜种花生。在大集体时代，种花生的事不复杂，可挖花生、摘花生的事却挺有趣。

花生有食用价值，生花生口感好，因而，生产队在安排挖花生时，有比较严格的规定。譬如，挖花生之日，男女老幼皆可参加，但只准吃，不准拿。中午不准回家，一律由家人送饭。不准穿衣兜多的衣服，不准缠腰带、裤脚等。

挖花生的程序是：男劳力在前面挖出花生秧轻抖掉土，堆积起来，女劳力在后面抖土，把掉下来零散的花生角拾起来收集到一块。当然，也有在劳动之余借此放开肚皮吃的，这没人在乎。可发现有人借送饭之机，私拿走的，队长就要干涉了。每天下工时，还要逐个检查衣兜、裤脚。发现有问题的，除批评外，是要扣工分的。挖花生时，人特别多，男女老幼在一起，说说笑笑，打打闹闹，挺惬意的。

挖完花生，需把秧子堆积起来晾晒，使其脱水。队长想尽办法，先是选一块平坦的沙地，把花生秧放进去，四周用一四面封闭的沙道将其围住。为防止人偷吃，特地用木耙抹平，不留痕迹。然后由社员轮流看护，直到晒干。那时的村民大多都老实，夜间守护不敢偷吃。但也有不守规矩的，晚间偷偷跑进园子里摘了花生，然后用手把沙抹平，似"掩耳盗铃"。如果被原则性强的队长发现，肯定是要处罚的。

花生晾晒一段后，就按人按劳分给每家每户了。记得每每看到爸爸把分得的花生拿回家，我们兄妹几个都高兴得不得了。妈妈拿出一点让我们兄弟几个吃，然后把剩余的用麻袋装起吊在楼梁上，说是等到过年时再吃。那时，我上小学，每天中午上学前，心里就惦记着麻袋里的花生，偷偷搭上梯子，把麻袋扯开抓出几把，又原封不动地把麻袋吊好，然后上学去了。过了一段时间，妈妈发现麻袋里的花生少了，就问我咋回事，我说可能是老鼠吃了。妈妈明知原因，可也不当面戳破，我们就以为轻松地骗过了妈妈，心里还乐滋滋的。

花生带给我满足和快乐，我十分惦记挖花生的日子。

（写于 2013 年）

家乡的格桑花

学 而 优

爱学习是我最大的特点，从小学一年级开始，我的学习成绩一直位于全班第一、全校第一，这个位置一直没有变化。

记得上小学二年级时，老师规定，考试时每人必须有两支铅笔。可那时我家里穷，一支带橡皮的铅笔5分钱，一次买两支，就有困难。一次考试，我回家给父亲说要买两支铅笔，父亲说没钱，有一支，先让我用。为此，我很不快。到考试时，我死活都不到学校去。班主任吴老师听说此事，就派了几个高年级的学生，来家抬我，但未抬去。事后我挣了个"犟牛"的绰号。

上小学五六年级，背诵毛主席语录是一基本功，我竟能一口气背完毛主席著作中的《老三篇》《老五篇》，并在大庭广众下表演，未出过差错。

小学升初中时，全公社统考，在全公社近千名考生中，我考了198分，名列第一。

上中学时，受一位叫"劳春芝"的女老师的点拨，我的语文进步很快。在4个平行班中，每次考试，我都是第一。有几次，语文成绩为满分，几乎每次年级考试，作文老师念的范文，都是我的文章。那是因为我平常爱读报，看小说，奠定了写作基础。

在龙江中学上高中的两年，尽管当时是开门办学，很多学生并未好好学习，可我还是利用这个机会，看书学习，充实自己。那时我们班叫"农会"班，社会上搞"评法批儒"，中学生也积极参与。我们在张山村办农民夜校，给农民讲"评法批儒"，自己得知道什么是儒家、法家。这时候，开始学习历史，知道孔子、孟子、李斯、商鞅是什么人物，知道"坑灰未冷山东乱，刘项原来不读书"的由来及一些名言警句，如"沉舟侧畔千帆过，病树前头万木春""尔曹与名同俱灭，不废江河万古流"，时常挂在嘴边。大批判会上，也不时引经据典，慷慨陈词。这些，虽然是一个时代的扭曲，但毕竟真实地发生过。

高中两年，我的作文提高很快。张仁帆老师是语文教学权威，经常在课堂点评我的作文。为此，我还参加了汉中市第一次学习毛主席著作积极分子代表大会。

因为爱学习，写作水平提高快，由此受到恩师的重视，当了民办教师。在恢复高考后，顺利考上大学，改变了命运。

（写于2013年）

经历枪林弹雨

武斗是"文革"的高潮，汉中当时是陕西的重灾区。而我们村恰好又是当时汉中的"统""联"两派交战的前沿。在我幼小的心灵里，耳闻目睹，惊心动魄。

第一次两派交战发生在1967年6月9日，听说打起来了，大人小孩都不敢出门，只听得枪炮声震耳欲聋，子弹仿佛从头顶上"嗖嗖"地飞过，和电影中的情节一模一样。当天，我村有几名村民死于无辜。我的好友郑某的父亲去给组上的牛添草，被流弹击中。还有郑家父子俩和一派的枪手论理，被打死，惨不忍睹。

那时候，"政治"火药味很浓，家里有点知识的、当村干部或在外工作的，常常被列为怀疑对象。我父亲是大队长，哥哥是初中学生，免不了引起怀疑，故每天下午就像逃荒要饭的前往磴里村我外婆家躲难，因双方交战常发生在晚上。第二天早又拖家带口回来干农活。刚开始时，我也天天随家人跑，后来我胆大了，就给爸爸说："你们走，我留下来看门。"在我留下看家的日子里，也有过枪声，发生过战斗，但我在房子里睡得很香，什么也没听到。

一段时间，北方的"统派"队伍进驻我村，带队的是一彪形大汉。腰卡两支手枪，我在路上见到他时，见其威风凛凛，挺害怕，听说此人是侦察兵出身，身经百战，不怕死。后来，武斗结束该人先是被"三结合"，再后来就被逮捕判刑了。

有一天中午，我正准备下地干活，突然听到枪声四起，我和几个同路的叔伯吓得立即跳到水田里，装作拔草。一个手持冲锋枪的黑脸大汉吼道："出来出来，贫下中农都出来，我们不打贫下中农。"在场的几十人无一人吭声，直到持枪的大汉走了，大家才如释重负，洗脚上岸。有天中午，我们队上正在杀猪，准备分肉时，枪声四起，打起来了。后来枪声停止了，挂的猪肉也不知跑到哪去了。

武斗给国家造成重大损失，也给我们这个村造成重大伤亡。据统计，死伤数十人，是当时全公社最多的。有一死者的家属因生活困难，后来不断上访，要求按烈士对待安置其子女，因当时没有政策，问题解决不了。先后到中省数次上访，乡村干部数次接回。后来按家庭困难处理，解决了一些问题。但给其家庭和社会造成的影响至今也无法弥补。

历经 30 年改革开放后，再来回顾当年的场景，教训深刻。中国要发展，老百姓要过好日子，稳定乃头等大事。

（写于 2013 年）

"手扶"趣事

1976 年前后，我们小队因一名驻队的县级干部的支持，有了一台手扶拖拉机。这在当时，可是一个宝贝，年轻人都想去试试。可队长爷爷说，开这个东西的人一要身体好，二要有文化，坏了会修理。当时我高中刚毕业，被队长选中，我很惊奇又十分高兴地开始和这个农业机械打交道。

说实在的，当我从兴奋转入实际操作时才感到，这个"活路"并不好干。说犁田吧，挂二挡太慢，挂三挡太快，人跟不上。特别是转弯时，还要把两个把手用力抬起，同时扳动犁头方向。人不能坐拖拉机上，只能跟着走，挺累的。插秧季节耙水田，可就更麻烦了。一旦拖拉机陷在烂泥中，飞旋的泥浆如刀子似的打在你的身上脸上，顷刻你就成了泥人，既好气又好笑，很无奈。

开这个"破机"稍轻松的就是上路运个粮食、肥料什么的，可安个座位坐在上面，后面的拖斗上也可坐几个人，说说笑笑，还是挺惬意的。可其间也数次"历险"。一次，给褒河预制厂拉石子，车子由另一

机手驾驶，我坐在拖斗上等着换班。车子行至襃惠渠一转弯处，机手未掌握好方向，连人带车，翻到了深水渠里。当时，我看着方向不对，机灵地跳车，车上因搭车赶集的两位女孩，来不及跳车，跟着掉下去了。车子从渠的闸门口顺水淌下几百米。我和另一位男士立即跳下水去，奋力把落水的两位女孩和机手救了上来，可拖拉机上不来怎么办？最后，请了一位水性好的青年下水栓缆绳，另找一拖拉机从岸上拖，折腾了一个下午，总算把机子捞了上来。

这次历险，虽无大恙，但也给我们了教训。我当时不知怎么有那么大的勇气下水救人，事后我还在想这件事。

现在，手扶拖拉机这个当时的"宠儿"已成了"弃儿"，因效率低、毛病多、噪声大而被淘汰。但我为曾驾驶它犁田耙地搞运输而庆幸，难忘和它亲密接触的几个月。

（写于2013年）

队长爷爷

在"三级所有，队为基础"的年代，生产队的小队长可是个重要角色。几百亩田地的种植、收割，几百号人的吃喝拉撒，还有和大队及上级的关系协调，公购粮任务的完成，三公积累的分配等等，全由他主导。这也是个难干的活，常常吃力不讨好，挨骂甚至挨揍的事常有。

我们小队的队长是我本家的一个爷字辈的中年人，他多少有点文化，很精明、善管理，把我们这个西部营大队第七小队的事搞得有条不紊，令人佩服。

他很勤劳，每天早上，就数他起来早，拿上传话筒，挨家挨户叫醒大家起床下地干活。一年四季，刮风下雨从不间断，那时的年轻人既不敢得罪他又讨厌他，如果把他得罪了，他不给派活，你就得待在家里晾着。所说讨厌是指爱睡懒觉的人被他的吼声吵醒了，心里不舒服。偶尔一天他不喊叫了，这些人可睡个懒觉，惬意极了。

到了劳动的现场，他第一个脱鞋跳到水里，带头干起来。如果是担挑活，他第一个挑起粪尿，所以，大家服他。

队长爷爷很大气，能忍辱负重。说真的，生产队这个近百口之家的队长难当，大家脾气秉性各不一样，常常为些小事，一些妇女、老人找他"扯筋"，他耐心劝说，化解矛盾。更有甚者，出言不逊，令其难堪。还有个别挽袖子动手的。有时老爷子实在受不了，就躺下不干了，在农忙季节，出现这样的事可不得了。大队干部来调解，当事人向他赔礼道歉，给了台阶下，他就只好再站出来行使指挥权。这样的事一年有几次，几乎成了家常便饭，可见他能包容，且大气。

队长爷爷的管理才能是很出众的。派活时，他能根据农活的特点，和劳动力的技能状况，分配你做合适的"活路"。用现在的话说就是"人尽其才，物尽其用""笨人出笨力，能人做轻省的活"，大家均无怨言。他能处理好国家、集体、个人的关系，分配上兼顾各方利益，公平

家乡的麦田

地处理一些棘手问题。在那个"靠工分吃饭"的年代，每逢分粮、分油，他都要选几个忠厚本分的人去记账、过秤，把事关民生的事处理得滴水不漏。

老队长的品质好、无私心。他对家人要求严，从不占集体一分钱的便宜，晚年还入了党。在他任队长的近10年间，我们队的劳动工分分值一直在1元以上，而邻队有的才4分钱，戏称"冰棍队"。约有三分之一的农户新修了房屋，大家说，这归功于老队长的"正确领导"。

（写于 2013 年）

文艺宣传队的灿烂

1976 年初，大队组建文艺宣传队，因我有这方面的特长，被抽去拉二胡。在以阶级斗争为纲的年代里，我们公社每个大队都有文艺宣传队。当时宣传队可是个牌子，谁家节目演得好，就可能受到上级重视，四面八方会有人邀请去演出。参加宣传队带来的社会影响很大，也挺出风头，还能记个"轻省工"，偶尔还有单位请吃，蛮不错的。

我们大队宣传队当时确定的排演节目有现代京剧《红灯记》、大型歌剧《洪湖赤卫队》等。其中《红灯记》中李奶奶的扮演者卢进辉是四川人，年轻时曾演过戏，他的唱腔道白有鼻子有眼，可以说是形神逼真，演得很好，是队里的台柱子。扮演李铁梅及其他几位女角都是我队的美女，走到哪都有人青睐，很受欢迎。

大型歌剧《洪湖赤卫队》的排练挺艰难，主要是唱段太多，大家普遍不识谱，队长郑长有就指定由我来教唱。为此，我把厚厚的一本总谱不知念了多少遍，然后一段一段、一字一句地分角色教给大家学唱。扮

家乡的油菜花

演韩英的是位知青，虽说不识谱，但学得很认真。还有扮演刘闯的庆祥，扮演彭霸天的九华等，都学得很快。不到半个月，学唱的任务就拿下了。乐队由我和另一名知青常应峰担纲，经过近3个月的努力，终于把歌剧搬上了舞台。正式演出时，人山人海，车水马龙。

我村的文艺宣传队当时在全公社都有名气，我们还先后到公社的其他村和勉县的几个村去演出过。至今，我还和宣传队的几位朋友保持联系，闲暇之余，一起回味当年激情洋溢、青春灿烂的时刻……

（写于2013年）

政 工 员

1976 年初，我高中毕业刚回家，就被通知去公社民兵营当"政工员"。我很惊喜，高兴地到公社民兵营报到。当时民兵营设在瞿鲁营大队知青点，主要任务是组织全公社民兵修建褒河防洪河堤。营部的工作人员有好几位，有营长、教导员、技术员、政工员、广播员等。当时的公社书记来贵章兼任营部教导员。见到他时，他给我具体安排任务。政工员主要职责是深入工地，采写好人好事。同时给营部领导写讲话稿，任务挺重。他叮嘱我要多看报、写好稿。我表示会努力做好，不让领导失望。

当时的水利工地上可以说是红旗招展，人山人海，高音喇叭里不时有最高指示，领导讲话，好人好事播出，我几乎每天要写数十篇稿子。还要和民工一起劳动，强度挺大，但我都高质量地完成了，每天听到广播里播出我写的文章，蛮有成就感的。

我在做政工员的同时，还兼营部的管伙工作。主要是营部近 10 名工作人员粮油菜的购买和每天饭菜的安排。这些琐事，我也认真负责，精打细算，搞得有条不紊。说真的，当年还在生活困难时期，每天能吃上白馍馍，隔几日能吃上一碗粉条炒肉，感觉很"幸福"，同伴们对我的工作也给予肯定。

在政工员岗位上没多久，就遇到了一件惊心动魄、终生难忘的事。9月9日下午，我和民工们正在工地运土，突然，广播里传来哀乐，伟大领袖毛主席不幸因病逝世，华国锋担任毛泽东治丧委员会主任。当时，在场的伙伴们不约而同地停止了劳动，有的已控制不住情绪失声痛哭，毛主席走了，中国的天要塌了，大家在极度悲伤后又极度恐慌，放下工具，纷纷回家了，仿佛大难就要来临……

这一天，我终生难忘。1977年恢复高考的作文试题为《难忘的一天》，我记述了当时的场景和我的心情，得了高分。

在任政工员期间，结识了好多朋友，一丝不苟的技术员郑银和，整天蹦蹦跳跳的天使、广播员小屈，还有一位同学张建群，炊事员老何等，他们都给我留下深刻印象。小屈后来和我同年考上大学，现是汉中市中心医院的妇科专家。

（写于2013年）

感恩师长

"民办教师"这个名词现已逐渐消失了，但在我的人生中，"民办教师"这个工作是一份给我带来好运、改变我命运的重要工作。

1976年初，在"开门办学"的高潮中，我高中毕业，回到老家。在迷茫、孤独中走上社会，开始了"农业学大寨"改造山河的造地运动，整天面朝黄土背朝天。我的路该怎么走？哪里是光明？揪心的问题，我不时自我发问，无所适从，回答不上。

这一年的9月，机遇出现了。一天，龙江中学当年的班主任，慈祥的陈继禹老师来我家，请我去帮他写"开门办学"的总结。因陈当时在该校开门办学，帮助张山村推广农业科技颇有建树，曾受各方赞许。地区要总结经验，推广典型，就要求有高质量的汇报材料。恰好，当时我的文采陈老师很欣赏，于是我回母校写了一周的材料。临走时，陈问我有什么想法，我说学的东西回去用不上，有些苦闷。陈沉思了一会儿，对我说："听说学校还缺代教，我给陈校长说说，看行不行。"我怀着感激的心情向陈老师告别。半个月后，有了消息。原来我回去后，陈老师找到陈校长说起此事，校长一口答应，并立即去找当时的新沟桥公社文教专干冯兴贵（我小学时的老师）。冯回答说："既然此娃这么有才，我们就要用。"随即，冯找到当时的新沟桥初级中学校长杜荣常，杜也是我初中时的老师，对我印象深刻。两人一拍即合。年底，我就到了新沟桥中学，开始了"民办教师"生涯。

民办教师享受民办公助教师的待遇，当时的规定是，每月记30个工，年底介绍回大队，参加收益分配，另每月发7元钱。这在当年，已是很好的待遇了。但是，我不在乎什么待遇，一门心思完全扑在教学上，除了备课上课，每天往返数十里路，为了回家吃饭，晚上住在学校，看书学习。当年，新沟桥中学还设有高中班，让我这个高中生去热蒸现卖，可想难度之大。我便通过看书看报，精心备课，赢得了同学们的信赖，在讲台上站稳了脚跟。下半年，带高中数学课的老师有病，出缺了。我又奉命顶上，带了半年的高一数学。可以说，这对我挑战极

当民办教师的地方

大，我废寝忘食地翻书，向闫长生老师请教，终于坚持下来了。

1977 年 9 月。一个惊天的消息传出，邓小平决定恢复高考，我怀着兴奋的心情去试了一试。"两张照片五角钱，进个考场留纪念"，没想到，还真中了。年底，接到入学通知书，被录到陕西师大汉中分校（现为陕西理工学院）化学系学习，命运从此改变。

感谢我的诸位老师，是他们发现了我，成全了我。感谢近一年的民办教师生涯，说真的，没有这段时间的学习充实，我根本考不上大学。蹊跷的是，当年的数学试题有一题求三角形的解，是我教过学生的，很熟。作文题为"难忘的一天"，我写了毛泽东主席逝世的那一天我的经历，得了高分。

当年，我们公社有 3 个农村娃考上大学，我是其中之一。

（写于 2013 年）

二十年情缘话电视

　　记得 20 年前的一天，我们村上竟然有了一台金星牌黑白电视机，那是抗洪救灾，上级奖给村团支部的。而这台电视机带给村里人的喜悦简直可以说是爆炸性的。它像一个巨大的磁场把方圆数十里的村民都吸引了过来，每晚 6 点半，人们自发地排起队伍，走进村里的会场，高的让矮的，年轻的让老的幼的，虽然是露天场地，人们却秩序井然。我们村团支部成员轮流为大家义务开机，从此，春夏秋冬，定时开机从未间断。逢天雨，村民自发打起雨伞，披上蓑衣戴上斗笠，任凭风吹雨打，唯独"目不斜视"。村干部们还不失时机地利用电视播放前的黄金时间宣传政策，评说村风。我们村因电视而有了名气，村团支部也因此身价倍增，村民们从电视中受益，发家致富的多了，小偷小摸的少了，村容村貌变了。几年后，还被评为市上的文明村。大家说，这应给电视记"头功"！

　　后来的几年里，我离开了村子，上学参加工作，可是跟电视的情缘却从未中断。1987 年有幸分到一套房子后，立即借钱买了一台 14 英寸的电视机，虽说尺寸小，可在当时，足以满足我对电视如饥似渴的欲望了。

　　光阴荏苒，转眼又一个 10 年过去了。孩子在不知不觉中长大，矛

一家三口　2009 年 4 月于宗营

盾也常常发生。儿子也是电视迷，动画片的播放时间他记得清清楚楚，到时大人就没份了。妻子不甘示弱，常常要独占"黄金时间"。为此，我们这个三口之家屡发"战斗"，又常常在笑声中和好如初。真叫人高兴又无奈啊!

　　随着年龄的增长，我的业余爱好少了许多，抽烟喝酒打牌，件件与我无缘。唯一的嗜好就是看电视。因为看电视，知道天下事，工作上不会盲目，生活上警惕不会堕落，做人追求正直。同时，电视"毫不吝啬"地占有了我的业余时间，家务事做得很少，妻子经常为此唠叨。我也为此常常检讨，可"风雨"过后，依然是我行我素，牵肠挂肚……

（写于 1988 年）

邮 筒

每日下午坚持走路上香溪洞。忽一日，见满意建材市场门口立一绿色圆柱状的东西，细看一下是邮筒，上面有中国邮政字样和每天开箱的时间，我顿时心头一热，冒出一句话：邮筒，久违了！

由邮筒我想到了乡里大队部门口挂着的邮箱，骑绿色自行车的邮递员和一些陈年往事，喜怒哀乐。

在并不太遥远的 20 世纪 70 年代，在没有手机、没有家用电话的年代，乡间的邮箱可是老百姓的"宠物"，老百姓的希望。那时同外界联系，主要的交流方式是写信。父母对在外工作的儿女的牵挂，通过信件实现。姑娘对恋人的思念，在信封里体现。那些年姑娘找对象，首选目标是军人，因为义务兵可享受免费邮寄。每当看见盖有三角符号邮戳的信件到来，小姑娘的心不知激动到何种程度。那些年，文盲现象还比较普遍，因而在邮箱附近，常有戴眼镜的书生义务代为写信。这中间因"穿帮"关系，带来很多笑话。有的乡下姑娘为写信，拼命学习识字扫盲，留下很多佳话。

和邮箱相关联的是乡邮员，那时的邮递员。一身绿色标志服外加大盖帽，显得十分神气。一辆绿色的加重永久自行车，后座上两边驮有两个邮包，走在乡间路上，清脆的铃声一响，可是一道亮丽的风景线。那些在田间干活的，家中做饭的，纷纷跑出来，聚集在"邮车"周围，迫不及待地等待邮递员打开邮包。邮递员不急不慢地先是把信件逐一分发，挂号信还要签收，然后是汇款单逐人清理、点名，最后是分发报纸，当时主要是村干部帮忙领取。整个程序下来，邮递员已是满头大汗，这时自然有村民给其端水，递上毛巾，慰劳其送信之辛苦。人群中，收到信件的惊喜，等待而未见信件的失望，收到汇款单的还要问到哪里去取，有效期是几天等等。邮递员耐心地一一解答，直到聚集的人群散去，这才开始向下一个村庄前进。

小时候，我对村里的邮递员很崇拜，心想自己长大后能有这样一份工作，该多好啊！我体验过从乡邮员手中接到朋友来信的喜悦和收到高考录取通知书的惊喜。在高考发榜的日子里，我几乎天天都要去等待邮递员，听到清脆的自行车铃声，一个箭步就奔去了，直到有一天，我终于等来了喜讯。

光阴似箭，日月如梭。几十年后的今天，因为科技的发展，因为互联网、手机的普及，人们之间情感的交流，更多地依赖于手机、电脑等现代通信手段。好处是来得快，操作简单，但随即而来的是，太多的年轻人不会提笔，"一手好字，让电脑废了"，就是真实的写照。年轻人谈恋爱，结得快，离得也快；儿子问父亲要钱，只三个字，"爸，钱，儿"。亲情被淡化到如此程度，不知是进步还是倒退。现在，由于交通条件的改善，骑自行车的乡村邮递员不见了，乡村也有了邮车，人们再也见不到在邮箱前聚集等待邮递员的热烈场面了。

社会进步了，经济发展了，人们的交流应该比过去更广泛了。事实说明财富的多少不代表幸福指数的高低。而精神的富有是每个人不可或缺的，这包括同志间、朋友间、情人间、父子间的感情交流。而我认为，现代社会太虚伪了，那些年在燃油灯下奋笔疾书，经乡邮员传送四方的平信所表现的情感最为真诚，最为热烈，最让人刻骨铭心。

邮筒，我怀念你，曾经辉煌的朋友。

（写于 2013 年）

镜 子

　　我的办公桌上，放着一面小方镜，方镜的背面还有喜鹊闹梅图。在今天看来，这已是很土气的东西了。可细细想来，这面镜子不易，它已跟随我 30 余年，成为我身边最悠久的"宝贝"了。

　　镜子的来历大概是这样的，30 多年前，我在恢复高考制度的第一年，顺利考上了汉中师范学院化学系，并担任班上的生活委员。我的同学一是农村的多，二是年龄都偏大。大家都珍惜来之不易的上大学的机遇，学习都很努力，生活勤俭节约。班上成立了理发小组，专门购买了理发推子、梳子、镜子等，由我和另一位会理发的同学保管。4 年间，班上的同学都用过它。临毕业时，我请示班长理发工具的去向，班长说："你为大家服务多年，镜子你就留做纪念吧。"这样，我就成了镜子的主人。

　　说来也怪，这面镜子伴随我从学校到社会，从农村到城市，风风雨雨几十年，每次工作调动收拾行装时，我都不忘把镜子带上，它几乎成为我身边唯一幸存的珍品。

这面镜子的特点一是小，携带方便，二是照得人特"真"。

能在镜子中看到一个真实的、不扭曲的自我，是不易的。这些年来，每天早晨洗完脸，我都要拿出镜子来照照，看脸上是否干净，胡须是否该刮了，头发是否该理了，之后才精神饱满地投入到工作中去。有时遇到不顺，心情不好的时候，也拿出镜子来照照，看看此刻自己的嘴脸，相由心生，我立马开始调整自己的心态，直到恢复正常。

我与镜子结缘，与大学生涯结缘，与同窗学友结缘。现在，每当我拿起这面镜子，就想到大学期间的多彩生活和刻苦学习的场景，提醒自己不能松懈，要活到老，学到老。就想到"照镜子，正衣冠"，要干干净净做人做事。就想到学友们现在虽天各一方，但友情不能断，还要常联系。

镜子已伴我 30 多个春秋了，我已决定，让它伴我终生。

（写于 2014 年春）

失宠的钢笔

钢笔失宠了，逐渐和我们的生活远离了。这是不争的事实，不知是喜还是悲。

从我有记忆起，就对钢笔非常崇拜。那些年，小学生用铅笔，中学生开始用钢笔。自打上小学一年级起，我看到大学生使用钢笔，就心里发痒，梦想自己何日能有一支钢笔，也威风威风。

那时，钢笔不仅具有普遍意义上的使用价值，而且还是身份的象征。有一段顺口溜说：初中生一支笔，高中生两支笔，大学生三支笔。每每看到穿中山装的干部、大学生上衣口袋插有两支以上的钢笔，就羡慕得不得了。

我真正用上钢笔，也是在小学高年级以后。那时候用钢笔，也挺麻烦。每天书包里不仅要带笔，还要装上墨水。上海的"民生"纯蓝墨水是最好的，可我却买不起，只能用普通墨水。由于墨水瓶密封不好，经常把墨水浸在书包里，手一摸，沾到手上，又抹到脸上，跟花猫一样。

这样的日子，我过了好多年。因为有了钢笔，提升了自信，我的作文越写越好，经常受老师表扬。我还练过硬笔书法，虽说写得不是很好，可也有进步，心里经常乐滋滋的。

钢笔伴随我走了几十年，从中学到大学，从当教师到当干部，给了我智慧和快乐。上山下乡，观景游览，心里一高兴，就拿出笔来记点什么，尔后就成为资料，成为素材。钢笔在我心中，难分难舍。

现代社会发展到今天，钢笔失宠了。手机的触摸和电脑的键盘取代了它的功能。在身份上它也被贬值了。一个朋友的孩子考上大学，想送给人家一个纪念品，我说钢笔，立即就有人说："老土！现在谁还用钢笔？"搞得我心里不是滋味。

现在，钢笔的确被逐渐打入冷宫了。你到商店，买不到钢笔，买到钢笔，买不到墨水。可在我心中，钢笔依然神圣。十几年前，我参加省党代会发给我的一支"派克"钢笔，我细心收藏，不时拿出来摸摸，回想它带给我的幸福时光。

（写于 2013 年）

我的外婆

　　我的外婆是一个慈祥、干练的农村女人。在我的记忆里，她是最能干的外婆，是我们这些孙子辈最喜欢的老人。

　　外婆是旧时代出生的，脚是小脚，头上盘个发髻，一年到头，身上的衣服穿得干干净净、一尘不染。走起路来，腰伸得很直，说起话来声音很大，威严中透着慈祥，责骂中体现爱抚。

　　小时候，我最爱到外婆家玩。一来外婆家境比我家好，房子比我们家大，二来每次去外婆都给我们做好吃的。六十年代困难时期，我曾在外婆家吃大食堂半年有余。"文革"武斗时，我们一家老小天天下午去她家"逃难"，外婆从不拒绝，不怕麻烦，给全家安排住宿、吃饭，一切井井有条，令我们全家感激不尽。

　　外婆是治家有方，外爷死得很早，留下的三子一女全由外婆抚养。直到3个舅舅都娶妻成家了，全家十几口人依然未分，生活在一起，挺和睦，这在当时的农村是罕见的。她对儿子媳妇严格要求，一视同仁，大家都很信服。3个儿子分别是村上的会计、加工厂厂长、乡村医生，在当地都是能人，很有影响。

外婆非常勤劳，偌大一个院子收拾得非常干净，东西摆放得错落有致，田里地里的农活也都安排得适时适中。在当地，外婆家算是殷实人家。

外婆给人最深刻的印象，是她心肠好，待人热情。村上邻居借米借面的、借农具的，她从不吝啬，有求必应。亲戚朋友来了，端茶递水做饭，样样都做得很得体，因而她家几乎每天都有人来寒暄、叙事，有好几个有矛盾的家庭，也在她的劝解下和好如初。

1977年我骑自行车碰伤了头部，在汉江职工医院包扎后，她硬是把我接到家里，天天给做好吃的。我三舅是村医，天天来给我换药。在她老人家的精心照料下，我的伤口很快愈合，这件事我终生难忘。我们家哥嫂及其他人也受到外婆类似的照顾，说起外婆的好处来，赞不绝口。

外婆在近80的高龄时走了，安葬的那天，天下着大雨，数百人冒雨去送她。我也参加了送葬仪式，为老人家平凡而又伟大的一生祈祷。

我的好外婆，你永远在我心里。

（写于2013年）

家乡的荷花园

告别西关机场

随着今年"五一"的到来，改建后的汉中柳林机场正式通航，原汉中西关机场就要淡出人们的视野了。

清晨，迎着初升的朝阳，簇拥一缕春风，我在西关机场的跑道上漫步，思绪万千，浮想联翩，心里说不出是兴奋还是酸楚。

儿时的西关机场，对我来说，是个梦。我家住在农村，距西关机场大约十余公里。那些年，没有电视，仅从报纸上了解到汉中有机场，机场有飞机。就日思夜盼去一次汉中，看看飞机场有多大，飞机是个什么样子。一个星期天，怀揣干粮，和父亲步行四五个小时来到汉中看飞机。可不巧，当时航运不正常，飞机时开时不开。等了一整天，也没见到飞机的影子，失望极了。但机场的"尊容"，却是目睹了。在我的印象中，飞机场很大，跑道很宽很长，两边的茅草丛很深很深……

时光过得很快，不知不觉间，我也长大了，进城了，亲眼见证了机场的变化。改革开放给汉中带来了巨大的商机，在历届汉中领导的重视下，2001 年，汉中机场进行了大规模的改造，跑道新铺了沥青面，民航候机楼也维修一新。汉中到西安的班机高峰时每天有四五班，汉中人出行明显方便多了，人们脸上的自豪感油然而生。我也曾想坐一次飞机去西安体验一下，可阴差阳错，这样的机会一直没摊上，但我却和西关机场结缘了，因为我的家就在机场边。

那些年里，飞机的概念在我脑子里挺重的。不管是行走还是乘车，只要听见飞机的轰鸣声，就要停下来仔细观察。看飞机是民航的，还是军用的，看飞机飞行的方向，从哪来，往哪去。每天中午在家吃饭，听见飞机声响，就立即放下碗筷，把头从窗户伸出去，看飞机在什么地方，直到在视线中消失。那时候，我经常在晚饭后，在夕阳西下的光环里，踏着机场跑道边绿茵茵的草地，嘴里哼着校园歌曲，自感太惬意了。有时还带家人，在机场边乘凉，躺在草地上，微风拂面，心旷神怡，那种感觉无与伦比。

西关机场的历史很悠久，它始建于 1937 年，至今也有近 80 年的历史了。但它毕竟太小，不能适应汉中飞速发展的需要。经过数十年的努力，城固柳林机场改建后就要正式运营了，汉中西关机场通航的功能将被取代。这两年，机场周围的高楼仿佛一夜之间如春笋般长成。机场的跑道也成了驾校的训练场，航站楼也成了汉中滨江新区的办公楼。随着龙岗大桥的建成，这里已成了汉中最具吸引力的开发热土。白天车水马龙，晚间灯火辉煌，机场昔日的旧貌荡然无存。

今晨，我依旧起得很早，去机场散步。我看到，机场跑道上，人们三五成群，习拳练武，疾速行走，偶见有骑跑车的小青年在相互追逐。不远处还有一老年乐队在习练小号，听声音好像是《学习雷锋好榜样》。

汉中龙岗大桥

　　两边的茅草依旧青青，河风吹来一层层、一片片，似乎在向我招手致意。说真的，见不到飞机，我挺失落。

　　神秘、可爱的西关机场，今晨我向你做最后的告别。

（写于 2014 年）

年　味

　　新年又快到了，人们在吃饱穿新玩现代的同时，抱怨年味淡了，亲情淡了，今不如昔了，如此等等。这勾起了我对从前过年的记忆。

　　年味是什么？在我看来它的内涵太丰富，它的味道太复杂，很难简单地分出酸甜苦辣来。

　　年的味道首先是辛勤劳作的喜悦。一家大小，一年到头，辛勤耕耘，省吃俭用，为的是过一个好年，为的是过年不缺粮缺钱。我小时候，夏季收获点糯米，妈舍不得让我们吃，为的是过年包元宵；秋季收获点花生，藏起来舍不得吃，为的是过年；仓里放的麦子，精心保管，为的是过年磨面包饺子；用布票扯的布舍不得用，为的是过年穿新衣。总之，一切为过年。老百姓的盼头就这么简单和实在。到了腊月三十，全家在一起团圆，有吃有喝有穿，大人的脸上才能看见难得的笑容。

　　年是一家人丁兴旺、家庭和谐的展示。过去的农村，一家兄弟姊妹大都较多，成家后分居是正常事。这中间有处得好的，也有处得不好的，人穷百事愁，恩恩怨怨难以说清。可每到了年关，大家不再为琐事争吵，一句话，大过年的吵啥？妯娌之间的矛盾可能会因为吃一碗元宵或一顿饺子烟消云散，和好如初。今天你到我家吃饭，明天我请你，一来一往，天大的气也在酒杯交错间化解了。大家想过年，除了有好吃好喝外，还能消气解怨，年，挺神奇。

年味最浓的是春节前后的文化体育活动，耍狮子、跑旱船、放电影、演古戏最能吸引人，亲戚间走动也多为看戏。我们村有个戏台，一听到喇叭响或锣鼓敲起来，村民们都争先恐后拥上村头，赶到剧场，伸长脑袋，踮起脚尖，目不转睛。随即卖甘蔗的、卖花生瓜子的都蜂拥而至，好不热闹。一些城里来的客人也说，过年城里好冷清、没意思，还是乡下热闹。这些年春节，小汽车停满了乡里的庭院，大概是城里人怀旧，思乡心切。

年味中，最重要的是人情味，你看谁的客多，谁家上门的人多，肯定是邻里关系好，社会关系广，或是有钱人。"穷在街头无人问，富在深山有远亲。"

过年，对人的精气神也是一个考验。年年难过年年过，家境不好的，在心里想的同样是这个年一定要过。身体不好的，想的是这个年一定要挺过去！一切都会好的。在我的家乡，老乡们过年如借别人的粮、钱、物，会被耻笑。人穷志不穷，老乡们就这么执拗。

年味的最大制造者是母亲，她是最辛苦的人。一到腊月，她就操心年怎么过？先是把保存的小麦洗净晒干，拉到村里的米面加工厂磨成面，再到队上的压面机厂压成"机器面"。然后又是把籼谷、酒谷运去打成米，准备过年吃。"腊八"节一过，就操心"杀猪"，一半卖掉，

父母与众孙

一半留着自吃。腊月二十三是灶爷上天之日，要祭灶王爷。先是"扫舍"（即打扫房子卫生），之后又是熬糖，做元宵馅，一直忙到腊月三十。正月初一早上，又是她最早起来，包元宵、煮元宵，除自家人吃外，还要给左邻右舍送去品尝。直到这时，才能见到母亲脸上轻松的、满足的笑容。

年味中的小孩是最幸福的，有好吃好喝的，可自由游耍，不用干活，小孩多的地方最热闹。小时候过年，我钟情的活动是一种叫"划甘蔗"的游戏。取一根甘蔗立地上，刀子要要个花子砍下去，砍的皮长的，算赢，可以多吃。砍得少的，算输，要付钱。一般情况下，我输的次数多。这类活动实际参与的人不多，看热闹的不少，常有喝彩声，赢者心里很满足。

还有一件最能体现年味的就是走亲戚，从正月初二开始至正月十五，今天你东家，明天我西家，今天你请我，明天我请你，坐转转席。新婚的姑爷要给双方亲戚逐一拜年，否则被视为"没礼貌"。平时不走动的亲戚过年要走，外甥一定要给舅老爷拜年等等。拜年一定要提"四色礼"，一般是麻纸包装的，上盖一红色面笺的糕点、糖果之类的东西。今天你提到东家，明天他又提到西家，说不上转了一圈，又回到了原主人家，俗称"礼封"旅游。那时，因经济困难，家家又都这样好面子，心照不宣，如法炮制，一年年就这样过去了。当然，走亲戚最受益的还是小孩，可穿新衣服，可挣"压岁钱"，可看戏看电影，乐此不疲。

　　正月十五一过，年味就逐渐消散了。老乡们种洋芋，锄麦地，送肥料，新的一年就这样开始了。

（写于 2013 年）

追忆父亲

——写于父亲逝世一周年之际

父亲离开我们快一年了。一年来，他的音容笑貌时常出现在我的脑海里，数次梦里相见，他还在过问我的工作，使我感慨不已。梦醒时分，写下这些文字，以表寸心。

"生命不息，奋斗不止"，是父亲一生的真实写照。新中国成立前，因家庭贫寒，为养家糊口，年幼的他肩负生活重任，挑粮贩米，往返于汉中安康各地，挣取微薄的"脚手钱"。新中国成立后他积极参加初级社、高级社，曾在褒城报社当记者。1962年国家经济困难时期，他毅然辞职，回乡务农，用他辛勤的汗水，养育了我们这个多子女之家。1966年"四清"运动中他曾饱受迫害。尔后，他担任水利斗长，为家乡的水利事业不辞辛苦，一辆旧自行车、一把专用的开斗门的"钥匙"，伴随他风里来，雨里去。参加兴修褒河水库、东干渠、一支渠等重点水利工程。后来担任大队长、大队支书，在西郑营村大搞多种经营、植树造

2012 年春节全家福

林、栽桑养蚕等，颇有建树。这之后又担任公社农科场场长，为全公社的农技事业上下奔波。辞去乡村干部职务后，还在砂石场当门卫，开过小商店。总之，他辛勤的脚步始终没有停止。直到 70 岁以后，才开始放慢步子，但农田的一些小活、喂猪喂鸡的轻体力劳动，他还坚持干。

父亲是一个热爱生活，勤奋学习的人。早年，完小毕业，在村里也算是有学问的人，文章及书法都可圈可点。前些年，每年春节还为邻居写对联，邻居家有什么红白喜事都找他去帮忙。从村干部的位子退下来后，读书看报听广播，是他生活的重要内容。他的思想观念一点也不僵化，和儿女在一块闲聊，时常能听到他口中说出的新名词。《当代陕西》上登了我的文章，他不知看了多少遍，我回家时还和我交流。他每次出门，都要换一身干净衣服，把头发梳光，子女送给他的衣服不少，他时常向乡邻展示，感叹儿女的孝心。

父亲是个爱憎分明的人。他性格执拗，说话语重。在村里当干部时，坚持原则，对歪风邪气看不惯，常常仗义执言，为此，也得罪过人。担任老年协会会长后，他主持公道，倡导新风。对个别不孝敬老人的年轻人严厉批评，令其认错，为村风村貌的改变不懈努力。

父亲是一个恩威并重、教子有方的人。他和我妈育有三子一女。从我们上学到工作，除了在生活上的关心外，更多的是教育我们要热爱劳动，不得偷懒；要做好人，不走歪道；要清清白白，不贪不占；要孝敬父母，尊老爱幼。我印象最深刻的，是我们在小学、中学期间，下午和周末，必须回家劳动，吃饭不得挑食，大人说话小孩不得插嘴、犟嘴。不准与他人打架、骂仗。我为此，挨过不少耳光。现在看来，他的威严是我们之福。说真的，我们兄妹几个从父亲身上没有得到太多的炙热的情感表露，可是却对他老人家格外孝顺。三子一女的社会影响及对他的孝敬令村里人向往，这也是他晚年的精神支柱。

其实，父亲本身也是一个极孝顺之人。早年我大伯在外工作英年早逝，二伯新中国成立前被抓壮丁不知去向，赡养爷婆的担子主要压在他身上。他任劳任怨，悉心照料，使爷婆晚年生活有依、圆满终老。

近些年来，父亲的脾气改了好多，每次和他交流，他都能听进我的宽慰，并十分惦记孙子的成长。母亲患病十余年，他精心照料，辛苦万分。前年10月，母亲到了汉中，他十分牵挂，不时前去看望。每年妈的生日，他都提前提醒我们，而他自己的生日，他多次拒绝操办。他是我们心中的严父慈父。

父亲是个简朴之人，一辈子日子过得清清淡淡。70年代开始攒钱，

2007 年 10 月于陕西理工学院

先后数次修房，但房子在村里还是很破旧。晚年后，国家给他的生活补助费、养老金，子女给的孝顺钱舍不得花，临终时还留有些许，使人感慨万般。勤俭是我们的家风，是家族兴旺之基。

父亲的内心很善良。我上中学时，有一次骑自行车和母亲去汉中，途经张万营村时，撞了一位小孩。我当即把小孩送到地区医院治疗，包扎伤口并经医生确认没事后，方才离开。回家后向父亲告知此事。第二天，父亲带上钱和慰问品专程去张万营，千方百计找到小孩家看望小孩，令小孩的父母十分感动。

父亲的自立精神特强。能自己干的事情绝不求人，在身体状况好的青壮年时期，我们家的责任田、自留地全是自己种，且不比别家差。蔬菜也基本是自己种的。他对子女的工作很支持，从不给子女添麻烦，从未向子女开口要啥。村里有些人听说我们兄弟几个在外大小是个官，有事相求，他都耐心地解释，并对送上的礼品一一谢绝。使得我们能轻松安全地在外工作，实属不易。

晚年的父亲慈祥大度多了，家里的农具大都送了人，子女送他的食品、衣物也都送给了左邻右舍，我们家几乎成了老年活动场所。每天来光顾的有十余人。他的离去，让很多老友感慨"无家可归"了。前年，村上成立老年体育协会，老领导杨吉荣去村上还专门看望了他，我回家时他告诉我时挺激动的，省老龄委发给他的"优秀老年协会会长"的奖牌似乎为他"盖棺论定"。

父亲走了，我的心里除了痛苦，一片空白。我也成了无爸的孩子！父亲在世，是我们的依托，是我们家的核心，兄弟姐妹围绕他，全家和睦，亲情甚浓。每年的春节、父母的生日，无声的召唤，我们都会团聚。听他老人家说说过去的事，看他老人家高兴地吃饭，心里踏实。和他老人家打几盘麻将，快乐。现在，他不在了，我们一家如何面对，如何是好？

生我养我的父亲去了，养育之恩，无以回报，痛在心里。

为我领路指向的父亲去了，今后谁能来为我擦拭眼泪，为我加油！

一生勤劳、刚直不阿、慈祥善良的父亲去了，崔家是否会薪火相传，家风依旧！

面对父亲的遗像，我们必须做出回答，做出承诺：

爸爸，你放心地走吧！活着，你是一位勤劳朴实、可亲可敬的父亲，是一位品德高尚、享誉邻里的老人，是一位饱经风霜，为家庭为社会做出有益贡献的平凡而又伟大的人。你走得那么匆忙，没有给子女们添任何麻烦，也使自己少受痛苦；你走得那么安详，儿孙们的荣耀全写在你的脸上，印记在你的心里。送你上山的那天凌晨，天下起了大雨，都说你的恩德感动了上天。你在87岁的高龄寿终正寝，在崔家的家族史上，已经写下了光辉而又完美的一页。

爸爸，请你相信，你的子孙们一定不会辜负你的的期望，我们会记住你的教诲，踏实做人，勤奋做事，以事业的成功和家庭的美满来告慰你老人家。我们会更加精心地照顾好妈妈，让她老人家颐养天年。

父亲，你可以安息了。

父亲，愿你在天之灵继续护佑你的子孙，为他们祈福吧！

父亲离开我们快一年了，一年来，家里又有了新变化，崔岩已当了新郎官，邹宁也已经参加工作了，崔承熙已快上幼儿园，崔磊的孩子即将出世，妈妈的身体状况尚好，崔家依旧人丁兴旺。去年腊月三十，全家人依旧在一起团聚，追忆老人家健在时的幸福时光……我想把这些喜讯告诉他，让他依旧共享天伦之乐。

正月初五晚，梦里见到父亲，醒来时梦境清晰，泪已湿巾。写就一首小诗，祝他老人家福寿无疆：

正月初五是立春，
梦里依稀见父亲。
麦收时节田间忙，
蒸笼馒头送乡邻。

（写于2014年4月）

平平淡淡才是真

——记我的母亲

　　母亲今年已 80 岁有余了，且身体不好，时常使人牵挂。她这一生可以用一个"淡"字来总结。

　　母亲的一生平淡如水。她如千千万万个劳动妇女一样，嫁人后从一而终。日出而作，日落而息，生儿育女，相夫教子。就这样，在平淡的日子里，日复一日，年复一年，从年轻走向年迈，从健康走向衰老。

　　"过平淡的日子"是母亲毕生的不懈追求。在 60 年代的三年困难时期，她用纤细柔弱的身子支撑着我们这个家。她用洋芋、红苕、南瓜这些能填充肚子的食物，含辛茹苦地把我们兄妹四人养大。记得在凭票吃肉的日子里，每月唯一一次的"打牙祭"，母亲总是把肉分给我们兄妹几个，她就喝口汤。我们不忍心，把肉又夹给了她，可她总说："我不爱吃肉。"我们心里明白，她是为了我们几个"馋嘴"。到现在，这些小事时常在我脑海里显现，母亲的平淡里渗透着深深的爱。

2013 年于汉中

母亲一生很勤劳。青壮年时期是生产队的好劳力，晚年后在身体尚好的情况下，依然把几分自留地经营得非常细致。葱、蒜苗等大路菜我们家从来不缺。就是现在身体不好的情况下，她还时常惦记着她的"小菜园"。母亲的勤劳还表现在她的独立意识相当强。一切事情能自己干的，绝不找别人。家里的农具样样具备，从不借别人家的东西。晚年后，别人都恭维说："你养了几个有出息的儿子，该去城里享清福了。"她总是不以为然地说："还是农村好，我离不开这里。"她从不开口向子女要什么，在她的心里，儿女们在外干事不易，他们生活好了比什么都好。

母亲的"淡"随处可见。亲戚朋友上门了，她没有太多言语，端茶倒水很自然。儿子、媳妇回家了，依旧是这样。她很少主动和人拉家常，有时还被别人误以为"清高"。她也很少走亲戚、上街。在她的心里，搁不下的是我们家，是家里那些鲜活的鸡、猪，离不了喂养……

2014 年于汉中

进入晚年后，母亲的"淡"有所变化了。每年正月初一，她早早起来，包元宵，让一家人吃得暖暖的。听说我们要回家，总是提前几天把陈旧的被子拆洗得干干净净，等待我们回去。近年来，母亲因病失语，可每次回家，她都要亲自给我倒水，并不忘放上白糖，有时还给我递烟。我从家中走时，她都要拉着我的手，用含泪的目光把我送到村口，使得我心里很酸楚。

说来也怪，母亲这种简单的处世哲学、平淡的生活方式倒使我们兄弟姐妹几个受益匪浅。勤奋、吃苦、向上、尊敬同事、孝敬老人，与邻里和睦相处成为我们的立身之本和共同特点。母亲的勤劳对我影响最大。上小学时，我半天上学，半天还要去"寻猪草"。上中学时，就开始挣工分了，以至成为生产队的好劳力。上大学后，还在假期勤工俭

2011 年于老家

学，卸水泥。工作以后，时常不忘和泥土打交道。现在，年迈的母亲丧失了劳动能力，可我发现她每天坚持在敬香，似乎表达着一种心愿，保佑儿孙平安吉祥。

是的，母亲的一生是"淡"的，平淡、清淡、恬淡。这种"淡"的背后是真实的、深沉的爱。平淡如水，水如潮涌，我相信，母亲的内心世界一样是血浓于水，翻江倒海。

母亲的一生是简单地，简单是本色，简单使儿女终身受益，是儿女宝贵的精神财富。

母亲，你是无愧的，你是幸福的。

（写于 2012 年夏）

我们怎样做父亲

时下，教育子女成为热门话题，当许多专家教授沉浸在成名的喜悦中，企业家满足在聚财的快乐里，为政的笼罩在升迁的光环中时，"子女"问题也许是他们的难言之隐。

进入中年之后，朋友见面谈的最多的话题是子女，子女带给他们快乐、子女带给他们希望，子女是他们最大的精神支柱。生活中我们同时可以看到，那些沉湎在灯红酒绿、酒桌赌桌的"好汉"们也时常叮嘱自己的孩子好好学习。那些在情场、官场、商场上失意的各类"家"们也不时地对孩子发出感叹："老子不行了，就靠你了。"凡此种种，足以说明，期盼子女成龙成凤成为中年男女们的共同点。

这些年来，工作之余，我无时不在思考一个问题："何以立身，何以为父？"孩子是我们给的血肉之躯，是我们生命的延续，我们除了能给孩子一个鲜活的躯体外，我们还能给他们什么呢？

父亲是孩子的第一老师。中国老话"龙生龙、凤生凤，老鼠生来会打洞"是说子女降生除了继承父母的生理特征外，也在一定程度上继承父母的性格特征。这种性格特征，很大程度上是在孩子降生后到进入幼儿园这段时间形成的。在孩子牙牙学语的时候，在孩子天真无邪地向我们提出问题时，我们是否认真对待了，认真回答了？我们带给孩子的是科学还是谎言，是粗暴的拒绝还是和蔼的接纳？是的，我们不少做父亲的忽略了，以至于当孩子出了问题后，才意识到，一切似乎都晚了。

父亲是孩子力量的源泉。孩子在成长的过程中，父亲的义务除了给孩子提供衣食这些生存的必备条件外，精神力量更是不可缺少。一次，我那当时还在上大学的儿子突然冒出一句哲言："爸爸，我和妈妈在一块感到温暖，和你在一块感到有力量。"我沉思半天，怎么给孩子力量？那就是在精神生活里，父亲要当好领袖，要使孩子从你的身上体味到鲜活的东西，从你的嘴里了解到人生的真谛。海明威《老人与海》里有一句话："人可以被毁灭，但不可以被打败。"孩子在高考前常背的话我也时刻记在心上。是的，"上阵要靠父子兵"。做父亲的，只有自身充满活力、坚忍不拔，才会给孩子提供精神动力，激励子女健康成长。

"爸爸，你是我心中的偶像。"当孩子平和地对我说这句话时，我潸然泪下，无以应答。我何时成为他心中的偶像，怎样才能做他心中的偶像，这个问题太沉重。我在回忆和孩子相处的日子，似乎只有平常、简单的一些片断。他上小学时，一次看见他兴致勃勃地吃苹果，我对他说："孩子，我小的时候，不知苹果是圆的还是方的。"孩子睁大眼睛，听我诉说童年的故事。后来他写的《我和爸爸比童年》成为班级范文，孩子的语文基础是从此打下的。当孩子有些厌学时，我拿出自己在繁忙的工作之余写就的散文念给他听，他的兴趣就一下子来了。当他当了班

2007 年于武汉

干部向我请教如何管理时，我的经验之谈使他心悦诚服。当我婉言谢绝上门送礼的同事朋友后，孩子由衷地对我说："爸爸，好样的。"孩子对我说的一句话我最爱听："爸爸，我不会让你失望的。"同样，在我心底里也有一句话——永远不要让孩子失望。

这些年来，我和孩子的交流不是很多，但每次都有些新鲜的内容，他谈论古今名人、世界杯比我在行多了。有几次，他对我说："老爸，你要再多读点书水平会更高。"是啊，孩子对他的父亲提出高的要求，要求他的父亲在知识上更渊博、人格上更完美，这何尝不是我前进的动力？社会在前进、在发展，如果我们的脑子一贫如洗，何以立身，何以为父？作为孩子心目中可亲可敬的"偶像"，我们的责任太重大了，孩子们逼我们在人生的战车上只能向前不能停止。

这些年来，青少年教育出了不少问题，我们责怪社会环境不好，责难学校老师放松管教，责骂坏人引诱教唆。可是，扪心自问，我们自己是否是个称职的父亲，是否给了孩子良好的精神食粮？一个整天游手好闲沉迷在麻将桌上的人，一个偷鸡摸狗、身上充满邪气的人，还指望自己的孩子出人头地、成龙成凤，那不是天方夜谭吗？

做父亲，是我们的职责，是我们的义务。做父亲有欢乐、有痛苦。为了我们已成年的、未成年的孩子，我们要扎实做事、踏实做人。

（写于 2008 年）

附:

感觉父亲

崔 磊

不想用什么题目来框束我的思维，只想信笔而又平和地写一点东西，我想起了父亲。

尽管此时的我尚且有一些心理上的不解之结，但父亲的身影总是晃悠悠在脑海中浮现，显得有些苍老。以前那段日子中的点点滴滴，一言难尽，所残留的只是一些迟发的感慨——我欠父亲的太多！

无须掩饰，以前（指未生病之前）父亲对我来说，除了是我的亲长，还是我虚荣骄傲的一个资本，他是一个县委书记，万人注目，我从他手上接过了"给养"，从他身上得到了一些抬头挺胸的自信，却很少有一种感受，就是"父亲多么爱我，我多么爱父亲"，这些想法和感受想起来觉得有些虚伪，却是真实的。

然而，我的一场大病像一场大雨，不仅洗刷了我，也洗刷了我心目中的父亲，将他县委书记的头衔，将他的万人之上的威严，和我对他的敬畏洗刷得干干净净，所遗留沉淀下来的，是一份金灿灿沉甸甸的父爱。

父亲带我四处求医，为陪病中的我，请了一星期的假，举着我的点滴瓶在路人的张望中堂皇而过，为买药不惜花钱（父亲是很节俭的一个人）。

这些回忆或许有些简单并过于平凡，当时我也感觉不出什么，但在吃饭时，忽然看见了父亲两鬓冒出的几根白发，看见了父亲有些泛光的

2008 年 2 月于汉中

头顶，我才明白，行动可以证明感情，但证明不了感情的程度！父亲用全部的感情——对儿子的关心，在做一件件他认为有利于儿子的事情。白发可以证明，所以我觉得父亲有些老了，就如《背影》中的那个晃悠悠的让朱自清流泪的背影。父亲在我的脑海中也成为一尊背影，这个背影的名子就叫作"爱"。

无须证明，现在的我不会再像从前那样，只是关注着父亲的名声，维持自己的骄傲。我对父亲的感情也是沉甸甸的，哪怕他地位一落千丈，哪怕他被人唾弃，我也不会放弃一个儿子对父亲的爱，当然，这只是一个假设。

我不忍再让父亲苍老下去，我必须振作起来，恢复起来，所以我尽管有一些难以控制的烦乱，还是坚持提笔写下了这些文字，虽然无法表达我的全部感受，但是发自内心希望父亲的脸上多一些笑容！

（写于 2001 年 12 月 4 日）

一封情书

爱妻：

你好！

托你的福，我的"本命年"就要平安过去了。在岁尾年头，追新忆旧之际，我突然想到要给你写封信。按理说，我们也经常见面，天天晚上还"热线"联系，还有动笔的必要吗？有！因为你曾经说过，要我给你写封情书。可我太懒，太吝啬了，以至于拖到了今天。

妻，给你写信，似乎是20多年前的事了。始于我们的恋爱，止于我们生子。而我本身又是个不善言辞的人，常常疏忽了用这种方式表达感情，算是欠你的"债"了。说真的，给你写信，我下了几次决心，但总觉得内容太丰富，难以用几页纸表达清楚。还是先说说过去的事吧。

我和你的姻缘似乎前世注定。22年前，我们在龙江中学一见如故。在老师和同学的热心撮合下，顺理成章。说不清是先恋爱，还是先结婚。我的感受是边恋爱、边结婚。结婚之后还未认真思考怎样居家过日子哩，孩子就来到了人世。我们和其他年轻夫妻一样，忙工作，忙家

2009 年 10 月于延安

务，忙育子。而由于我的笨拙和"不上心"，你在这方面的付出就更多了。龙江中学"寒碜"的生活，使我们之间曾发生过争吵；团市委机关简陋的住房，让我们有过"战斗"。接下来是长时期的两地分居。周末回来，除了睡大觉，就是陪朋友闲聊。家里的事又帮不上你，名副其实的"甩手掌柜"。而你，竟渐渐地认同了我，宽恕了我，而更为重要的是，你启发了我，成就了我，成为我一生可信可敬、可爱可亲的伴侣。

妻，你是一个勤奋向上，意志坚强的人。和睦相处的二十几年里，你从未有过懒惰。孩子小时，你精心照管，不分昼夜、不论冬夏，从未有片刻的喘息。还记得夜里你给孩子洗澡，俩人同时跌倒，血流满面，而身边无人照顾。大雪纷飞的日子，你骑车送孩子上学摔倒在市委门口。事后，我听到这些情节时，心里十分难受。和城市同龄人相比，你肩上的担子太重，付出得也太多太多……你用勤劳的双手，柔弱的身躯支撑着我们这个家，把这个家经营得有滋有味，阳光明媚。

　　妻，你是一个善良、人情味很浓的人。中国传统妇女的美德在你身上处处得以展示。你对丈夫体贴入微，对孩子厚爱有加，对朋友尽心尽力。结婚这么多年来，每年春节回家前，你都要熬更守夜，蒸包子，做饺馅。朋友、乡亲找到你，几乎有求必应。无钱看病的乡下人找到你，你既跑路又送伙食钱。宁强山里的贫困学生谷雪梅，你寄钱并写信鼓励她，难怪雪梅亲切地喊你"樊妈妈"。我想，我们这一大家人之所以相处比较融洽，我们身边的朋友如此之多，还不都是因为你吗？

　　妻，你是一个胸怀博大、内涵深沉的人。别人看你一张嘴，而我觉得你有口有心。记得前年，我在仕途上有些失意时，你那一封信一下子点亮了我的心扉。你在信中说："只要自己努力了，百姓认可了，升不

2009 年 10 月于包头

2006 年 10 月于拉萨

升都无所谓。我和磊儿永远相信你，爱你……"当时，你没看到，我流泪了，深情地流泪了。前年，崔磊考上大学后，你对我说："这下子对你有个交代了。"我知道，为了我，你不仅忍受着数十年的辛劳，在精神上也背负着如此沉重的压力啊！来到安康后，你仍旧鼓励我好好工作，注意锻炼身体，写作、音乐等爱好不能丢。可惜的是，我有些辜负了你的期望，有些懒。内疚之余正在改正。我知道，在你的心中，我的分量有多重。你希望自己的丈夫有德有才，堂堂正正。这何尝不是我前进的巨大动力？好女人是一部教科书，你这本书我百看不厌。

妻，说实在的，在性格上，我俩的确差异大。你待人热情，心直口快。而我则对人有些冷淡，有时寡言少语。你处理事情很果断，而我则显得有些犹豫。还有其他等等，我的这些性格缺陷恰好用你的优点弥补了。这些年来，我自身也有了一些变化。我们相处愈来愈和谐，愈来愈亲密，都是因为你。你改变了我，你是我们这个三口之家真正的主心骨。

妻，你经常问我爱不爱你，我知道你在逗我。但我真实地告诉你，每当在电话里听到你爽朗的笑声，我一天工作就有劲头。可当和你有点口角，我听到你情绪不好，身体生病时，我一天到头工作没精打采，吃饭没口味，睡觉也失眠。你知道吧，这是心灵的感应。你在我心中的分量同样很沉很沉啊!

妻，和你相处的22年，叫人刻骨铭心。在我即将进入"四九"的日子里，我由衷地对你说，今生找到你，是我的福分，是上天对我的恩赐。如果有来生的话，定会再牵你的手，义无反顾。

敬礼!

老公：光华

甲申年腊月十五日夜于安康

第二辑

激情岁月

化 学 缘

1982年初，作为恢复高考后毕业的首届大学本科生我被分配至汉中市龙江中学（原十中）。心里尽管有许多不如意，但毕竟在家乡，是母校，校长和部分教师都是我的老师，在他们的开导和关心下，我很快适应，信心百倍地投入到了教学当中。

当时，龙江中学的师资还是挺缺的，我所在的化学教研组仅有一位年长的周老师是陕师大毕业，其他的学历都不高。因我是本科生，且上大学前还当过民办教师，因而很快适应并成为骨干教师。特别是从我接手高中化学教学课后，化学实验明显加强了。酸碱指示剂颜色的变化，用氯化钠制氢气等，很有趣。填补了空白，学生的学习兴趣和质量明显提高。两年后，在高考中，我校首次取得了化学平均成绩及格的高水平。

我还担任了高一三班的班主任，除教学外，班务活动、学生食宿，得事事操心。记得学校搞大合唱比赛，我还亲自持指挥棒上台指挥，博得赞誉，在评比中名列前茅。

在龙江中学工作时间不长，我即被组织看重，提拔为学校党支部委

与校友张义明于省第十二次党代会

员、副校长。这可是个苦差事，从早到晚，大事小事，从老师到学生，样样得管。每天早上得起早，查学生宿舍，组织上早操。早自习得值班，检查班上学生人数。吃早饭时检查，保持食堂有序。中午亦如此。晚上晚自习结束后，得督促学生就寝，这中间没有空闲时间，自己深感每天很疲惫却又不得不如此。

龙江中学是城郊学校，当时的条件还是比较差的，出门没有一条好路。一到雨天，学生们只好打光脚来校。冬天没有取暖设施，老师学生一样受冻，但却锻炼和培养了良好的学风，在社会上反响极好。我带的学生，通过高考改变命运的不少，在专业技术部门卓有成效的也挺多。多少年后，这些学生见到我，依然喊崔老师，我很激动。在教育战线上虽工作时间不长，但认识了一些朋友、同事，带出了一些优秀的学生，特别是对教育地位的认识，对教师辛苦程度的体验都使我难以忘怀。在后来我的从政生涯里，教育、教师是我最为关注和效力的地方。

（写于 2013 年）

指示剂——我的朋友

　　我是"文革"后首次参加高考、榜上有名的幸运儿。记得刚进校时，曾经在"欢迎您——未来的园丁"的巨幅标语前徘徊，为终生将从事"蜡烛"之业困惑过。后来，化学试验中的指示剂激起了我对学业的渴求和对职业的向往。

　　初次结识指示剂，是在一堂实验课上，内容是"中和滴定"。这个实验在现在看来是最普通不过的了，可当时对于我们这些"混牌"高中生来说，一切都是那么新鲜有趣。当老师把加有指示剂的待测液倒进锥形瓶，并放置于滴定管下，用右手均匀摇动，滴定管中的试液缓缓滴入瓶中时，便出现了奇迹：溶液一会儿变红，一会儿变蓝。瞬时，一个五彩缤纷的世界就展现在我的眼前。一种从未有过的冲动驱使我：神奇的指示剂，我要和你交朋友，我要弄清你的奥秘！

　　大学4年，指示剂始终没有离开过我。老师说，指示剂以其特有的分子结构和化学性质而广泛应用于定量定性分析中。毕业后教学时，我

也如法炮制，对学生讲了它。而今，我虽离开了"园丁"岗位，可指示剂仍和我形影不离。因为在我负责的地方，经济体制改革的大潮促使千余个乡镇企业崛起。它们中间，有相当规模的水泥厂、化工厂，而这些厂一般都建有化验实，指示剂是必不可少的。当那些昨天还手握锄头，今天就要开始使用指示剂的后生们手握锥形瓶、眼盯滴定管时，不免有些紧张和笨拙。而我，一丝得意却不时地挂在嘴角。因为，我和指示剂早已是"挚友"了。

今天，我突然意识到，我们所处的这个大千世界，不也就是一滴神奇的指示剂吗？我们的行踪就是待测液。当你懒惰时，它显现红色，像警台上的红灯一样告诫你：此路不通！当你失意、苦闷时，"蓝色的天空像大海一样"；接下来是绿色，充满着生机和希望……啊！赤橙黄绿青蓝紫，这变幻无穷的颜色、天衣无缝的组合告诉我们：人生唯有奋斗，才能放射出绚丽的色彩！

在母校校庆之时，我想起了我的朋友——指示剂，我深深怀念结识它的地方——汉中师范学院。

（写于 1998 年）

天台山下

武乡在汉台区北边，天台山下，因当年诸葛亮被封"武乡侯"，故有"武侯古堡"等十八景。三岗九岭十八坡是地貌的写照，在当时的小汉中市范围内，属贫困地区。1986 年，我被组织调至武乡区，担任区委副书记，不足 30 岁。在这之前，还有一段玩话。1985 年初，全党搞"社教"。我和当时的市政协副主席王世治、市政协经工委主任唐振才一起作为下派的联络组成员驻武乡区。当时因交通原因，我们都是骑车往返市区之间，王主席因年龄大、事情多，在区上的时间不多。我和唐在区上时间多一些，有一次唐告诉我："晚上我们还是回汉中吧，你在这坚守，说不定就走不了了。"还真是的，时间不长，我就由联络组成员变成一名区委领导班子成员了。

说真的，当时让我到区上去工作，我真是一点思想准备都没有，加之小孩才两岁多，又没住房，实在是走不开。但组织上强硬定了，我也很无奈。经过短暂的思想斗争，我还是愉快地来到武乡，投入到农业第

和张雁毅于天台山下

一线的火热生活之中。

作为区委副书记，按照分工负责机关、党务，外加乡镇企业。当时农村的中心工作主要是三夏三秋、催种催收、冬春的农田水利、道路建设。难度比较大的是税收和计划生育，戏语"催粮要款、刮宫引产"，一点都不假。这些事，有的过去听过，但没做过，有的根本就没听说过，但得听得做。我告诫自己，要虚心学习，从头做起。当年，我们区委班子的班长、书记殷炳义是一个事业心、责任感特强，一个农村工作经验非常丰富、为人处事非常周全、作风很扎实的领导，在他的言传身教下，我学会了面对群众，面对棘手问题。记得在八七年前后，由于农资供应紧张，各地出现"抢化肥潮"。殷书记带着我在汉武公路上护卫，把化肥从车上一袋袋卸下来。运到乡政府去给农户分发。在一乡村抓计划生育，他带着我面对面的和超生妇女做工作；制止乱修乱建，他带我亲自上去，拆除街道违章建筑。在郭家沟水库现场，他亲自给我讲水利工程建设的意义；当乡镇企业生产和村民发生矛盾，面临熄火停产的关键时刻，他派我去现场处理并交代了工作方法。尔后又派人多方做工作，使问题得到妥善解决。我从他身上看到了一个基层领导的忘我精神，学到了农村工作方方面面的知识。特别是如何接触群众，说服群众，他的善谋善断、踏实稳健的风格使我终身受益。

1989 年 7 月，区委班子调整，我担任了区委书记。面临拥有 10 万亩耕地、10 万人口的这么个大区，我深感责任重大。好在有组织的信任，有从前任老书记身边学到的一些基本功，我没有怯场，而是用更大的勇气，全身心地投入到工作之中。

抓农田水利建设，继郭家沟水库建成后，登台岭开发全面启动，当时的汉中地委书记赵世居、专员张保庆等领导都亲临现场指导并参加义务劳动。当年的登台岭是茅草坡，现在已是绿树成荫、硕果累累了。

抓柑橘建园及管理。1990 年，全区柑橘建园达 3 万亩，挂果面积也近万亩。当年，武乡的秋冬季特火，前来观光品尝的游客川流不息。拉水果的大卡车络绎不绝，大兴、明光、汉明等村靠此致富，引得邻近乡村的群众羡慕不已。

抓水稻规范化栽培。我和班子成员一起，坚持在大田拉绳定距，示范插秧，受到农业局长陈兴安的多次表彰，全市的现场会多次在我区召开。

抓乡镇企业发展。带领乡镇干部先后到无锡、上海学习考察，到省市有关部门寻求支持。当年武乡的水泥、石灰氮、农副产品加工十分抢手。

抓集镇建设。按照前任书记的规划，全面开始武乡集镇及汉王、老君的集镇建设，硬化道路，新建了农资市场、自来水站等。1990年，武乡成为全国文明集镇，商业繁荣了，群众受益了。南来北往的学习考察，使武乡再度名声大震。

抓计划生育。全面贯彻"六清两落实"方针，一下扭转了计划生育后进局面。

抓党的建设。汉中市目标责任制量化考核，最早从武乡区实施，方案是我直接起草的。汉中市区乡第一个业余党校在我区成立，新购置了专用桌椅，定期开展培训，其做法在全市推广。

抓干部队伍年轻化建设。当年我区7个乡镇的领导年龄在全市是最年轻的，这也为这些同志后来的成长进步打好了基础。在农村一期社教的后期，当时的省委副书记支益民、汉中地委副书记王朝伦还专程来武乡调研，给予充分肯定。

在我任区委书记的两年多时间里，武乡的面貌有了新的变化，全区各项工作走在了全市的前列，受到老市委书记牟全录的多次表扬。我也因此被评为全省优秀党务工作者，这是我此生得到为数不多的荣誉之一，我十分珍惜。

武乡的6年，是我走向从政生涯的重要一站，我在这里的收获也是丰硕的。

学会了吃苦。90年代中期的武乡，还是吃"返销粮"的时代，老百姓未温饱，机关干部的日子也不好过。一天三顿饭，常常不能按时。天天下乡，午饭常在下午三四点，自己得忍着，得坚持。行，骑自行车加步行，下雨天还得打光脚。每年要求劳动100天，我们经常和群众吃、住、干在一起。在穿方面，我们一年能穿烂几双解放鞋。每周回一次家，常常是周六晚上回，周日下午又返回单位。就这种境况，好像一点都不觉得苦，不觉得累。

学会干事。我从老书记那里，学会了运筹。每周一的早上学习，要把本周的工作细化到人头上，并有时限要求，周末检查评比。7个乡镇，我几乎每周都要去几次，现场督阵，解决问题。有几个乡书记说我脚太勤，他们想偷懒都不成。在我任期的几年时间里，武乡的农村改革势头迅猛。出现了全国劳模冯中诚、农民企业家宋延龄、优秀村干部毛万吉等一批风云人物，他们现仍在各自的岗位上风风火火，继续发挥着引领作用。

学会了做人。一个领导干部，打铁须得自身硬。我从严要求自己，机关的规章制度，带头严格遵守，生活上和大家一致，从不搞特殊化。在干部使用上，重品行，看实绩，从不考虑关系。对他人的好意、礼送一概拒绝，也从未给上级领导有啥"表示"。对机关干部，热情关心，为其住房、子女就业多方奔波。因病住院，上门看望，天灾人祸的多方解危。凭一颗善良火热的心和扎实、过硬的作风，赢得了信任，赢得了武乡事业的大发展。

在武乡清苦的岁月里，我没有放弃手中的笔。多篇调研报告被省地市刊物刊载。一本近10万字的散文集《美丽的武乡》书成。当时的汉中行署副专员张光中亲自作序，专员杨吉荣题写书名，后来成为武乡的乡土教材。我在书的后记中写道，武乡是我走向社会的重要一站。在整整六个年头里，在沸腾的田地间，在火热的生活中，我结识了武乡人，熟悉了武乡人，和武乡的黄土地结下了深厚的情缘。

我忘不了武乡那曾经泥泞的小路，那美丽的橘园以及天台、哑姑那迷人的风景和神奇的传说。

我忘不了那些淳朴、厚道的村民。一碗菜豆腐，一盘槟豆凉粉，夏天降温的西瓜，秋冬开胃的柑橘，都使人激动不已。

我深深地感到，是武乡人给了我智慧，使我从幼稚走向成熟。

是武乡人给了我力量，使我在困难面前，勇学当先……

（写于 2013 年）

激情燃烧的岁月

青年是人生的黄金时段，青年事业是最富有激情和生机的事业，而我有幸，在青年时代和青年事业结缘，和青年时代同步，青春的火花在共青团这个壮丽的事业中绽放。

1984 年初，我被选调至共青团汉中市委（现汉台区）担任团市委副书记、市青联主席。当时对我来说，年纪轻轻，就提拔了，还进城了，自然欣喜。但另一方面，从学校教师到纯行政机关工作，角色得转换，为人处事得从头学起。就共青团工作而言，我并不陌生，刚满 14 岁就入了团，在龙江上高中期间还是唯一的学校团委副书记。可真正作为专职团干部，在复杂多变的新形势下如何打开局面，有所作为，还挺不容易。我到团委不久，书记就外出脱产学习了，由我主持日常工作。我十分珍惜这个岗位，决心努力学习，干出点样子来。

延安精神大发扬。1984 年，我率领汉中市乡镇团干分两批去延安学习考察，宝塔山下，延河岸边驻足沉思，理清思路，从抓基层、打基础

1993年在京参加团十三大

开始。整顿基层团组织，建班子、抓队伍，恢复青年活动阵地，让共青团的脚步遍及城乡。

抓培训、树榜样，让青年在主战场上再度风光。通过抓农村实用技术培训、农村专技人员培养，一大批青年新秀崭露头角。当年做裁缝的许俊成现已是某公司的董事长；草塘村的团支部周耀英从养殖起家，现在已是赫赫有名的"春雨公司"的董事长了；还有种粮能手冯忠诚等。他们今天，依然活跃在各条战线。30多年后，每每和他们见面，说的还是当年的话题，叙的还是旧情。

"学雷锋，树新风"这是共青团的传统活动。每年3月，汉中城乡，街头巷尾，团旗飘飘，人山人海，社会服务活动如火如荼，雷锋精神能在我们手中传承和发扬，甚感欣慰。

汉中的一江两岸现在已是绿树成荫，碧水蓝天，夜间灯火辉煌，游人赞不绝口，是汉中最亮丽的风景线。可当年，建设"江滨青年团"的锣鼓声是在共青团员手中敲响的，1984年地市团委联手，启动建设工程，数千名共青团员，中小学生在此挥汗，植树建园，并坚持了数年。这些年，每次回汉中，我都要到汉江边去散步，摸摸那些我们当年栽的洋槐、麻柳，看着腰杆挺拔的塔柏，心里无比激动，感慨万分。共青树终于成林了，"共青林"终于建成了。

"采集树种，支援甘肃"。当年，响应团中央号召，组织万名少先队员利用假日，上山采种。少先队员们打着队旗，背上干粮，在连城山、黄花河等树木茂密的地方收集树种。然后由学校统一收集，交到团市委，我们再找人整理打包，用火车送到甘肃指定的接收单位。每年，我市采集的树种都有几十吨，可装一火车皮。这样的活动坚持了几年。去年，我因事路过天水，看到两边山上松柏翠绿，槐树成行，还若有所思地对同行的人说："看，那些树说不定就是当年我们送去的种子长大的。"

共青团的生命力在"活动"。80年代初，百废待兴，文化的多元化也渐成风气。为了团结青年，吸引青年，我们在城乡大建"青年之家"。针对实行联产承包制后农村青年涣散、精神生活匮乏的现状，把"家"建起来，把活动搞起来。在城市，组织各类青年协会、青年专业社团。让年轻人把歌唱起来，舞跳起来，汉中市青年书法协会应运成立，成为青联工作的有力抓手。汉中青年实业公司建了起来，虽然因政策调整，后来取消，但毕竟对更新观念，培养青年实业人才起到积极作用。

在团市委工作3年后，组织上安排我下基层锻炼。本以为就此和"团"告别了。可阴差阳错的，6年后我又重新回到了共青团的岗位。

1991 年年底，我在毫不知情的情况下被任命为共青团汉中地委副书记，且主持工作，一年后转正。在末任团地委书记（1996 年撤地设市）的岗位上又干了 3 年多。

90 年代初，团的工作遇到了新的挑战。农村青年外出流动的范围更大，外流人员更多，以经济建设为中心的导向压缩了团组织的活动空间，团组织杆倒线断的情况比较普遍。上任伊始，我抓的头等大事还是连线结网，把青年找回来，把团员组织起来。为此，我用了几个月时间，几乎跑遍了汉中地区的角角落落。在留坝江口，我和团县委书记胡全德一起找青年夜谈，留坝县的 10 余个乡我统统走了一遍。隆冬季节，我和南郑团县委书记赵勇健驱车数百里，去海拔较高的碑坝，和那里的团干部见面。在宁强的"西秦第一关"前，我和乡团干龚新明交流学唱宁强山歌。在城固县的上元观区，和参加实用技术培训的青年交流座谈。从他们身上我增强了信心，找到了路子。

当年，汉中地委行署实施的"六龙五虎"工程，声势浩大，振奋人心。共青团工作应该紧紧跟上。我找到时任汉中行署专员的杨吉荣，请他为团干部做一次专题报告。杨吉荣爽快地接受了邀请，并抽出时间给团干部专题讲"六龙五虎"，讲团干部的使命使大家深受鼓舞。尔后，城乡青年围绕"六龙五虎"工程开展的青年突击队（手）活动遍及城乡。汉江药厂的团员青年在科技创新、振兴医药工业上取得了卓越成绩，汉中钢铁厂的青年突击队创造了安全生产的新纪录。团地委办公室的电话里，不时有各个厂矿单位的报喜信息。而在农村，南郑青年茶厂的刘安禄等，都有不凡的业绩。"青年突击队（手）"活动，成为当时共青团的品牌。

"用小手托起明天的太阳""用爱心筑起明天的希望"。1992 年，我在团地委干得最有意义、最有影响力的活动是组织并实施了"希望工程"。

1992 年初，在当时的地委主要领导的支持下，汉中地区实施希望工程领导小组成立，办公室设在团地委，由我担任办公室主任。这是一件得民心的大事，我们不等不靠，首先发起了宣传攻势，在对区情深入调研的基础上，起草了汉中地区实施希望工程倡议书，召开各类专门会议，通过新闻媒体广而告之。在广泛宣传的基础上，我和其他几位同仁，礼贤下士，到部门、到企业、到学校宣传动员，募集善款。

随之而来出现的情况叫人始料不及。

地委、行署的领导带头捐款，部门领导、干部紧紧跟上。

全区的党政干部，中小学生，人，不论大小，钱，不论多少，都为希望工程添砖加瓦。大型社会活动，周末的集贸市场都有我们"希望工程"志愿者的身影。

在此期间有 3 件事对我影响之大，终生难忘。

一个周六的上午，汉中地区农科所研究员、满头白发的水稻专家赵志杰，气喘吁吁地来到希望工程办公室找到我，拿出内有一万元的存折要全部捐给希望工程。并叮嘱不宣传不报道。赵老的情况我了解，家里经济并不宽裕，身体也有病。当年他的工资也就每月几百元，一次拿出这么多，他怎么生活？当时，我劝赵老不要捐了或少捐，可他非常执拗，铁了心要全捐。后来，在拍专题片时，记者到农科所找他，他坚决不见。不为名不为利，赵老的品德深深地打动了我。

又一天，一位年轻的同志来到希望办，送来 3000 元并附一封信，我们还没来得及问其姓名，就找不到他了。我看了他的来信。他在信中说，他是南郑山区的一名穷家孩子，前几年中专毕业后下海做生意，赚了点钱。他每次回家看到许多年幼失学的孩子心里就痛，他希望用自己微薄的捐赠支持这些孩子不要失学，并以此来改变命运。我看着看着，泪如雨下。天地有大爱，人间有真情。

还收到过一封信，信中夹带200元，捐助人却不知姓名。他在信中说，他是一个服刑者，因为没好好念书，不懂法才犯了罪。他现在在监狱正努力洗心革面，重新做人。他希望用自己些微的捐款给失学的少儿买几本书，让他们多学知识，不要犯罪。这些真挚感人的语言我曾经讲给好多人，感动好多人，同时也洗刷了我的内心世界。让我相信：悲悯之心，人皆有之；人间大爱，地久天长。

希望工程在我区迅速展开，当年捐助的失学儿童也在千人左右。在汉中地区共青团的历史上，翻开了新的篇章，在国内外产生了良好的影响。

1993年5月，我光荣地出席了共青团第十三次全国代表大会，在庄严的人民大会堂受到江泽民等党和国家领导人的接见，这次会议选举李克强为团中央第一书记。会议休息时间，我还和"名人"毛新宇个别交谈并合影留念，对新宇印象极好，回汉后我还在"汉中日报"上发表了文章及照片，至今记忆犹新。

1995年8月，我再次告别共青团，到宁强县政府工作。我在前往五丁关的路上，思今抚昔，感慨万千，6年共青团，实实在在，无怨无悔。

6年共青团，使我与青春同步，始终保持着旺盛的工作活力，不管是上山，还是下乡都是风风火火、一路欢歌。吃苦的事，出力的事我带

头干，组织青年活动搬桌子，挂横幅，为基层送书送电视，我带头扛；团地委干部说："'崔头'不仅是领导，还是好劳力。"我听到后以此为快。拍摄希望工程专题片时，我亲自撰稿，现场策划，始终记得：共青团里无领导，并以普通一员身份要求自己，约束自己，鞭策自己。

6 年共青团，使我学会了坚韧，领略了"只要想干事，办法总比困难多"的含义。希望工程的起步艰难，可我们就是凭着一股韧性，不厌其烦地主动上门，用谦虚的态度，热情的语言去打动领导，感动路人。一改"万事不求人"的传统理念，对出现的热讽冷嘲，我们一概不予理会。吃"闭门羹"，那是常有的事，遇到这种情况，我便给大伙打气："第一，我们做的是好事善事没错；第二，我们是小字辈，受到委屈，遭遇白眼，莫记。权当是增加阅历，丰富人生。如果我们能把这件难事干成，还有什么困难能难倒我们呢?"正是凭着这股韧劲，汉中地区的希望工程搞得如火如荼，惠及了广大少年儿童，也极大地提高了共青团的社会地位。

6年的共青团改变了我的性格。我是一个性格内向，平常不苟言笑的人，时不时给人一个"严肃，不好接近"的印象。从事团的工作后，得深入青年人群，和青年交朋友。共青团工作凭感情干事是一大特色，因为你有职无权，人微言轻，必须放下架子，否则就打不开局面，一事无成。这中间，我在工作的实践中，注重和青年交朋结友，注重和青年工作有关的部门、社会团体的领导加强沟通，注重和上级团组织加强请示汇报，充分利用更多的社会资源为我所用，这才使得当年汉中地区的共青团工作面目一新，得到地委领导和团省委的充分肯定。后来，同事们跟我开玩笑说："'崔头'现在脸上的笑容多了，我们的工作也上台阶了。"听到这话，我心里轻松了许多，也深感"改变不了环境你得改变自己"的深刻哲理。

离开团的岗位后，我时时惦记着当年在一块共事的"兄弟姐妹、情同手足"的密切关系，每次见面时叙旧，就情不自禁。1996年，我离开团的领导岗位一年后，写了一封信给当时团地委机关干部。我在信中写道："几度风雨几度春秋，风霜雪雨搏激流，历经苦难痴心不改，少年壮志不言愁。离开你们的9个月来，和'团'割舍不断，割舍不了的情感，常使我牵肠挂肚。《中国青年报》我每期必看，《汉中日报》关于'团'的报道，我几乎是逐句逐字在拜读。西乡木竹坝我所包助的那个郑艳小同学，还在给我写信，我也还在履行自己的承诺。各位团干部的去向我时常关注。我愿同志们比我更有出息，干得更好。"

现在，每年的五四青年节前夕，我都会收到老团干们的短信，我也按捺不住激情，回信诸友。其中，出现频率最高的话是："难忘激情燃烧的岁月，青春万岁！"当年，汉中地区的各级团干部现在在各县区、各部门都担任重要的领导职务，他们时常惦记我，我也时常注视着他们，这种真挚、朴实的情感和共青团事业一样火热、长久。

（写于 2013 年）

"重返"共青团岗位遐想

新年伊始，万象更新。一张意料不到的调动通知书使我重返团的领导岗位。此刻，我的心情长久不能平静，我在思考——过去、现在、未来。

8年前，组织上安排我到共青团汉中市委工作，那是我"团生涯"的开始。在近3年的时间里，我和团市委机关的同志们一道，在这个岗位上建班子，打基础，组织一团两户，植树造林，五小竞赛。和青年朋友们在泥水里滚打，在机器旁高歌。团队活动声势浩大，江滨青年园建设曾受团中央表彰。我的眼前，团徽、红领巾时常映照，我的心时常是一团火。

3年后，组织上又让我下农村，到市上的一个区里做党务工作。在此期间，抓社教，治松瘫，办企业，搞开发，柴米油盐，吃喝拉撒，事事经历，风霜雪雨，辛酸苦辣件件领略。我目睹了农民兄弟那淳朴、厚道的品质，基层干部吃苦、肯干的风貌。饱尝了干部为百姓办事，百姓拥戴干部的喜悦，由衷地感受到党的富民政策的英明和亿万农民奔小康之路的艰辛……

在此期间，"团"依然是我工作的一部分。给团干部们下命令、压担子、教方法，提供条件支持工作。有时还真有点"居高临下"之势。可以告慰的是，我没有"扔下尖担打卖菜"，和共青团的特殊感情使我"心有灵犀一点通"。

而今，我又"重操旧业"，这注定了我的个人生涯已和共青团有不解之缘。经历了"上——下——上"的变迁，自然有许多感慨，许多联想：

共青团的使命是神圣的，党的需要就是她的一切。

共青团的岗位是光荣的，因为她所从事的是年青人的事业，充满着生机和活力。

共青团的工作在新形势下，十分艰巨。商品经济意识的渗透，不正之风和丑恶现象的出现，也给这个坚强的肌体提出了增强免疫力，经受考验的严峻课题。

——我们要面对实际，努力学习，尽快上岗到位。

——紧贴经济，组织活动。在主战场上求生存，求发展。

——深入实际，和青年交朋友，成为他们的贴心人。

——主动出击，多方求助，活跃团的工作。

当然，欢乐总是同痛苦伴生，我在努力地充实和解脱自己。

——说共青团有职无权无钱，事难办，倒也实际。在无权无钱背后，在民众惩治腐败的呼声面前，我们不是可以少一点自责，多几分清白吗？自我感觉良好。

1992 年与日本友人在汉中

——说共青团干部辛苦、清贫、不实惠，一点不假。正因为如此，我们不是可以更超脱，更潇洒些吗？

——说共青团只会打打跳跳，热热闹闹，工作空对空，那是不了解、不理解而已。我们在引导全地区近百万青少年学科学、奔小康，这是再实在不过的了。

"重返"共青团，思绪万千。团旗依旧鲜艳，团徽仍那么耀眼。从事共青团工作的朋友们，让我们去掉"失落感"，增强自信心，义无反顾地献身于这个伟大的事业吧！

（写于 1992 年）

为了明天的太阳

——汉中地区实施"希望工程"纪实

富饶的贫困

汉中，素以物产丰富、人杰地灵著称。曾几何时，汉中人因张骞、蔡伦而自豪，为汪建华、黄晓平而叫好；因驰名中外的大熊猫、金丝猴、朱鹮而骄傲。更为总书记的亲笔题词"兴汉中、奔小康"而振奋……

乘着改革开放的高速列车，汉中的经济发生了很大变化。1993年，农民人均纯收入已达623元，告别温饱，走向小康的日子正在来临。

但是，与此同时存在的一个不容置疑的事实，一个令人惊愕的现实正在困扰着我们：1994年7月14日《中国青年报》第2版在"富饶的贫困"一文中讲道，在佛坪自然保护区内，225个学龄儿童中，因贫困有67人失学，45人辍学。佛坪县只是个有3.4万多人口的小县，适龄儿童失学总数竟达426名，失学率为10%。

氐羌婆孙 山泉 摄

属陕甘宁革命老区的西乡县，目前学龄少儿数为 59511，在校学生只有 52058 人，未入学率竟达 11.2%。1992 年至 1993 年，仅小学生失学人数就有 1883 人，中学生失学人数 868 人，合计 2751 人。

镇巴县的情况就更为严重：1992 年统计，全县失学少儿达 8000 人，占适龄儿童的 15%。

当我们一些城市里的孩子上学要坐小汽车时，这些山区孩子，他们上不了学的主要原因仅仅是因为家里经济的贫困。在这里，一些孩子们衣仅能蔽体，食刚可果腹。他们日出而作，日落却不息，他们既要上学，还要帮大人干沉重的农活。这些孩子早已到了上学的年龄，却进不了校门。有的小学尚未毕业，却不得不离开学校，放下心爱的课本。

"教育奠基，科技兴汉"是汉中社会经济发展战略的基本指导思想，近年来，全区用于文教事业的经费也以 20% 的速度增长，但是，由于全区地理环境差异很大，经济发展极不平衡，因而，用于基础教育的经费，只能维持教师的"人头费"，拖欠教师工资的事时有发生，"烂房子、土台子、泥孩子"的现象还未根绝，用于教学活动的公用经费，小学生年人均不足 1 元钱。

有关资料表明，现在全国 2.2 亿在校生中，大约只有 30% 的人能读到小学，30% 的人能读到初中，只有不足 30% 的人能读完高中，全国平均受教育程度不足 5 年。而我们的一些贫困山区县，还达不到全国的平均水平。

如果说，汉中经济要发展，最终依赖于教育的发展、人才的成长，那么，若不能改变我区贫困山区的教育现状，跨进 21 世纪的汉中，拿什么去参与市场竞争的角逐？人类如若没有知识，未来就没有希望。秦巴山中的孩子如若不能扫除文盲，汉中经济在跨世纪中腾飞就只能是梦想。

想读书的穷孩子

佛坪县岳坝乡，有个叫雪儿的小姑娘，家境十分困难，小学尚未毕业，就因家里实在太穷，不得不中途辍学。在一个下雪天，雪儿要离开心爱的学校，离开亲爱的小同学们，离开敬爱的老师了，老师和同学依依不舍同她告别。雪儿再也无法忍受这委屈和心酸，跪倒在校园的雪地里失声痛哭。

西乡县杨河乡有一个女孩，叫刘荣荣，只有 9 岁。穷人的孩子早当家，刘荣荣在学校表现好，学习好，担任着班上的班长，又是三好学生。去年，她父亲病逝，家中只剩下有病的母亲、她和一个年幼的小妹妹。家中的"顶梁柱"倒了，母女三人的日子更加艰难，根本无钱买书包、课本、纸笔，刘荣荣面临失学的绝境。

同是这个县的木竹坝乡双河村有一个女学生叫张远丽，她的家境更为凄惨：妈妈早年被拐卖，爸爸长期在外打工，她自己和弟弟被寄放在舅舅家，眼见开学的日子即将来临，她的学杂费、书本费还没有着落……

还有宁强县沙河乡宝珠坝的小女孩毛凤丽，她从来到这个世界，就没有见过自己的妈妈（其母因难产病逝），唯有辛勤劳作的父亲伴随她。她父亲虽是个文盲，可迫切希望自己的女儿要念书识字。毛凤丽懂事了，每天穿山越岭，往返几里路坚持上学，回家还要做饭、喂猪，星期天要上山放牛，捡柴火。当她听到"世上只有妈妈好"的歌声时，她期冀的目光和悲伤的眼泪时常交织在一起，她在心里默默地下决心：一定要好好读书，长大好挣钱，让爸爸活得轻松些……

像雪儿、刘荣荣、张远丽、毛凤丽这样的孩子何止两三百个。当社会在进步、经济在发展的同时，他们却在饱受创伤，悄然无声地走向文盲……

为了明天的太阳

江泽民指出："农业、农村和农民问题，始终是一个关系我们党和国家全局的根本性问题。"山区经济的长期落后，山区群众生活的长期贫困，势必极大地阻滞汉中经济整体的前进步伐。山区面貌的改换，山区的未来，在很大程度上取决于今天的孩子们的素质。这些山区的希望，中国的希望，这些早上八九点钟的太阳，难道眼看着他们刚刚升起，便又陨落吗？不！"再穷不能穷教育，再苦不能苦孩子。"由邓小平同志亲自倡导的"希望工程"诞生了。这是一项旨在救助千千万万因贫困而失学的孩子重返校园的伟大工程。这项由团中央发起、中国青少年发展基金会具体组织实施的系统工程，从一开始便得到了党和国家领导人的极大关注和社会的广泛支持。

"希望工程"的春风也吹到了秦巴山区。汉中人在奋力"兴汉中，奔小康"的同时，没有忘记全区因贫困而失学的少年儿童。一个"为了孩子，为了未来，为了跨世纪人才工程"的救助活动在汉中大地蓬勃展开……

1994年7月2日，地委成立了实施"希望工程"领导小组并召开了领导小组第一次扩大会议，专门安排了我区加快实施"希望工程"的工作。地委、行署领导带头捐款，每位领导都资助了一名失学少年。会后，地区又成立了"青少年发展基金会"，以筹集和管好、用好"希望工程"专款，保证"希望工程"长期有效。

"希望工程"的资助方式是：设立助学金，长期救助贫困山区品学兼优而因家庭困难失学的孩子重返校园；为一些贫困乡村新建或修缮校舍；为一些贫困乡村小学购置教具、文具和书籍。

实际上，在这之前，"希望工程"已经在汉中地区各县市及中、省、地驻汉单位团组织中广泛开展两年之久，赢得了社会各界的广泛关注和热情支持。汉中供电局青年团员张伟两年前就和一失学少儿结对。1994年5月，我区第一所希望小学在汉中市汉王乡落成。在地区扩大会议上，地区实施"希望工程"领导小组组长、地委副书记张光中进一步指出："动员全区人民，为了孩子，为了未来，为了跨世纪的人才工程，人人献出一片爱心，积极为加快实施希望工程添砖加瓦。"希望工程的新热潮，再次涌动在汉江两岸、秦巴山区。

爱心似火情满江

希望工程在全区的实施，已成为牵动百万人感情、吸引广大民众自觉参与、得到社会普遍认同的公益事业。

西安航空发动机公司是省内国有大型军工企业。公司团委积极实施"献一份爱，筑希望工程"捐资助学活动计划，全厂职工仅两个多月，就捐款12万元。公司根据广大职工的意愿，将捐款全部资助镇巴县"希望工程"。救助500名失学少儿。

许多企业的职工在捐款时，由衷地表示：

"虽然我们的经济也并不宽裕，但为了失学的孩子能上学，捐钱值得。"

"我们每人捐几块钱，虽不算多，但加起来就能供几个孩子上学，这是积德的大好事呀。"

"我们少抽一包烟，少吃一袋瓜子，就能让山里的孩子们上学，我们乐意。"

质朴的话语，表达了当代工人阶级的气宇胸怀和高尚的品质。

海红轴承厂团委接待了一位捐款者，来人自称是受一位老共产党员的委托，要包助一名失学儿童。当问起捐款人姓名，来人婉言谢绝，反复说，这只是一名普通共产党员、普通干部的心愿，请团组织一定满足他。在他的再三要求下，厂团委满足了这位不愿透露姓名的捐款者的要求，并按他的意愿，将此款汇到北京"中国青少年发展基金会"安排结队。

苏陕交流，为汉中经济增强了活力，也为汉中的希望工程写下了不朽的一项。当无锡的同志了解到汉中部分山区仍十分贫穷，有的学校教室已是冬不避风，夏不遮雨。一些昔日学校的学习尖子，成了田野里的放牛娃……一种崇高的历史使命感促使他们毅然决然地慷慨解囊，捐款汉中希望工程 50 万元，在宁强铁锁关和略阳的峡口驿各建一所"希望小学"。江苏赴汉的地县级领导干部每人又捐款救助了一名失学儿童。

赵志杰，一位国家级有突出贡献的专家，地区农科所名誉所长，研究员。9 月 22 日，他拖着病体来到团地委，将毕生积蓄的 1 万元人民币捐献给了希望工程。这 1 万元，成为迄今全区个人捐款数额最大的一笔。在捐款时，赵老一再表示，不要对他这一行为进行宣传，这是一个共产党员、一个中国科学工作者分内的事。

一位个体户，向地区希望工程捐款 3000 元，救助了 10 名失学儿童。在这里，我们仅称个体户，而不写其姓名，是因为他再三要求"希望工程"办公室不要透露其姓名。他是图名吗？显然不是；是求利吗？这里无利可求。他的夙愿是："让孩子们多读一点书吧，我们都曾经历过困难的岁月。"这里没有金光闪闪的语言，却反映了人类共有的善良美德。

汉中农校的学生大多来自农村和山区，但他们"位卑未敢忘忧童。"

全校学生人人为希望工程捐款。当从深山沟来到城市之后，他们更深刻地感受到知识的重要，他们不时地在为自己弟妹的命运着想、思虑……

人民群众有困难，就会有人民子弟兵挺身而出。80814部队、汉中武警支队、消防支队分别将官兵们捐款的5000余元人民币送到了地区青基会，对于这些不挣工资的士兵们来说，这每一分钱都是为汉中的未来捧出的滚烫的心。

驻镇巴县的解放军总参某部通讯连将改建营房的20万元，一次性捐给了当地的希望工程。县上将这笔善款修建了一所"希望小学"，11月5日，由国防部长迟浩田题写的"爱民希望小学"的校牌已正式挂出，200多名孩子的上学问题得以解决。

汉中市团委收到了一封来自高墙之内的失足青年的信。信中写道，他就是因为读书少才成为法盲，走上犯罪道路的，他希望他的弟弟妹妹一定要以此为戒，多读书，懂世理啊！他还向希望工程办公室捐款200元，以示自己的悔恨……

在这里，我们仅列举了众多感人事例中的几件。从他们的言行中，我们感受到了爱的暖流，看到了忧国忧民、报效祖国的赤诚之心……

希望工程任重道远

两年来，汉中地区各级团组织开展希望工程，赢得了社会各界热情支持。特别是地区实施希望工程领导小组扩大会后，希望工程活动如火如荼，日益深入，全区现已接到各方捐款达140万元，参加义捐的达10

余万人次，已救助失学儿童近2000名，救助范围覆盖全区8县市。

希望工程赢得了社会信誉，社会也对希望工程提出了更高要求。为保证管好和用好人民捐献的每一分钱，地区青基会建立了严格的资金管理制度。所有捐款者的姓名、单位、金额都有认真的记录，有专人负责登记、统计、管理、监督，保证希望工程的每一分钱都不会截留和挪用。

希望工程是受益当代，功垂千秋，造福子孙后代的伟大工程，同时，它又是一项跨世纪的工程。尽管我们的愿望是让失学的孩子全部能重返校园，但捉襟见肘的救助资金仍显得杯水车薪。据不完全统计，全地区目前仍有7000余名少儿面临着失学的威胁。中国青基会的统计资料表明，全国失学少儿总数已达1.42亿，如全部救助则需1331年，的确是任重道远啊。

地区青少年发展基金会的信念是：孩子是祖国的未来和希望，挽救一个辍学学生，就是挽救一个未来；保住一个在校生，就是保住一个希

日出　王金泉摄于宁强县青木川

望。只要全区还有一名因贫困而失学的孩子，希望工程的使命就不会结束。我们也呼吁全社会再伸援手，为希望工程再添砖瓦。

让我们拉起这一双小手，因为这世界很小，我们原来是一家；

让我们托起明天的太阳，因为这世界很大，我们应相互支持。

（写于 1995 年，《陕西日报》全文刊发）

"五四"抒怀

（1996年第二期《汉中团讯》编者按：共青团岗位是十分清贫的，也是极其艰难的，但真正从这个岗位上走过来的人，无一后悔的正是这种清贫、这种艰难，磨炼造就了一个又一个共青人执着追求、无私奉献、永攀高峰的红亮之心。原团地委书记、现宁强县人民政府县长崔光华同志在五四青年节来临之际，怀着对共青团"旧部"的思念，敞襟抒怀，有感而发，情真意切，催人奋进。现予刊登，以飨读者。）

同志们：

五四青年节又快到了，这是你们的节日，也是我难忘的节日，它把我们又紧紧地连在了一起。

在共青团的岗位上我是几上又几下，先后算起来，6年有余。对于年轻人经常叹息的"时光如流水，日月如穿梭"的年轮变迁来说，已不算短，这是我人生一段最为宝贵的青春，也是值得认真总结和反思的

"阅历"。说句实话，尽管共青团帽子大、辈分小、牌子亮、内容少、有职务、没实权，但毕竟有苦衷、有甘甜。我深深地感到，是共青团这所学校培养了我吃苦耐劳、艰苦创业的奉献精神，是共青团这个岗位使我学会了以作为求地位、以才干论英雄的真谛。清贫的岗位、壮丽的事业，我已非常满足，无怨无悔了——遗憾的是我在岗期间，工作上尚有不少问题，留给同志们去解决。

宋德福同志曾说："我是一块砖，东西南北任党搬。"去年8月，党把我这块砖搬到宁强——一个人口众多、经济相对不发达；一个人民急迫需要脱贫致富的地方。经过近9个月的风风雨雨，我自然又有许多新的收获。和做团地委书记相比，我现在是忙得多了——几乎没休过节假日，也累得多了——饭量下降，体重减轻，常常失眠。因为我深感如牛负重：上不愧天、下不愧地、内不愧心，还要不愧对新老团干。我是从团的岗位上下来的，我的一言一行，也代表和体现着汉中地区团干部的风貌。同时，也充实多了——9个月下来，我跑遍了宁强的山山水水、一沟一壑，熟悉了风土人情，地域地貌。宁强是穷些，但这里，民风淳朴，人民热情厚道，经济社会发展热气腾腾。不久前召开的县人代会上，又确定了"九五"蓝图、2010年远景目标。在"九五"期间，我县面临着很多发展机遇。国家扶贫政策的到位，世行贷款即将争取成功，加上全县干群思变实干的积极性很高，我对宁强的发展充满信心。有一点就是寂寞、单调多了——每天有开不完的会、处理不完的公务。工作忙，还不觉得，晚上孤独作伴，看报阅文件，少了共青团那些丰富多彩的活动场面，但这点清苦和为人民谋利的大业相比又算得了什么呢！郑板桥诗云："衙斋卧听萧萧竹，疑是民间疾苦声。些小吾曹州县吏，一枝一叶总关情。"有时，我真有点进入这种意境了。值得欣慰的是，9个月的实际工作，已赢得了人民的信赖，在3月底的人代会上，我正式当选，几乎获得了全票——我之所以把此事告诉你们，是你们的祝愿和期盼正在变为现实，我将无愧于共青团！

几度风雨几度春秋，风霜雪雨搏激流，历经苦难痴心不改，少争壮志不言愁。离开你们9个月来，和"团"割舍不断，割舍不了的情感时常使我牵肠挂肚。《中国青年报》我每期必看，《汉中日报》关于"团"的报道，我几乎是逐句逐字拜读。西乡木竹坝我所包助的那个郑艳小同学还在给我写信，我也还在履行自己的义务。各位团干部的去向我时常关注。我愿同志们比我更有出息，干得更好。

同志们，汉中马上要撤地建市了，这是件大事，也是共青团事业发展的机遇。今后的团市委肯定比团地委实力更强，工作担子也更重，衷心希望你们团结一致，发奋图强，气不松、劲不减，一茬接着一茬干，汉中共青团将更加充满生机、春光无限。

4年前，我曾写过一篇文章说"重返共青团，团徽还那么亮，团旗还那么艳"，今天，我离开了共青团，依然盼望团徽更亮、团旗更艳！

　　致
　　"五四"之礼

宁强县政府　崔光华

1996年4月29日

燕子砭灭火

2003年3月28日下午5时，县上报告，燕子砭镇枣林村突发大火，镇上正组织力量扑火。当时，我正在市里学习，接到电话后，立即和时任县长张雁毅联系，张让我继续学习，他回县上处理。放下电话后，我感到水火无情，责任重大，必须立即赶回去；随即，又和张联系，由他亲自开车（司机不在），我和他同行，疾速向火灾事发地赶去。在车上，我向镇上询问了火势情况，指示副县长马九明，县委办主任赵维珺立即赶赴现场，组织300人的扑火突击队，佩戴明显标志，打出隔离带，确保西南方向的国有林不致受损；又对县上领导提出了明确要求。

俗话说"屋漏偏逢连夜雨"，赶赴事发地的路走得非常艰辛。车刚过新铺湾，就发生了堵车，无奈，我和张县长又一起抄小路，趟沟河，一路小跑，汗流浃背，近两个小时赶到大安派出所，在此找一辆小面包车往前赶。车开到代家坝，已近10点。这时你越急，车子却又出问题。我们只好找到代家坝镇书记寇贵林，租一辆小车，向燕子砭急行。

约晚 11 时，我们终于赶到了现场，摆在我面前的是近两公里长的火海。我在火海边奔波前后，焦虑万分，对火势、风向、地形地势做了分析判断。在一农户家里，组织成立现场扑火指挥部，并对人员做了详细分工。一路扑火专业队，继续打隔离带，确保国有林的安全；一路救人队，深入火区，转移群众，确保该村村民安全。我在分析判断的基础上，确定对沿宝成铁路边蔓延的大火，暂不组织扑救，因宝成铁路也是一天然屏障，可以阻隔大火。加之晚间行动，会造成人员的伤亡（当日，汉中市另一县因大火，已烧死数人，损失惨重）。待天亮后，组织力量全力扑救。夜里零时，我向汉中地委副书记蒋跃、常务副市长侯有成做了电话汇报，两位领导指示，确保不出现人员伤亡。随之，市上派出副市长郑宗林亲临现场，协助我们指挥战斗，并从勉县调 200 名消防官兵来支援我们。省政府办公厅发来电传，要求宁强县县政府必须于 29 日下午 6 时前扑灭山火。面对肆虐的山火，我的心情十分沉重。我和专程从汉中赶来的郑副市长、市公安局政委李湑在一块磋商方案，谋划天亮时发起的歼灭战如何打好。并不时地联络、搜集各路人员的进展及人员安全情况。我要求县委、县政府的干部，29 日早 7 时前，必须带人带车带工具，无条件地赶到出事点，不得有误。

时间一分一秒地过，可大火依然肆虐。我脸上故作镇定，心里却急得要命。好不容易天蒙蒙亮了，约早 7 时，近 1500 人的灭火大军准时集结，我在做了简短的动员后，由张县长下令，疾速赶赴火场，分兵合围，全力扑救，大约一个半小时，在 29 日早八时半，燕子砭大火被扑灭了。接下来用近 3 个小时的时间，处理火场，消除余火。

早 8 时半，我向市委领导汇报了灭火情况，此次山火，过火面积

1500亩，救火人员及林区村民无一死伤。市上派来支援的消防官兵行至阳平关时，我已告知："火势已灭，不用来了。"

大火扑灭后，我和张县长带人逐一检查火场，发现此次火灾尽管过火面很大，但明火是贴近地面一掠而过的，仅烧燃了地表面的茅草，对林木并未有大的影响，我们很庆幸。回忆整整一个晚上的战斗，此次灭火有许多可圈可点之处。

一是发现及时，救火队伍行动快。火情发生后一个小时，马九明副县长就赶到了现场，信息提供得也很及时准确，为组织救援赢得了时间。

二是主要领导及时赶到现场，对稳定人心，有效组织人员起到了关键作用。我和张县长赶到现场，和大火面对面，和救火的干部们零距离，使大家对扑灭大火充满着信心。

三是救火方案科学可行。以保证国有林安全为重点，借风势和阳安铁路的阻隔，有效地防止了火势的蔓延，最大限度地减少了人员的伤亡。

四是各级干部是一支招之能来、来之能战的队伍，宁强干部过硬的作风，在这次扑火战斗中得到彰显。29日清晨，当我看见一大队人马准时集结时，我的心里踏实多了。危险之中见真情。

29日中午，省政府发来慰问电，对宁强的灭火战役给予表彰和鼓励。此时，我虽一夜未合眼，可我的心仍然揪着。宁强是山区县，森林火灾每年都会发生，而我几乎每次都冲在第一线，在现场指挥，在火场上拼搏，幸好每次行动都很及时，损失不是太大。我深感作为一个县委书记，责任重于泰山，面对这些生死考验，没有回旋的余地。你冲了，

2013 年于嘉陵江畔

你拼了，你尽责了，苍天在看着你，人民会拥戴你，这就叫共产党人，这就叫忠于职守。燕子砭扑火是我在宁强期间指挥的一次最大的灭火战役，那些惊心动魄的场面，那些出生入死的优秀干部，给我的印记终生难忘。

（写于 2013 年）

诗 三 首

一

天生桥高气势雄，

引嘉入汉缚苍龙，

天赐良机勿错过，

九九誓完千秋功。

（1997年12月10日，参加二郎坝工程座谈会时即兴而作。）

二

巴山儿女钢铁汉，

九十八日创奇观。

彩虹飞降繁星点，

梦想成真齐开颜。

（1997年12月18日，参加禅家岩通电仪式有感。）

三

又是金秋八月八，

丹桂黄菊已三发。

为民辛劳何所怨，

情寄大山乐无涯。

（1998年8月8日，来宁3年，当夜思绪万千，伏案疾书。）

1999年，与时任汉中市市长胡悦在二郎坝工地

宁强八年

衙斋卧听萧萧竹，疑是民间疾苦声。

些小吾曹州县吏，一枝一叶总关情。

——题记

公元 2003 年夏季，对于我来说，是不平凡的季节。7 月 8 日，我得到消息，正式调离宁强。当夜，心情激动，思绪万千：这 8 年对宁强人民来说太重要了，几乎是质的变化；这 8 年对于我个人来说，又是那么的刻骨铭心，难以忘怀。

扶贫攻坚

8 年前的宁强，对于我相当陌生，《石牛粪金》《五丁开关》的故事曾使我对这里多少有些好感。但真正来到这块土地上，驻足沉思时，贫困的现实击碎了我的梦。"层岩叠嶂太崎岖，百里中平无百步，可怜地瘠民更贫，何堪雀鼠公庭诉。"这是旧时宁强状况的真实写照！"宁羌（强）环境皆山，绝少平原，地尽沙砾，土皆瘠瘦，生产能力十分薄弱，故为陕南之贫瘠区。"这是历史对宁强地貌的描绘。"是因地域地质关系，人祸天灾纷至沓来，20 年有余，每岁有灾，灾情奇重，亘古未有。"

这是宁强无法回避的现实。当年，全县有近百个村不通公路，148 个村不通电，近 14 万农民处于温饱线以下。我曾在一首歌词中写道："一双沉重的脚走了千百年，走不出沟壑纵横的秦巴山，牢固天险遮挡了我们的双眼，西流河千年不干寄托着我们的期盼。"

在这种残酷的现实面前，作为 33 万宁强人民的县长，我别无选择。路是人走出来的，事是人干出来的。"只要思想不滑坡，办法总比困难多。"

横下决心，背水一战。从解决宁强父老乡亲的温饱问题着眼，从改变落后的生产条件入手，开山放炮修公路，治山治水修梯地，高山移民搬迁，平地产业开发，扶贫攻坚战打得扎扎实实、轰轰烈烈。到了2000年底，全县累计解决了352个贫困村，3.15万户，13.71万人的温饱问题，全县新修乡村公路300余公里，新增通电村128个，累计解决了近8万人、2万头家畜饮水困难，如期实现了越线达标。

扶贫攻坚之战对宁强来讲，是历史性的。当年，为解决吃饭困难，大力推广玉米三项技术，使中高山区粮食产量大幅增加；为解决群众"钱袋子"空的问题，确立了茶、菌、果作为主导产业，进而把"烟、苗、药"确定为主导产品；"小额信贷，秦巴世行"扶贫项目的实施，使理想变为现实。1998年，全省秦巴世行项目现场会在宁召开，张伟副省长亲临现场。2002年，世行项目检查团团长、美国人皮安澜先生考察了宁强的世行项目后，赞不绝口，称之为做得最好的项目县。二郎坝水利水电工程的落成，使宁强人好梦成真，这个历经多年坎坷，集几代人之期冀的电站在1996年再次大规模开工，经过四年的艰苦奋战，1999年11月顺利竣工，工程投资5亿元，将嘉陵江水调入汉江，实现了发电、扩灌、防洪、旅游等多项功能，工程带动了群众脱贫致富的步子。二郎坝、水田坪这些昔日的不毛之地，现在也是楼房林立、车流不息。"高峡出平湖，幽谷明珠耀，鸟飞鱼跳轻舟过，风含情来水也笑。"2002年宁强人首创"三改三建"，建设文明新村，向着新一轮扶贫开发的目标奋进。

在宁强漫长的日子里，最使我牵肠挂肚的就是那些贫困户。太阳岭乡簸箕村是我的联系点，8年时间，我去了不下20次。贫困户姚志汉的孙子多年有病、常常因病休学，病因一直未查出。我了解情况后，带上县医院的大夫上门会诊，并把病人接到县医院治疗，终于确诊了病情，对症治疗，小孙子很快恢复了健康，能正常上学了。前年，他写给我一封信："天下父母慈爱心，你却胜过父母情，我身体好了，学习进步了，上学期还得了奖励，再也不是老一年级了，我们全家人祖祖辈辈都把你永远铭记在心……"毛坝河的小学生谷雪梅几乎是个孤儿，几年时间里，我没有间断对她的资助。去年，雪梅又顺利地考入了宁一中，成为品学兼优的好学生。

8年的扶贫攻坚，成就了宁强的辉煌，奠定了新世纪宁强腾飞的基础。一个庄严的承诺把好梦圆，愚公移山的故事有续篇，铁锁锁不住我们前进的步履，西流河传颂着我们奋斗的画卷。而今，当你身处巴山秀水之间，观山城美景，品宁强雀舌时；当你路驻农户家里，看到在最偏远的山村，依然白天是车水马龙，夜晚是灯光闪烁时，无不为此动情、为之惊叹。房顶上那红瓦红得叫人发烧，墙上那瓷砖白得使人目眩。宁强人民在脱贫路上一路艰辛，一路欢歌。"苦干迎来新世纪，走出贫困天地宽。"

路在脚下

宁强的县情是贫困，制约宁强发展的瓶颈是路。这是宁强人民的共识，是宁强人千百年为之奋斗的目标。五丁开关的神话是远古年代的事，它并未改变宁强人的命运。1936年修通的川陕公路，虽联通了秦蜀，但那是一条弯弯曲曲，不上等级的路，牢固关、石侠关、七盘关……就听一下这些名字，就使你望而却步。90年代中期，处在秦巴之间的宁强人被改革开放的春风吹动了心，他们不再满足肩挑背扛、老牛破车了。1996年，我参加了地区组织的赴四川巴中考察公路建设活动后，第一个大的决策，就是全民动员大修公路，县城过境段1.7公里率先动起，这是108线上在我县第一段水泥路。随之，滴回段二级路紧紧跟上，县乡村公路全方位开花，一个全民动员、大修公路的热潮迅速兴起。在那些日子里，我不时地为老百姓的修路热情所打动。舒家坝乡郑家坝村修公路，男女老少齐上阵，很多妇女背上还背着小孩。当他们听说县长来看望他们时，很多老乡哭了。我破天荒地表态，奖励他们5000元，很多群众泣不成声……

嘉陵江畔的巨亭乡虽在铁路沿线，但五个村的农民无路可走。因为路不通，龙岗坝鸳鸯池的农民无一户修砖房的，据说新中国成立后，这地方只有一位副县长上来过。1998年，在年轻的乡党委书记带领下，苦战两个冬天，修通了24公里的乡村道路，从而结束了全县唯一一个不通公路的乡的历史。2000年夏，我乘车到鸳鸯池时，老百姓自发地放起了鞭炮。当年，该村新购拖拉机、汽车20余辆。

宁强高速夏家河　王金泉摄

"翻过照壁山，把命交给天。"这是关口坝公路险况的真实写照。1999年，关口坝人在乡书记的带领下，奋战两个冬夏，改建了关茅路，当关口坝人乘公共汽车可当天往返县城时，他们对生活的热爱和追求肯定提升了上百倍。

修路这件事在这八年中，始终未停过。从巨鸳路到何茅路，从阳广路到城黄路改造，从二级路到高速路，大大小小，修了不下500公里。村村通公路的目标基本实现。有三分之二的乡通了油路，特别是西汉高速路率先从宁强修起，经过3年的奋战，投资22亿元的宁勉高速路即将通车。届时，宁强到汉中1个小时，到成都3个半小时，"蜀道难"的历史将被彻底改写。

修路改变了宁强人，修路提高了宁强的知名度。当年，我带领交通局和有关方面的同志数次到汉中、到省上汇报，争取项目，争取资金。1997年元月，程安东省长来宁，在我递给的县政府的修路报告上签了字，才使打通牢固关的愿望变成了现实。在高速公路的现场，面对征地、搬迁、赔补等一系列复杂问题，适时决策，果断处置，从而保证了高速路的正常施工，宁强良好的施工环境被外界连连称颂。

当年，一位在汉主政且颇具影响的领导说过一段极富哲理的话："……我们没有能力走出秦岭，我们可以把路修好，把山门打开，让别人走进来，开发我们，这实际上等于我们走出去了。"是的，宁强的路通了，宁强的经济活了，宁强人的面貌变了，敞开山门，招商引资，西安人来了，成都人来了，港商来了，宁强风展红旗如画，宁强风景这边独好。

一城六镇

宁强的县城在哪里？羊鹿坪。宁强的县城有多大？"山城斗大半城荒。"8 年前，我来到宁强，除了明嘉靖年间建的西城门楼还可看出宁强过去有城外，县城几乎就是一个小镇子。那时候，在县政府门口，经常有农民牵牛扛犁，拉尿运粪，使人窝火又无可奈何！

也许是受在汉台武乡工作的启发吧，我坚定了走"城镇化带动工业化、工业化推进现代化之路"的理念。1998 年，酝酿了许久的旧城改造之战打响了。我亲自主持制定了县委县政府旧城改造的 18 号文件，文件明确了"统一规划、分期开发、政策优惠、自负盈亏"等基本内容。当年，首先拆迁了政协和招待所门前的旧房，改写了县政协无大门的历史。1999 年县医院门前，北门口改造相继进行。2000 年，面临群众上访等诸多矛盾和压力，旧城改造不仅没停，还加大了力度，西门口打开了，新辟了东大街。到了 2001 年，由于汉中、广元等房产开发商的介入，宁强的城建非常火爆。半边街、河街相继完成了拆迁改造，上官街的改建也如期进行。到 2002 年，旧城改造累计投入资金 1 个亿，拆迁近 7 万平方米，新建 18 万平方米。当年，县委提出的用 3—5 年时间完成县城主要街道旧房的改造任务的目标如期实现，可谓奇迹。

北大街当年什么样子，路不到丈宽，两边的房子矮得碰头，北街的居民无地方上厕所，常为雨天内涝而叫苦不迭。而今的北大街楼房矗立，道路宽敞，路灯明亮，一片崭新气象。

半边街当年是一排低矮的瓦房加几十间店铺，湖北仙桃、浙江温州人在此经商。而今，这里已是另外一番景象，那错落有致的楼群，豪华的花岗石路面，特别是夜晚明亮的槐花灯在河水中形成倒影，把县城点缀得格外鲜活。

宁强县城有广场了，这是前无古人的。广场上玉妃初浴的雕塑和巨大的广告牌是经济繁荣的体现。广场正在扩大，向西城门延伸，有玉带河环绕，"城河结合，以河兴市，相映成趣"的城建特色凸现。现在，没有来过宁强的人到宁一看，留下一句话："看到的比想象的好得多。"来过宁强的再来宁强，留下另一句话："没想到变化这么快！"去年7月，一位80年代后期在宁强担任县级领导的老同志回到宁强，在城里迷路了。2000年原省委副书记艾丕善来宁，当晚游览广场，兴致勃勃，连连称赞。

受县城开发建设的启示，大安、代家坝等6个乡镇也都动了起来。大安先后投资500余万元，改建了近两公里过境路，代家坝主街道打了水泥路，房屋焕然一新，燕子砭成为"小广元"。广坪、青木川这些昔日贫穷的地方也都发生了巨变。青木川的魏辅唐过去因经商兴学在当地颇有影响，而当回龙场新街建成、风雨桥改建和镇政府大楼崛起，这个旧时的土豪劣绅一下子在老百姓心中黯然失色了，党和政府的形象一下子高大了许多。

铁锁关过去没有街，没有水泥路，而今，出现奇迹了。几年来，先后新修了3条主干道，架通了自来水，街上铺上了彩砖，安上路灯。今年5月，当我陪同省市领导漫步在周铁路口并深入到百姓建的新楼中查看时，一下子惊呆了，这里老百姓的住房高大宽敞，家具现代气派，绝对超过"省军级"。周铁路口的大桥穿上了新衣，镇政府的办公楼耀眼夺目，铁锁关的夜晚和县城一样美。

巩家河山坪村投资几十万建起了农民广场，广场上有雕塑、草坪等现代装饰，那气派使人感慨，令人鼓舞。

高宅子、胡家坝借高速路建设之际，整体规划，集中开发，新镇似乎在一夜间崛起。

2003年5月，宁强县城在陕南率先通了天然气。6月，投资1400万元的县城供水工程顺利通水，一体化净水设置正常运行，不仅降低了成本，而且提高了质量，从根本上解决了宁强县城"水荒"之忧。

是啊，什么叫跳起来摘桃子？怎么走跨越式发展之路？这些年来，我无时不在琢磨：宁强城镇建设的实践诠释了这一切。思路就是出路，思路就是财路。没有1998年大刀阔斧，敢想敢干的决策，宁强的旧城改造就起不了步。没有2000年顶住风浪，顽强地拼搏，就没有今日的辉煌。

小城镇、大战略，宁强人的路走得很从容，很实在。

情有独钟

宁强的学校最漂亮，宁强的教育是亮点。这是不争的事实。

八年前，我来到宁强，展现在我面前的教育现状使人惊讶，叫人犯愁：

"一无两有"的目标据说实现了，可土台子、泥孩子的现象依然存在。

舒家坝中心小学的学生十余人吃住在一间小房子里，一边是通铺，一边是独独灶。学生下课后，各自做饭，房间里烟熏火燎，一片狼藉，

我为之落泪了。

曾家河小学的学生在危房里读书写字，听说"普六"已验收了……

全县公办教师的工资已拖欠了近7个月。1995年冬，县上为乡镇教师拨专款用于发工资，可个别乡镇却用此款去还了其他贷款。许多民办教师拿着60元的月薪在讲台上支撑，下课后养家糊口问题又压得他们喘不上气。还有人怀揣着"白条"回家过年。不时听到教育局报告有教师外流的、辞职的……

面对这样的现实，作为当过中学校长的我，心情十分沉重。"如果我们的基础教育条件不改变，就永远摆脱不了贫困。"在冷静地分析县情后，我顶住压力，做出了决断：

立军令状，当年消灭"土台子，泥孩子"问题。改善学生的吃住条件，消灭学生自己开灶现象。

将公办教师工资收到县上，教师工资优先发放，不准拖欠。民办教师的工资从1996年起，每年以15％的速度递增。

农村教育附加费足额征收，城市教育附加费全部用于教育。

每年从优秀代课教师中选拔正式教师，解决教师队伍缺员问题。

这些带行政命令式的措施，很快起了作用，从 1996 年开始，再没有拖欠教师工资的现象。民办教师的报酬大大增加，初步稳定了教师队伍，遏止了教育滑坡问题。

从 1998 年开始的普九战役把宁强的教育事业推向了新阶段，当年，我在普九动员会上讲："治穷先治愚，治愚办教育，横下决心，挖掉穷根。"这几句话，很快成为全县人民的自觉行动。一个全县动员，全民动手，大办教育的氛围迅速兴起。

根据教育局的统计，自 1998 年普九以来，全县多渠道筹措校建资金 6200 万元，新建校舍 12 万平方米，排除中小学危房 5.8 万平方米，新建扩建中学 16 所，中心小学 46 所，村小 260 所，新建校门、围墙、操场 2.3 万平方米，新增绿化面积 2.6 万平方米，为 70 所学校配了图书，50 余所学校配置了教学仪器，中小学条件发生了根本变化。

逸夫中学的建设花了 500 余万元，因此而成为全县示范性中学。

铁锁关中学，整齐划一的 4 幢楼，加上良好的内部设施，在全县堪称一流。

胡家坝镇花了 300 余万元，新建了一所十分气派美观的中学。当杨森公司的比利时老板目睹了学校的全貌后，不时发出"OK……OK……"的赞扬声。

代家坝中学、中心小学虽建在乡镇，但规模和设施一点也不比城里差，那是镇领导高度重视，科学决策搞起来的。寇贵林不买小车修学校，事迹十分感人。

广坪的私营企业主张明华为修乡中学捐款 20 万元，展现了宁强人重视教育的宽阔胸怀。

而今，不管你是沿 108 道、烈阳路、阳广路，还是到偏远的禅家岩、关口坝，最耀眼的房子是学校，最美的风景在学校。全县所有的中学已全部楼房化，小学实现了砖房化。

教育的硬件改善了，教师积极性被带动起来，教学质量也大大提高。历史悠久的宁一中焕发了青春，在石正义校长的带领下，连续四年，高考成绩居汉中市山区县之首。在全国职业教育处于低潮时，宁强的职业教育如火如荼。2002 年，全市职教现场会在宁强召开。中小学的素质教育、艺术教育也成效不菲，全县城区的六所中小学全部都组建了管乐队，并且经常演出，这让汉中市音协主席黄公亮先生惊叹不已。去年底，全省高中教育现场会结束后，宁强动作迅速。宁一中征地扩建操场，修公寓楼，外出招聘教师等，正在为建成省级重点中学而努力。

今年 7 月，我离开宁强的最后几天里，又一次沿 108 道、烈阳路，边走边看，想了很多——宁强的历史文化沉积是厚重的，但那多是文人墨客对山水的吟诵，是落难的政客痛苦中的自慰，离大众百姓太远。而今，我们是在用心血谋关乎宁强人子孙后代幸福安康的大计，是在用自己的双手，实实在在地做关乎宁强百姓的大事，因而，更显得意义久远……

把风气搞正

1997 年 10 月，我担起了宁强县委书记的重任。一位资深的老同志意味深长地对我讲："希望你把风气搞正。"面对当时的现状，我陷入

1998 年与程安东省长在宁强

了深深的思考，县委书记是干什么的，出主意，用干部，总揽全局的。"风气上出了什么问题，从哪里下手?"我想了很多，自觉担子不轻! 在 7 月 31 日的施政演讲中，我提出了"坚持好思路，发扬好传统，带出好风气，开创新局面。"的施政方针，并向全县人民庄严承诺，从我做起，坚持"五不准"。

　　把风气搞正，自己先要正起来，群众看干部，干部看县委，县委看书记。8 年来，我严格要求自己，工作上认真，生活上严谨。多少个星期天，我在乡间村里度过，多少个夜晚，我和孤灯做伴。我在述职报告中写道："8 年时间里，我如履薄冰，不敢有丝毫的懈怠，生怕自己决策上的不慎，给宁强人民带来灾难，生怕自己言行不检点，给组织抹了黑。守得住清贫，耐得住寂寞，抵得住诱惑，这是个人修养上的最大收获。"

把风气搞正。从干部年轻化入手，大胆启用有开拓进取意识的青年干部。当然，也有对此非议的。当年，我的这些"硬招"，得到了广大干群的理解和支持，这才赢得了宁强这几年的跨越式发展。时至今日，我依然觉得这是我在宁强施政期间最成功的，最具有开拓意义的。

把风气搞正，领导干部要敢于碰硬。在旧城改造的现场，我严肃批评了不讲质量的野蛮施工行为。在高速路现场，我痛斥了贪污国家财产，发不义之财的人。严肃查处吃吃喝喝、奢侈浪费，腐化堕落的人和事。

把风气搞正，关键时刻，领导干部必须出现在第一线。这些年来，无论是抗洪抢险，还是森林扑火，我都是在最快的时间赶到第一线，现场指挥，稳定人心，把损失降到最低程度。今年3月28日，燕子砭发生森林大火，我和县长在第一时间赶到现场，理性决策，沉着指挥，快速扑灭了大火，未伤一兵一卒，得到了有关方面的高度评价。

我是一个农家子弟，深知农民的艰辛和痛苦，在我的从政理念里，"任何时候都不能欺负农民，任何情况下都不能忘记农民"成为我的座右铭。这些年来，老百姓的来信，我一一批阅，亲自督办；百姓的上访，我热情接待，端茶送水。我生怕自己忘本，每年坚持到大田插秧，到百姓家中接受烟熏的考验，以此来磨炼自己的意志。

坚持数年，必有好处。几年过去，宁强县的各项工作有了明显起色。2002年，有10余项工作名列全市前茅。连续两年获得省水利振兴杯，全市退耕还林现场会在宁强县召开，计划生育提前达省综合服务县，小城镇建设、环保、教育、文化、防非典等多次受奖，在市委、市政府的目标责任制考核中，连续 3 年获得优秀。

在 8 年的工作中，我尤其感到欣慰的，是带出了一支好队伍。县委、县政府精诚团结，换人思路不变，优良传统不丢。人大、政协倾力支持，上上下下全力配合。宁强干部中出了优秀人才，寇贵林光荣出席了十六大，开创了宁强党建之辉煌；各级领导干部说给他人听，做给他人看，党员是旗帜，干部是标杆，事业岂有不兴之理？

这里，还要提及的，是宁强的文化事业，这些年来也有质的变化，出现了一批"重量级"人才。饱受创伤的宋文富老先生，把宁强的历史文化挖掘得叫人耳目一新。王安国的歌使宁强的文化流淌了起来。程文徽的小说使人了解了宁强历史上动魄的一幕。咏桂的诗、小说使人看到了宁强人观念上的与时俱进。"宁强书法"现象、《汉源报》《起风》《三泉》《钟道》等刊物，都充分展示了宁强文化事业的灿烂，经济社会的协调发展。而今，你到宁强的城镇、乡村、平坝、高山去走一走，各级干部良好的精神状态和求实的工作态度，扎实的作风随处可见，风气的确正了许多，事业的确辉煌了许多。风咋正的，是领导干部的模范行动，是领导干部的人格力量！

2002 年底，市委书记胡悦来宁。当晚，漫步在花团锦簇的半边街上，胡书记感慨地说："宁强县这几年改革开放力度大，经济建设成效显著，县城建设起点高，重点项目进展快，综合实力明显增强，几大班子非常团结，县委的核心作用充分发挥。光华，你们吃苦了，干得很不错。"在 2003 年元月召开的县十二次党代会上，代表们一致认为：自1998 年十一次党代会以来的这 5 年，是我县干群抢抓机遇，经济建设和社会事业投入最多的 5 年，基础设施得到极大改善，人民得到实惠最多的 5 年，是城乡面貌发生显著变化，建设成就最为突出的 5 年，这 5 年的工作，为建成陕甘川毗邻地区经济强县打下了坚实基础。

告别宁强

8 年的宁强，弹指一挥。当我真正离开它的时候，眷恋之情，无以言表。

8 年的宁强，给了我施展才华的广阔舞台，应该说"大戏"唱得比较精彩。

8 年的宁强，磨炼了我坚韧不拔的意志，学会了在复杂环境下生存、发展……

8 年的宁强，使我有幸认识这里的山山水水，激发了我文学创作的潜能。那一篇篇流畅生动的散文和一曲曲悦耳动听的歌，记录了我的心迹历程，是我回报大自然，回报宁强人民的真诚礼品。记得在我漫步嘉陵江畔平视青冈坪时，《感悟燕子砭》一文就有了骨架；当我夜宿在关口坝乡上，面对无电的黑夜，仰视星空，于是，就有了《关口坝行》；当我在二郎坝水库指挥泄洪，经历了生死考验之后，就有了《二郎坝泄洪记》这样有冲击力的文章。一位武汉大学社会学系的学生来宁强，看了我的文章，又实地考察了一些乡镇后，写给我一封信："崔先生，当我得知您目前的地位时，便略有几分惊讶。您作为一名当政者，一方面在实践中用自己的心血来努力改变宁强。同时，用充满感情的笔来书写这片土地。看得出，您对这块土地的感情是别人难以比拟的，因为您对她付出了心血，才会从内心深处爆发出诚挚的情感。虽然，目前，社会

2003 年告别宁强

上有许多的人和事让我们对这个社会感到疑惑，但通过您，让我相信，在这个社会上，更有许多像您这样的人在用自己的良知与责任，关爱着我们的社会，是你们这样的人在为我们这个社会做着不懈的努力。"

2003 年 7 月 13 日，我真的要离开宁强了。上午 9 时，数百名干部冒雨为我送行，德高望重的老干部为我送上"八年勤奋苦干，宁强面貌大变"的条幅。那热烈的掌声震颤着我的内心，盈眶的热泪迷糊了我的眼睛。上车的一刹那，我的思维凝固了，我在问自己："就这样走了吗？宁强的事业还未成就，宁强人民还需要你！"但是，对组织的决定只能服从。当汽车缓缓开出县委大院，开出宁强县城，我慢慢平静下来了，是的，我在宁强的使命已经结束了，8 年，实实在在，无怨无悔。

离开宁强的那些日子里，不时有宁强的同志给我打电话，中秋之夜，发给我的短信不下几十条。一位机关普通的工作人员在信中写道："尊敬的崔书记，请允许我按原来的职务称呼你，因为，这称呼在宁强人的心里已烙下了深深的印记，您在宁强工作期间，政绩赫赫自不必说，尤其可贵的是成全和造就了一批人……我会在汉水源头为您深深祝福……"

那个已上宁一中高二年级的学生谷雪梅也把信从宁强寄到安康，雪梅在信中写道："崔叔叔，您给了我一方沃土，任我播种理想，给了我一片蓝天，让我找到放飞的天空，给了我一缕明媚的阳光，感受爱的温暖……崔叔叔，能听见山际间那清脆的鸟鸣声么？那是雪梅最纯真的思念与祝愿！"

同样，对宁强我感情依旧，难以割舍，7月15日，宁强遭水灾，当我听到汛情时心急如焚！打往宁强的电话不下数个……

天洋药厂对外合作问题，我还在操心。

……

我专门订了一份《汉中日报》，不时地从字里行间了解宁强的进展。互联网上，宁强政府专页，我也经常浏览。

是的，宁强8年，是我人生自觉最风光的8年，能力的提高，品质的锻造，性格的成熟，毅力的形成无不得益于这里的天地之灵气，物华之天宝。一方水土养一方人，一方水土成就一方人。在硕果累累的金秋十月，在奔腾不息的汉江之畔，我思念宁强，感激宁强，愿宁强事业辉煌灿烂，祝羌州人民，幸福安康！

最后，我引用诗人周帆的《忘不了》作为结束语：

忘不了汉口晚照

忘不了嶓冢松涛

忘不了核桃馍的清香

忘不了茅山歌的曲调

忘不了穿山的金牛道

忘不了治水的禹王庙

忘不了那个勤劳的好小伙

在我梦里砍樵

忘不了雄关漫道

忘不了嘉陵狂潮

忘不了燕子砭的热血

忘不了苏维埃的长矛

忘不了溢香的雀舌茶

忘不了不灭的红火苗

忘不了那美丽的姑娘

在我的梦里绣荷包

（写于 2003 年秋）

回 宁 强

今年 7 月 13 日，是我离开宁强 10 周年的日子。在此之前我早就萌发了回去看看的念头。因为宁强是我从政生涯中最重要的一站，她给我留下的记忆刻骨铭心，终生难忘。同时，宁强经历了 2008 年 5·12 大地震，胡总书记等中央领导多次来宁强视察，灾后重建如火如荼，在汉中大地名声斐然。作为一个宁强人，是该回去看看了。

宁强县城新姿　王金泉 摄

　　我给此行定的调是民间活动，低调从简。当向导且全程陪同的是原代家坝镇书记，后任县政协副主席，现退居二线的宁强"名人"寇贵林。十一日中午，在大安镇我见到了这位"土得掉渣"的老朋友。在他的陪同下，我再次目睹了大安镇的街貌，激动之情油然而生。

　　大安是宁强的名镇，金牛驿、五丁关、古汉源、古汉桂都是历史的印记。那个曾任过汉中市人大常委会委员、宁强旅游开发的创始人熊金玉老汉已过世了，可他创办的卧云山庄却如日中天。这里新建了生态日光大厅，还有演艺场，精致的宴会厅等。108国道改线中，大安新建了两座汉江大桥。年轻的镇党委书记在搬迁办的沙盘前为我讲解：村民们正紧张有序地向此处聚集，未来这里是大安镇上配套设施最为齐全、最具有现代色彩的农民新村。在大安街上漫步，我看到了翻修一新的镇政府大楼，已有六百年历史的禹宫古桂又发出了新枝，烈金坝路口的"金牛奋进"雕塑格外醒目。听说宽川、南屏两乡已撤，归并到大安镇，这几乎就是过去的大安区、"金牛县"了。

中午在卧云山庄的一顿美餐吃得酣畅淋漓。核桃馍的清香扑面而来，麻辣鸡的滋味麻得舌头打战，辣得泪水洗面，还有根面角，洋芋粑粑等传统美食，真叫人胃口大开。

代家坝片区是我此行的第二站。曾在此工作多年并成名的寇贵林如数家珍，向我介绍了镇情。代家坝是宁强的工业重镇，这几年对环保非常重视，东皇沟、巩家河河水比过去清亮多了，街道也搞起了绿色走廊。家家门前栽花种树，一派繁荣景象。

沿新修的水泥路，我到了嘉陵江边的巨亭镇。巨亭乡旧址在江对岸的火车站边。过去村民运送生产、生活资料都要摇木船过江，极不方便。2000 年前后，修了汽车轮渡，交通条件有所改善。如今，嘉陵江上的两座大桥横空出世，村村都通水泥路。乡政府和原曾家河乡合并，成立新的巨亭镇。镇政府的新楼庄严醒目，在嘉陵江边巍然矗立。

巩家河的山坪村久负盛名，10 年前，这里已建有农民广场了。如今的广场面积扩大了，美化亮化的层次提高了，大型电子屏上不时有当地的天气预报及最新信息。带领村民率先致富的老支书薛余庆依然风采不减当年。其后生薛文生正把老支书绘就的蓝图变为现实。现在，山坪村已有"全国生态村"等七项桂冠，它印证了山坪村的辉煌历史。

当晚，返回大安，夜宿金牛酒店——一个农家小店。夜晚气温凉爽得叫人难以描绘。酷暑盛夏，住在这里绝对是一种享受。我很快入睡，梦里还有"石牛粪金"的踪影哩。

第二日一早，沿烈阳公路前行。车刚过嘉陵江大桥，一个极具现代

色彩的新区映入眼帘——"子龙新区"。听镇领导介绍，5·12 地震后，镇
上就开始规划建设新区，结合陕南移民搬迁，这里将安置两千余户，成
万人社区。目前，已是省上确立的重点镇。镇政府的办公大楼精致典
雅。隔壁的镇中心幼儿园色彩鲜艳，远远看去十分耀眼。听园长介绍，
这里是镇中心幼儿园，已就学的幼儿有 300 多名，其教学水平乃全县一
流。阳平关镇中学原为宁强二中，现改名为宁强荣程中学。听介绍是援
建项目，其规模和布局非常大气，也是当地标志性建筑。"选择荣程，
成就梦想"，电子显示屏上 8 个大字给我深深的印象。

　　太阳岭是陕甘两地的边陲乡镇，10 年间这里也有变化。街道宽了，
中学和幼儿园改建了，一河两岸的开发也有点眉目，人气也比过去旺多
了。多年前，我任宁强县政府县长期间，联系该乡，帮助其新修了办公
大楼。看到一批年轻人在此信心百倍地干事创业，我眼眶湿润了。

沿阳青公路西行，我再次注目嘉陵江对岸的燕子砭老街。一座新的粉色大楼拔地而起，同行的人介绍，那是燕子砭的青岗坪学校。"青岗坪"，多么熟悉的名字，那是曾经演绎过惊天教案的地方，一个记录宁强人光荣与屈辱的地方。

燕子砭镇政府门前的石头上，有几个耐人寻味的字"嘉陵上善"。5·12地震后，天津东丽区帮助新建了"东丽村"，如今这里房屋错落有致，文化设施配套齐全，成为一个农村新社区了。我走访了几户村民，他们的脸上都泛着光彩，幸福的笑容极其生动。

广坪镇是陕西最西南的乡镇。5·12地震后，胡总书记亲临广坪，使其知名度大增。广坪的矿产开发，农副产品加工，集镇建设都做得很有层次。金山寺库区移民，地震灾后重建，也使这里的人口翻了两番，街道也新增了好几条。在广坪河边，还建起了居民健身广场，广坪镇政府

也已"面目全非"，新建的大楼十分壮观，成为重要的街景了。听镇长介绍，从广坪到金山寺的路已改道且硬化了。白龙湖的旅游开发也正在做，农民企业家张明华的产业已开始多元扩张。宁西公司的大客车好漂亮，这是广坪人精气神的展现。遗憾的是，因时间仓促，未见上这位宁西公司的老总。

青木川是我此行的重要一站。这几年，青木川声名鹊起，叶广芩的书及电影使人更多地知晓了青木川。车过东沟水库，不远处，一座古朴醒目的牌楼映入眼帘——"青木川"。我立即下车，细细观摩这座极富传奇色彩和丰富文化元素的小镇。沿青木川新街前行，两边的仿古建筑已成规模，富有传统色彩的商业文化符号比比皆是。飞凤桥的廊坊已翻修一新，回龙场街上的青石板重见天日，街道干净整洁，从事羌绣的妇女在精心地穿针，新建的关公祠坐落在街东头。尤其让我惊叹的是：魏氏庄园已整修，原住户均已迁出，具有魏氏符号的著名建筑，"荣盛魁""盛世唐""荣盛昌"，折射出当年商业文化的繁荣。从建筑学的角度上看，辅仁中学大礼堂是独特的，有创意的，且经受了多年风雨的冲刷及大地震的考验。"普及教育""厦庇群英""适者生存""履道荣仁"这些名匾所体现的治学思想在今天看来依然是先进的，有生命力的。青木川人魏辅唐在当地名声显赫。一是独具特色的建筑群；二是经商、办教育的开放理念；三是村民自治的管理模式；四是其个人的传奇色彩。这是难得的历史"文化遗产"。

青木川镇政府的布局更让人欣喜，南北方向的两座二层楼青瓦白墙红窗有序排列，东西方向由两条开放式长廊连接，周围是广场、花园。总体上既体现了古朴的民族建筑之特色，又和旅游开发所营造的山乡风格极为吻合。既是办公场所，又是旅游景点，休闲观光，赏心悦目。10余年前，在此修建的原镇政府大楼已不见踪影，代之而来的，是一个有着丰富文化内涵的历史名镇，是一个集民间建筑之大成的博物馆，是一个山水相依，天人合一的最佳宜居地。青木川，川陕名镇，实至名归。

第3日上午，我们一行又来到巴山深处两省交界地的巴山镇。这里原来叫茅坪沟，镇政府也是新修的，街道面积扩大了，移民新区基本形成，镇中心幼儿园也十分漂亮。茅坪沟的水稻郁郁葱葱，所产的大米因生长期长，品质、口味俱佳，在市场上很受欢迎。年轻的镇长告诉我，通往关口坝的路也硬化了，当年"翻过照壁山，把命交给天"的历史终结了，我由衷地感到欣慰。15年前，当关茅路开通庆典时，老百姓自发的放起了鞭炮。现在，这个得民心的水泥路一定给老百姓带来更多的方便和实惠。

毛坝河是宁强县西南角的边远乡镇，如今这里也是繁华热闹之地。农贸市场扩大了，移民的环行街建成了，镇政府也搬迁了，特别是地震后所建的中学宽敞、明亮、现代味很浓，"唯严唯实，求精求新"诠释着办学理念。在巴山深处，一路走来，山间溪流潺潺，鸟语花香，两边的玉米根深叶茂，红红的"胡须"在微风中晃动，似乎在向我们频频招手。

13日的中午，我如期回到了县城，10年前的今天，我离开宁强，数百名干部群众冒雨送行的场景在我脑海里浮现，我十分想念这片我曾为之奋斗的土地和关心我、支持我的父老乡亲。沿玉带河上行，我观看了宁强的羌族博物馆、规划展示馆、县城体育馆、工业园区等，思今抚昔，感慨万千。

玉带河、小河两条河环绕县城，三级翻板闸的建成使河变湖，宁强成为水城。沿河两岸，杨柳垂吊，绿树成荫，碧波荡漾。站在玉带河大桥上环顾，上游的永惠廊桥古香古色，庄重典雅。下面的三角洲公园凉亭林立，游人如潮。具有现代色彩的 3D 电影院在旧址上新建，使玉带河两岸真正成为居民休闲健身的理想场所。当年，县上提出"城河结合、以河兴市、相映成趣"的 12 字城建方针已充分完美地实现了。

宁强的县城的确是全新的了。清晨，我漫步在县城的大街小巷，寻找南大街、县委党校的旧址。因当年宁强在全市率先搞起旧城改造，2003 年我走时，县城的旧房仅剩南大街片区了。现在一看，南大街片区的旧房不见了，县委党校也搬走了，清一色的川西民居风格的楼房鳞次栉比。当年的宁强没有十层高以上的楼房，现在已是高楼林立了，七里坝的保障性住房整齐划一，使县城面积扩大到了 8 平方公里，宁强的城市建设可谓一日千里。

七里新区　金泉 摄

传艺羌绣　黎德华 摄

　　宁强羌族博物馆风格独特，三座形态各异的大楼在玉带河边耸立，博物馆里有大量的出土文物，特别是对羌族人的文化习俗如"上刀山，下油锅"等通过造型和图片刻画地栩栩如生。羌族的服装也很艳丽，讲解员穿着羌人服装，很漂亮。这些年，宁强在挖掘"羌文化"方面做了很多工作，使"宁羌"文化有了丰富的内涵，旅游业得以大发展。宁强规划展示馆也很有品位：宁强的历史、现在和未来勾画得清清楚楚，使人振奋。

　　宁强的体育中心更使人赞叹不已，玉带河边当年的荒地、乱石滩现在不见了，取而代之的是绿茵茵的足球场，数个篮球、羽毛球、网球场、游泳馆。豪华的体育馆是一座现代建筑，里面的场地、座椅及通风采光设备都是国内一流的。听馆长介绍，是灾后重建项目，投资数千万。现在每天来此锻炼的市民上千，因而宁强参加省市体育比赛拿奖也多。宁强人的生活质量极大地得到提升。

宁强一中和县医院是天津人帮建的，因而改名为"宁强天津中学"，"宁强天津医院"。沿 108 国道西行，两座宏伟、醒目的建筑群就显现在眼前。县领导说，这是目前全市建的最好的中学和县级医院，我信服。经历了 2008 年地震灾难考验的宁强人"化危为机"，在天津人民的支持帮助下，使文化卫生事业得到根本性的改变。这里我引用宁强天津中学教学大楼上的一段名言，足可以证明其先进的教学理念："教育不是管束，而是解放。教育不是灌输，而是点燃。教育不是苦教，而是乐学。"

汉水源森林公园的建设有了新气象。在松涛林海之间，月亮湾里独特的民居，清澈的湖水引人入胜，是理想的避暑胜地。金刚峡是新开发的景点，峡谷深处见飞瀑，黑龙潭前闻花香。新修的步道可直接到达二

道河，宁强人把旅游和登山锻炼结合起来，观念时尚。

宁强的循环工业园坐落在城东的韩家坝，入住的工业企业已有数十家，天津宝坻的几个工厂正在生产，园区自建了数十幢现代化的厂房，一个生产"房车"的企业正在紧张装配。"工业强县"的路子宁强走的很坚实。

第4天上午，沿城黄公路我看了高寨子、铁锁关、胡家坝三镇，变化都很大。尤其是胡家坝这个过去的贫困乡真可以说是"今非昔比，鸟枪换炮"了。中学门前的文化广场很新颖，几座风趣生动、寓意深刻的石雕使人颇感兴趣。胡家坝小学更是一座典雅古朴的园林学校。镇政府大楼顶部的"胡家坝"3个大字十分显眼。在西汉高速路上望去一览无遗。

紧张而兴奋的"回宁强"之行结束了。回到安康后，我依然无法把自己的思绪调整过来。依然沉浸在对往事的回忆，对宁强变化的感慨，对同事旧友的眷恋之中。10年间，宁强的交通条件发生了历史性变化，继西汉高速通车后，宁棋高速建成，县乡通水泥路，村道的硬化比例也在95%以上。一改"蜀道难，难于上青天"的历史。"要得富，修公路"，当年我在宁强工作8年间，修路不止，现在，依然是修路不停，越修越好。这是最大的民心工程。

宁强的城市建设起点高，速度快，山、水、林、园、路科学规划，格调、色彩有序组合，不负"国家园林城市"之美誉。

宁强的学校太美丽。在我所走过的10余个乡镇，"学校是当地最好的建筑，校园是当地最美的风景"，一点也不夸张。"治穷先治愚，治愚办教育"，"穷不办教育，穷根难除；富不办教育，富命难保"。当年县委提出的这些理念已深入人心并转化为巨大的发展动力。

宁强人民真能干。4天时间，我走访了近17个乡镇，见了不少乡镇领导、父老乡亲。他们的眼里闪现着自豪，他们的心中充满自信。我问了几个镇领导，他们的精神状态非常好，在他们看来，只要想干事，办法总比困难多。宁强的明天会更美好。

　　10年间，宁强的领导已换了几茬，可他们的共同点是一张蓝图管到底，一茬接着一茬干，不折腾，不懈怠，由此抓住了机遇，赢得了发展，老百姓为此受益。宁强县也真正成为汉江源头上一颗璀璨的明珠。2002年贾平凹题写的"汉江第一城"的石碑在今天显得更加光彩夺目。

　　最后，我想用一首小诗小结：

离别十年回故里，
心潮澎湃逐浪起。
汉江源头水清澈，
五丁关口林茂密。
玉带环绕成平湖，
羊鹿坪里楼林立。
山水园林皆相宜，
安宁强固新天地。

（写于2013年7月）

附一：回宁强有感

附二：回宁强续记

附一：

回宁强有感

题记：2013年7月，我在离开宁强10年后，再次踏上这块熟悉的土地。在山水中穿行，在乡村间往返。思今抚昔，十分震惊：宁强10年，面貌大变。书此拙文，以为纪念。

大　安

金牛古道大安驿，

改路架桥创业绩。

2002年，与党的十六大代表寇贵林在西安

禹宫古桂发新枝，

泛珠涌泉天下奇。

代家坝

代家坝镇实力强，

街容村貌大变样。

一任接着一任干，

“老寇”精神大发扬。

（注：“老寇”指原代家坝镇党委书记，党的十六大代表寇贵林。）

巨　亭

嘉陵江畔有巨亭，

新建两桥似卧龙。

摆渡淌水成历史，

山水欢畅五谷丰。

山　坪

闻名遐迩山坪村，

农民公园添新景。

生态环境大改善，

邻里和睦万事兴。

阳平关

子龙山下阳平关，

水陆连通陕甘川。

如今新区楼林立，

美景胜似"三泉县"。

（注：阳平关为古三泉县址。）

燕子砭

清河秀水入嘉陵，

燕子传书又传情。

"东丽"新村是福地，

吃水难忘挖井人。

（注："东丽"新村为 5·12 地震后天津东丽区援建项目。）

安乐河

安乐河畔水清澈，

八海有金矿藏多。

两水汇集聚财富，

山乡人民皆安乐。

广　坪

三省交界广坪镇，

灾后重建面貌新。

居民健身有广场，

"和谐"二字值千"金"。

（注：广坪镇广场上，有"和谐"二字石刻，"金"指金山寺村。）

青木川

金溪河畔青木川，

旅游开发美名传。

飞凤桥上有奇缘，

回龙场里羌绣艳。

巴山镇

茅坪沟里水涟涟，

巴山深处有良田。

如今路通关口坝，

翻越"照壁"报平安。

（注："照壁"指照壁山，旧有"翻过照壁山，把命交给天"之说。）

毛坝河

毛坝河水多回旋，

星罗棋布小水电。

集贸市场日繁荣，

"天池"落雨新景添。

（注："天池"为毛坝河境内一高山平湖。）

汉源镇

新汉源头飞瀑响，

雀舌名茶"七里"香。

宁棋高速连秦蜀，

车水马龙好繁忙。

（注："七里"指汉源镇政府所在地七里坝。）

高寨子

九台观下有高寨，

工业园区好气派。

韩家古树果繁茂，

新镇新居新风来。

铁锁关

铁锁关口已打开，
不尽财富滚滚来。
集镇建设迈大步，
高速路通向天外。

胡家坝

胡家坝有好传统，
尊师重教讲文明。
校园建设称一流，
广场吹来时尚风。

太阳岭

陕甘边陲太阳岭，
如今水泥路贯通。
一河两岸搞开发，
艰苦创业气旺盛。

汉水源森林公园

月亮湾里新居立，
松涛林海望无际。
香亭池水洗尘埃，
金刚峡谷吼声起。

工业园

道路宽敞设施全，
灾后新建工业园。
梧桐引来凤凰鸟，
成就辉煌在今天。

玉带河即景

玉带河上闻水声，
心潮澎湃思旧情。
闸坝蓄水河变湖，
永惠廊桥古色浓。
两岸高楼拔地起，
绿树成荫显倒影。
山水相依人和谐，
十年巨变宁强城。

羌族博物馆

三楼耸立映眼帘，

"宁羌"文化续新篇。

文物古迹太珍贵，

悠久历史如梦幻。

羌族服饰一枝秀，

"刀山油锅"留美谈。

浓墨重彩精布展，

东山观下百花艳。

（注："刀山油锅"指羌人有"上刀山，下油锅"之传统竞技活动。）

体育馆

玉带河畔体育馆，

巍然屹立山水间。

宽敞明亮功能全，

新颖别致灾后建。

清晨漫步东山园，

傍晚挥臂水上练。

宁强事业大发展，

全民健身家国安。

附二：

回宁强续记

《回宁强》见报后，宁强县委办寄来一份《宁强工作交流》，并附按语：

2013年7月11日至7月14日，原中共宁强县委书记，现任安康市人大常委会常务副主任崔光华阔别宁强10年故地重游，并以自己丰富的人生阅历，深沉的赤子情怀和一路所见所闻所感，撰写了《回宁强》一文，对我县10年来经济社会发生沧海桑田般的巨大变化给予高度评价，对全县各级领导和干部群众给予高度赞誉，对宁强未来充满希冀和信心。字里行间充满了对汉水之源的热爱和眷恋，表达了对宁强人民的款款深情。现予以全文刊发，以飨读者。

旧友发来若干小诗：

一宁强友人：

风华正茂正当年，
身负使命赴汉源。
兴利除弊树正气，
羌州大地换新颜。
大办交通抓城建，
重医重教民生先。
德高望重百姓爱，
堪称伯乐美名传。

—安康友人：

心怀民众飙诗性，
一生为官念苍生，
去留总是留口碑，
到头总是袖清风。

—汉中友人：

（一）

拜读《回宁强》，
敬佩由心起，
人过留名处，
坦然对一生。

（二）

历史就像玉带河，
记述八年功与过。
是对是错水知道，
源源流进人心窝。

赞 "安康精神"

有位先哲曾讲，每一次灾难都以历史的进步为补偿。在漫长的历史长河中，安康总是和封闭落后、多灾多难连在一起，同时又和安康人顽强拼搏、百折不挠、企盼 "安康" 的崇高理想共生共存，于是有了 "我来了" 气吞山河的豪言壮语，有了近年来经济社会面貌的巨大变化，进而形成了极富时代特色的 "安康精神"。

毛泽东同志说过，人是要有点精神的。精神是什么？是追求，是理想，是动力。精神对物质的反作用力是巨大的。我们透过作家不辞辛劳、浓墨重彩、洋洋洒洒 20 多万字的作品所演绎的那一章章精彩的情节，一个个鲜活的人物里，可以看到， "安康精神" 的核心是：艰苦奋斗，真抓实干。曾记否，在重峦叠嶂的大山里发展工业，富民强县，是前人想都不敢想的事，我们艰苦奋斗，真抓实干，挑战极限。在 "猿猱愁攀援，鸟雀难飞越" 的沟壑纵横之间，我们艰苦奋斗，真抓实干，修起村道 10000 公里，圆了 "天堑变通途" 的梦。在改革开放的新形势下，我们艰苦奋斗，真抓实干，一大批企业家应运而生，六大产业如火如荼、方兴未艾。八大民生工程深入人心、众口称颂。

而今，当你乘汽车行驶在西康高速路上，为那 "车在雾中行、云从

脚下来"的梦幻而欣喜若狂之际；夜间，当你站在安澜楼环顾四周，纵观灯火通明、色彩斑斓的安康夜景时，你才会真正感受到，"安康精神"是如此沧桑厚重。"安康精神"是朴素的，一分耕耘，一分收获；"安康精神"是伟大的，"从来就没有什么救世主，全靠我们自己"。"安康精神"是安康人生生不息，昭示未来的巨大财富。

安康市文化文物局的同志们思维敏捷，使命感强烈，及时派作家深入生活，撰写出"挑战极限""乡村大道""猪倌传奇"3 部报告文学，作品从不同角度、不同侧面真实形象地反映了我市在强力推进新型工业化、城镇化、农业现代化和人文化过程中的努力，素材真实，情节感人，它是英雄的史诗，是催人奋进的战鼓。

我衷心祝愿《安康精神》出版，我坚信，"安康精神"发扬光大之时就是安康繁荣昌盛全面小康之日。

2009 年 10 月 9 日于安康

（本文是作者为《安康精神》所写序）

好一曲理想之歌

　　胡锦涛同志在党的十七大报告中，提醒全党同志："我们要永远铭记，改革开放伟大事业，是在以毛泽东同志为核心的党的第一代中央领导集体创立毛泽东思想，带领全党全国各族人民建立新中国，取得社会主义革命和建设伟大成就以及艰辛探索社会主义建设规律取得宝贵经验的基础上进行的。新民主主义革命的胜利，社会主义基本制度的建立，为当代中国一切发展进步奠定了根本政治前提和制度基础。"胡锦涛同志的这一段话，既放射出马克思主义唯物史观的华彩，又充满了对老一辈革命家的缅怀深情，表现了中华民族优秀传统文化浸润至深，在成就面前感恩先人的人文态度。保持和发扬这种人文精神是中国人的美德，也应成为各级领导干部在以人为本、科学执政中必须体现的一种情怀。市委老干局编辑的《桑榆叙事》一书，较好地体现了这种人文关怀。是在新时期，如何从精神层面为老干部搭建思想交流平台，展示老干部红色精神世界，传承革命理想，提供人文服务的一次有益探索。因此，这本书从创意到成书，我都持肯定和支持的态度。

《桑榆叙事》这本书，能站在历史高度，紧扣地方党史脉络，用战斗年华、南下西进、艰苦岁月这几个专辑，让为安康解放、政权初建和社会主义经济建设艰苦年代中做出贡献的老同志，用自身经历的蹉跎岁月，向我们讲述了一个个生动的红色故事，让我们再一次咀嚼"革命"和"共产党人"的含义。这种坚定的革命信念、忘我的奉献精神，既是老同志自身的精神财富，也是鼓舞年轻一代继续发扬光大的精神动力。该书的编辑，在成书的过程中，显然正确体味了离退休老干部在文章中表现出的革命激情，其自身也充满了对一些为安康经济建设做出贡献的优秀领导干部的敬仰之情。用理想之歌、风范人物这两个专辑，在老同志撰写的有限稿件中，为我们升华出一个"革命理想高于天"的红色主题；该书关注社会、桑榆情怀两个专辑，也是颇具匠心的。老同志在离退休后一如既往地心系当地经济发展，用平实的文字，积极进言献策，在本市经济发展战略、兴蚕桑办水电等方面的思考，都对我们推动当前和今后的各项工作，坚持科学发展观，给予了很好的启示。老同志在文章中表达出的革命乐观主义和健康人生观，亦使我们为之动情。他们用健康和快乐，让我们从跃动的文字中仿佛看见了一片片绚丽的红霞。又在红霞的映衬下，从他们的目光中读出自在和愉悦。此时，我们会情不自禁地祝福他们。

不讳言地说，该书也存在明显的瑕疵。编辑同志也许是为了保持一种让老同志娓娓讲述人生故事的节奏特点，保留老年作者叙事的原生状态，使有些语句显得逻辑性不强，文章也有些冗长拖沓。当然瑕不掩瑜，该书毕竟还是我所接触的同类书籍中，既有特点，又大胆张扬红色

个性的一本好书。应长久同志之邀，请我为该书把关并作序，于是边读清样边思考，作以上简略评介，也许不十分准确。在此，我也愿借书序之便，向全市的离退休老同志致以亲切的问候，祝愿老同志身心健康、幸福长寿。

　　是为序。

2007 年秋末

当好老区人民的知心人

——《安康老区调研文集》序

在庆祝建党九十周年的日子里，由安康市老区建设促进会编辑出版的《安康老区调研文集》一书面世了（以下简称《调研文集》）。这是安康老区人民值得庆贺的一件好事！

安康革命老区，主要包括汉滨、汉阴、石泉、宁陕、紫阳、旬阳6个县区。是中国共产党领导人民在土地革命战争时期建立起来的川陕革命根据地和鄂豫陕革命根据地的组成部分。在战争年代，老区人民养育了中国共产党及其领导的人民军队，提供了坚持长期斗争所需要的大量人力、物力和财力，为壮大革命力量，建立新中国付出了很大的牺牲，做出了巨大的贡献。老区革命斗争和建设的丰富经验，以及在老区孕育和形成的革命传统，成为中国共产党和中国人民取之不尽的宝贵财富。

党和国家领导人历来高度关注老区的发展和人民幸福。新中国成立后，特别是党的十一届三中全会以来，由于党和政府的高度重视，老一辈革命家的亲切关怀，社会各界的大力支持，老区人民艰苦奋斗，锐意进取，老区建设快速发展，老区面貌发生了翻天覆地的变化。然而，由于历史原因、地理条件、环境因素等影响和制约，老区的发展和建设还相对滞后，还没有从根本上摆脱贫困，行路难、上学难、看病难、吃水难等问题还很突出。尽快解决这些问题是老区人民的期盼，也是各级党委政府义不容辞的责任。

成立于1994年10月的安康市老区建设促进会及各老区县区老促会，在各级党政领导和社会各界的支持下，以全心全意为老区人民服务为宗旨，以加快革命老区发展为目标，在促进老区建设和社会和谐发展方面发挥了无可替代的作用，成为深受老区人民欢迎、具有广泛社会影响的群众组织。

老促会的老同志，满怀对党和国家宏伟事业、前途命运的真情关怀，对革命老区高度负责的可贵精神，积极投身于老区建设事业。10多年来，他们奔走在6个老区县区的山山水水，追忆革命历程，缅怀先辈伟业，宣传光荣传统；他们活跃在老区的贫困乡村调查研究，扶贫帮困，他们为促进老区建设鼓与呼，思与行。《调研文集》一书，所展示的真知灼见，就是他们呕心沥血、不懈奋斗、无私奉献的实际成果。

《调研文集》一书主要包括申报革命老区、争取老区建设专项资金、扶贫开发、全面建设小康社会、社会主义新农村建设和社会主义公益事业发展的调研报告及文件材料。内容丰富，立意清新，对老区的建设和发展有着积极的促进作用。《调研文集》一书所反映的事实证明，老促会的老同志，退而不休，老而弥坚，老骥伏枥，志存高远，值得学习和赞扬。

当前，我市正处在由突破发展向跨越发展迈进，全面建设小康社会的关键时期。全市人民正在市委、市政府的坚强领导下，为实现"十二五"规划提出"四个翻番"（生产总值、城乡居民收入、财政收入、工业增加值）和"六个跃升"（经济实力、基础条件、人民生活、城乡统筹、社会建设、改革开放）的目标任务而不懈努力。希望市老促会和各县区老促会的老同志，充分发挥其"政治、经验、威望、时间"4方面的独特优势，一如既往地发挥参谋助手作用，多为老区建设谋思路，出对策；一如既往地发挥桥梁纽带作用，多为老区加快发展牵线搭桥，当好"助推器"；一如既往地发挥平台、载体作用，多为老区人民办好事、解难事，当好老区人民的知心人。

（写于 2011 年）

读《陕南红色歌谣》

　　我以十分激动的心情，读完了科普作家巫其祥先生搜集整理的《陕南红色歌谣》。打开这本沉甸甸而颇有分量的红色歌谣选集，仿佛在读一本陌生的书籍，进入一个陌生遥远的年代。当我怀着虔诚的敬意细细品读，我又仿佛穿越历史的时空隧道，回到了 70 多年前红军、陕南抗日第一军和陕南游击队的英雄们中间，宛若看到了对敌斗争不屈不挠的钢铁战士，看到了人民对红军的热爱和盼望，也看到了人民对敌人切齿的仇恨，听到了他们激昂的歌声……

　　这不是一本寻常的歌谣选集，它是红军和陕南革命人民用鲜血浇灌出来的一簇簇有生命的鲜花，它是一本忠实记录和讴歌 20 世纪 30 年代初期，在我党领导下的红四方面军、红二十五军、陕南抗日第一军、陕南游击队与陕南革命人民在鄂豫陕革命根据地、川陕革命根据地和陕南苏区英勇战斗生活的"史诗"。读着这些歌谣，一种崇敬、激越的气息扑面而来，它那血染的风采，常常令人激奋不已。歌谣产生的年代，正是中国共产党领导的人民革命事业处于十分艰难的时期。但是，我们把这些歌谣作为一面历史的镜子，那么，它映照出来的红军形象，却是这般的威武雄壮、乐观豪迈，足以使人回肠荡气。这里处处洋溢着那种浩然正气，那种对于未来充满必胜信念的胸怀，正是值得我们永远继承和发扬的一笔宝贵精神财富。

陕南，曾是中国革命的重要根据地之一。是仅次于中央革命根据地的第二个大区域，在全国苏区居于举足轻重的地位。早在20世纪30年代初期，我党领导的中国工农红军第四方面军、红二十五军、陕南抗日第一军和陕南游击队，就在这里创建了鄂豫陕和川陕革命根据地及陕南苏区。陕南是"山歌之乡"，山歌的海洋。千百年来，劳动人民就具有"劳者歌其事"的传统。由于共产党和红军的深厚影响。播下了革命的种子。红军时期，当地革命群众、红军官兵口头和文字创作了许多广为流传的红色歌谣。陕南革命根据地和这些红色歌谣，对中国革命的胜利、共和国的建立起了重要作用。正如毛泽东同志在《中华苏维埃共和国中央执行委员会与人民委员会对第二次全国苏维埃代表大会的报告》中评价的那样："川陕苏区在争取苏维埃新中国伟大战斗中具有非常巨大的作用和意义"。

巫其祥先生是一位有心者、有识者、有志者，他从20世纪50年代后期开始，历时50余年，不辞艰辛，跋山涉水，深入陕南各革命老区，留心搜集红军时期民间流传的大量红色革命歌谣；并从各地报刊、地方志、党史、军史、文史资料等广泛收集抄录；并注重从广大群众、老红军、民间艺人口头传诵的红色歌谣进行记录整理，共约2000首之多。后经精选整理，选出1200余首，共分26辑，50余万字。还选出40余幅珍贵的革命历史文物照片配合结集出版。在搜集、整理、出版过程中，遇到了常人难以想象的曲折与困难。岂知巫其祥先生已年届七旬，他发扬红军长征精神，不辞辛劳，用顽强的毅力，克服了许多困难，终于获得了成功。

这是共和国建立后，陕南第一部正式出版的较为全面、内容丰富、多层次、多方面的红色歌谣选集；是一本陕南红色歌谣的集大成之作；它填补了陕南和我国近代史、党史、军史、文史的一项重要空白；这是一项很有历史价值和现实意义的重要文化工程。

这些红色歌谣，是出征前的战鼓，是革命的号角，是忠心的誓言，是杀向敌人的匕首，是革命胜利的颂歌！作家、诗人是人民的耳目、喉舌，我们要永远作好人民群众忠实的代言人，认真地向革命歌谣和一切优秀诗歌学习，从中汲取营养。让我们的诗歌成为时代的战鼓、人民心灵的号角。特别在今天，对我们广大党政干部、青少年、学生、工人、农民来说，重温和学习这些红色歌谣，回忆我党、红军和烈士们的艰苦斗争，明白革命事业的艰难困苦，居安思危，奋发进取是十分必要的。让我们继承和发扬当年红军和烈士们的革命精神，在党的十七大精神指引下，为全面建设小康社会而努力奋斗！

（写于 2007 年）

学会淡定

——读王典根《让文字为心灵疗伤》有感

我们国家的现代化建设事业历经 30 余年的努力，可以毫不夸张地说是日新月异、翻天覆地。对于普通老百姓来说，感受颇深：一是"快"字，你看人们外出首选的交通工具飞机日行数万里，接下来是高铁与飞机 PK，人们的出行的确很便捷；现代化的通信工具取代了书信，人们的交谈更简捷。二是"忙"字，除了忙上班、忙上学之外，相当一部分人群是在忙"非"。笔者近日去北京乘地铁，确见乘客都很忙，忙什么呢？一节车厢近百人，95％的人都在玩手机、玩电脑。相互之间漠然置之。"忙"给我们的社会带来了什么？除了生活节奏的加快外，就是强烈的负效应，就是人心的浮躁和社会的喧嚣。一个"钱"字搅动了社会，搅乱了人心。人与人之间除了金钱关系，还有什么更重要？大街小巷，白天晚上找不到一块宁静的地方，商人的广告宣传和小贩的叫卖不绝于耳，你有太多的无奈和感慨。信任缺失、人情冷漠、环境恶化、乱象丛生，人们有吃有穿却无好心情，有房有车却无安全感。试问，这到底是为什么？

近日我从一个80后青年王典根的作品《文字为心灵疗伤》中看见了一缕阳光，体味到一丝清风，让我的耳目为之一聪。

他在《学会淡定》一文中写道："一个人要挣脱这个纷杂喧哗、物欲横流的社会，的确艰难，但是，每个人都别无选择。如果你要幸福，你的心灵就必须拥有一份淡定，让权力、美色、势力远离你……用宁静稀释忧伤和苦闷，用淡定驱散困惑和忧虑，遥望远方，即使那里都叫作远方。"我欣赏这诗一般的语言和少年老成的豁达。

学会淡定，首先要读书。古人讲："士三日不读，则其言无味，面目可憎。"典根在书中写道："智者常常一生与书为伴、与书为友，因为看的是书，读的是世界，看的是文字，读的是人生。顺境读书如锦上添花，可以提高生命质量；逆境读书宛若名师指路，可以分辨是非。"可见典根对读书的认识是深到骨子里了，因而他能做到"用文字去放飞思念，用文字去忘记疼痛，用文字为心灵疗伤。""没有爱情不会影响人生的亮度，没有文字必将影响人生的厚度。"年轻的典根因读书而快乐，因文字而厚重。

关于读书，笔者也是爱好者。记得若干年前，有一次去欧洲，事前我做了些准备，竟把余秋雨大师的《行者无疆》背上，白天转，晚上看，把自己的感受和大师的描绘做比较，使感受更加深刻，境界一下提升了不少。对此，虽有人微词，但我自感这才是真正有意义的外出学习取经。

学会淡定，要坚定信念。信念是人生的目标和动力。"信念是马达，给人无穷的力量；信念是一叶扁舟，勇敢地驶向彼岸；信念是一对翅膀，努力地直冲云霄。"大千世界，芸芸众生，为什么有的人一生事业有成，有的却一事无成，究其原因，主要是信念缺失，因为没有既定的目标，就如玻璃瓶中的苍蝇，四处碰壁却找不到生路。因为信念缺失，没有动力就饱食终日，像寒号鸟一样得过且过。更有甚者，因为信念缺失，就想着不劳而获，就想着贪赃枉法，最后自掘坟墓。在物欲横流、人情淡泊的今天，我们需要一份默默无语，保存完整的信念，需要"不以物喜，不以己悲"的人生态度，这样我们的社会才安定，我们的人生也才精彩。

几年前，我读过一个佛教故事，说的是一个小和尚和高僧的精彩对白。一日小和尚告诉高僧："秋天到了，该撒种子种地了。"高僧回答："随时。"不几日，大风刮起，种子被吹飞了，见此状，小和尚急告高僧，高僧曰："随性。"又过了几日，小和尚见飞来一群鸟，把种子叼走了，急忙来告知高僧。得到的回答是："随遇。"隔几日下暴雨，水土流失了，小和尚又来请教，高僧依然是两个字："随缘。"春天到了，种子发芽了，小和尚兴高采烈来告诉高僧，高僧还是两个字："随喜。"高僧尊重大自然，淡定自若的态度使人肃然起敬，回味无穷。

学会淡定，要从当下努力。"读万卷书，行万里路"，"黑发不知勤学早，白首方悔读书迟"，这些至理名言曾经激励过若干代人。在我看来，在今天，在时下、远离喧嚣、学会淡定，需要实干，千里之行，始于足下，与其怨天尤人，不如从自己做起，当学生的把书读好，当农民的把地种好，当"官"的把百姓的事办好。"淡定做人，从容做事"，这才会有人生的春华秋实。其实，典根同志就是这么一个从不言放弃努力的人。他初中未毕业就去当兵，转业后在乡镇干过，后来进了城，与文字结缘，与山水结情，他对工作过的沈坝的深深眷恋，他对七堰村灾后重建的生动描绘都充分体现了这一切。他书中讲的"学会努力""学会糊涂""学会撞钟""学会忍耐"等都很有哲理和深度，我相信都是他生活的积累和凝练。从这个意义上讲，典根的富有激情的人生阅历是我们这个时代所缺失、所需要的，他为众多年轻人指点迷津，难能可贵。

（写于 2015 年）

7·31 呐喊

——读《安康 7·31 洪灾记忆》有感

没有亲历 30 年前的生死攸关

思绪却在此书的文中沉淀

几个生动的人物

危难中发出了惊天动地的呐喊

"党团员要带头抗洪抢险

市民们赶快撤退

丢掉一切坛坛罐罐！"

县长张子美的呐喊

发出在 7·31 的下午 6 点

这呐喊通过广播

在安康城空回旋

他唤醒了民众

赢得了时间

大灾面前看风范

党员干部挽狂澜

7·31 的下午 7 点

安康广播站的小楼上

黑压压的人群挤成一片

为了 96 人的生命安危

张培祥站长发出了呐喊

"党员同志下水扎木排

咱 96 人不分彼此，不分单位

同生死，共患难!"

郭帮礼、朱荣新两位党员

冒死下水在漆黑的夜晚

拼命扎成了木排子

给大家带来了生还的信念

8 月 1 日的凌晨 2 点

朱荣新又冒险下水

连救 4 人脱险

洪水无情人有情

英雄壮举，感地动天

7 月 31 日的夜晚

更多的是灾民们在水中发出的

"救命啊，救命啊!"的呼喊

汽油桶，悬浮物

树杈上，楼房顶

一切能够救生的东西

一切能够逃生的手段

都试过了，体验了

自救互救，团结战斗

只要还活着

咱再重建家园

安康人抗击洪灾的呐喊

在沧桑大地经久不息，世代流传

（2013 年 7 月 18 日）

2002 年与贾平凹于汉源笔会

平利救灾

　　7月18日，我市遭受特大洪水和泥石流灾害。按照市委、市政府的统一安排，7月19日我带工作组赴平利县，实地查看灾情，检查防汛救灾和灾后重建工作。当天上午9时常委会一结束，我们立即出发，可通往平利的几条路全断了。我们心急如焚，想尽办法，翻牛蹄岭到县河，一路上边行边修路，泥里水里爬，终于在中午1时走到老县。接下来爬山越岭，走家串户，开始了查灾救灾工作。

　　3天以来，我先后到老县、大贵、长安、洛河、城关、兴隆、西河等灾情最严重的7个乡镇11个村查看灾情，通过3天时间的实地查看，平利县7·18洪灾受灾面之宽、房屋受损和道路、农田水毁严重程度令人始料不及。洪水对基础设施、产业园和农作物损毁十分严重，许多老百姓奋斗多年的家业付诸东流，许多基础设施转瞬间毁于一旦，受灾面积之广，损害程度之深，均为前所未有，令人倍感沉痛。

　　察灾结束，当天我参加了平利县县委常委扩大会议，专题部署当前的防汛救灾工作，会上我要求平利县各级党委、政府要认真贯彻落实全市防汛救灾会议精神，将当前的救灾工作重点转向灾后群众生活安置、生产自救和恢复重建上来，及时妥善安置好灾民，确保灾民有饭吃，有衣穿，有住处，有医疗保障；同时积极开展生产自救，采取措施抓紧恢复道路、水电、通讯等基础设施。

2016 年与原省委副书记范肖梅在平利

在平利县查灾感触很深，7 月 20 日晚 9 时，我用手机短信向市委刘建明书记汇报灾情，原文是："平利察灾，肩负使命；汗如水注，翻山越岭；摔倒爬起，只能前行。天公发怒，洛河水深；路断田毁，电讯不通；房倾人去，手机失声。满目疮痍，景象惨痛；重建家园，道远任重！"刘书记回短信："据此判断，平利灾情严重，社会高度关注，向平利的同志们表示问候，大家辛苦了。"当晚，我收到长安二中学友刘学怀发来的问候短信，七律赠光华：

谁将大难降安康？

恶浪兆天命有殇。

百姓呻吟流血泪，

官员悲悯斗河江。

忽闻暴雨多行虐，

苦待山城又呈祥。

重义公仆心至善，

西安百里思友长。

　　我将反映平利灾情的短信发给学友刘学怀，刘学怀回短信，复赠光华七律一首：

朝夕赈济易忘家，

浪底山头自有涯。

助病扶伤彰道义，

留村进户见柔侠。

犹观陌舍帮耆妇，

似看残壁救童伢。

浩气制伏洪水魅，

功德炳史胜浮华。

（写于 2010 年 7 月 22 日夜）

第 三 辑

夜读汉江

宁强六记

宁强位于秦巴腹地，襟陇带蜀，古为西秦。3年前一个历史的机遇使我对这 3200 平方公里的土地上的一山一水、一草一木开始了审视，并与此产生了浓郁的情趣……

雄 关

宁强特定的地质结构，形成关隘重叠的险要形势。著名的阳平关、五丁关、铁锁关、牢固关、棋盘关、西秦第一关；还有古老的百牢关、潭毒关、盐茶关、猪尾关和石峡关，雄峙于崇山峻岭之中，如重门高阙守护着这块风水宝地。

阳平关自古险要，向为水旱码头。三国时称阳安关，为蜀汉西北重要门户。魏将钟会略蜀，重兵攻陷关城，遂能长驱入蜀。南宋这里又屡次发生抗金御蒙的重大战役，今天又是川陕甘三省交界处的交通枢纽和货物集散地。宝成、阳安两条电气化铁路穿山越岭，成为交通大动脉。

五丁关则以它的雄奇取胜，源于"五丁开道"而得名。秦惠王时，秦国欲伐蜀而不知其道，正如李白《蜀道难》诗中所说："尔来四万八千岁，不与秦塞通人烟。"于是秦凿五古牛，假言石牛能屙金以诳蜀。蜀王利令智昏，信以为真，招募五壮士，号称五丁，率卒千人，开山辟险以迎屙金之牛，历史上就把汉中至成都的古道称作金牛道。这个浪漫而寓意深刻的故事，给雄关平添了奇幻的霓彩。关上关下景点星布，摩崖苍古，风光常新。

铁锁关在宁强东南部，玉带河在这里将山峰切割成高峡深谷，固同锁钥而得名，谷口集市依山傍水，自古为南栈重镇，明清以来军事活动频繁。嘉庆初年白莲教首领高天升、马学礼转战于此；太平天国启王梁成富，把攻克铁锁关视为打开宁羌州门户的关键胜利；红军长征在这里也曾设军事据点。

牢固关在县城西南，是金牛道上的重要关隘，且是汉水与嘉陵江水系的另一道分水岭。登关远眺，群山苍苍，云海茫茫，俯瞰108国道盘曲于青嶂翠峦之中，若蟒蛇穿林。关东麓飞仙铺，传为梁朝宝志和尚飞升处；东麓黄坝驿是经金牛道由川入陕的第一要驿，街市俨然，香稻驰名。关上另有简易公路，直通巴山腹地。

由黄坝驿沿国道南行数里，路侧岩壁上赫然刻着"西秦第一关"五个斗大魏字，东临大峡，深涧百丈，谷底乃往日人行古栈的石峡关，孤峰怪石错落其中，激流奔泻，幽谷回响；上有悬岩高耸，古洞流泉，至奇至险。

驰过西秦第一关，国道在马鞍垭盘桓六七里即至七盘关，自古为川陕界关，杜工部曾有"五盘虽云险，景色佳有余"的赞美。这"五盘"即是七盘关的别称。明末李自成率部在此兵分三路挥师入蜀。现在七盘关下国道拓宽，地方公路与国道交会，连通宁南各乡镇，且可直达川北。关麓的关沟村为水果基地，尤以关梨闻名，成为山区致富的样板。

从牢固关起在仅12公里的行程中，连度三重雄关，目击一重故关，四关蝉联而景色各异。

此外，安乐河西有盐茶关，是古代管理川、陕、甘交界地带盐、茶流通的关卡；宁东重镇胡家坝，古名猪尾关，是宁勉要冲。特别值得一提的是嘉陵江畔的古关——百牢关和潭毒关。潭毒关曾是南宋经略使刘子羽抗金的古战场，创造了历史上以少胜多的辉煌战例；百牢关是濒江关隘，今不复存，唐朝元稹两首同名《百牢关》的诗却给人们留下了永恒的诗情画意。

铁锁关、牢固关，关重关。昔日，你能锁住敌寇的金戈铁马，一夫当关，万夫莫开。而今，"108"绵延，宝成线畅通，你还能锁住、挡住什么呢？

秀　水

宁强是长江最大的支流——汉水发源地。其古源在县北嶓冢山脉的汉王山，其山势巍峨，长岭横空，山腰白崖湾岩洞口有一钟乳石，状如石牛，北部有八个至今无人辨识的奇字摩崖，史称大禹治水之遗迹。石牛前一盏寒泉，远伸成溪，这就是《禹贡》所载"嶓冢导漾，东流为汉"的古汉源。

宁强县汉水源头　王金泉　摄

随着科技进步，数代学者的探究踏勘，认为汉水上源应为五丁关南的玉带河。玉带河清莹秀美，源于嶓冢山脉的箭竹岭水池垭。源头飞瀑联袂，青嶂迭出，有三元潭、石梯子、天柱峰、云汉潭诸景观，一派原始自然风光。沿途纳千溪百流，碧波荡漾，直奔宁强城下，云书溪自北来汇，绕城如绶带，人称"清溪环带"。明朝宁羌知州陈孜吟诗道："一水潺潺彻底清，千回百转绕重城。逶迤恍许银河转，环拱浑如玉带横。"现在玉带河畔虽然高楼栉比，百业同兴，河水却依然保持着她的纯美玉质。近年河边还建造起人造芳洲，水中亭台，使山城倍增光彩。

嘉陵江纵贯宁强西部。往日江上帆樯林立，百舸竞航。自从宝成铁路打通了千里蜀道的崇山峻岭，陆路交通远比水运方便快捷；加之公路发展，桥梁取代船渡，从而嘉陵江上船只骤减。只有那淘金船朝朝暮暮在江上游弋，吞沙吐金，给嘉陵江带来另一种繁忙景象。

嘉陵江的支流——西流河，横穿在宁南的群山密林之中，千百年来任其花自飘零水自流。现在，西流河天生桥截流，形成一汪可蓄水 7000 万立方米的人造湖泊，并通过隧道将嘉陵江水系的水引入汉江上源玉带河，沿途梯级开发，层层发挥效益，用以发电和灌溉。截流工程完成之日，天生桥以上将是万顷碧波，一派湖光山色，扁舟游艇轻荡于山湾水港之间，鹿鸣鸟翔于松涛林影之中，成为一处新兴的旅游胜地。

宁强最西、也是陕西最西的一条河，因含沙金丰富而得名金溪河，下游入川汇入白龙江。由于白龙江上兴建宝珠寺水电站，蓄水上漫，以原金山寺街为中心，形成近 3 平方公里的湖泊，并与长百余里的广阔水域连成一片。不日那里将是山水相映，鸥鹭竞飞，轻舟逐浪，游艇戏水的休闲游乐佳境，水运更会应运而兴。

宁强境内纵横的河水明净靓丽，给人们带来灌溉之利、发电之能，把县城装饰得水灵玉润，还有无数眼清凉甘甜的泉水。金牛峡口的宽川街东有泉一眼，广约 30 平方米，深沉清澈，冬暖夏凉，天愈旱而水愈旺。泉水汨汨上冒如泛珠，故有"泛珠龙泉"的雅号。风朝雨夕，云蒸霞蔚，杂花护岸，鸟啼深树。昔日泉边有亭，立石碑数通，现仅存海南琼山黄保德撰书之《龙泉记》和乡人刻制的《龙泉碑》与珠泉相伴。泉水日流量 2 万立方米，下泻成龙泉沟。往昔，村民借水势在龙泉沟上次第安装水磨八九座，水激磨转，声喧如雷。

宁南巴山深处石羊栈有巨泉名龙洞潭，广约 200 平方米，清幽沉绿，深不见底，看不见泉水泛涌之状，潭口却向外源源奔流，顺山势泻下飞雪溅玉，喧嚣恣肆，声震山谷。

宁强东北重镇大安以北数里，山如屏风，上有岩洞石窟，清溪流泉，名叫洞屏山。山洞中流出的泉水清冽甘凉，常饮可强身祛疾，益寿延年，人们感其神奇而悟不出奥秘之所在，于是把洞屏山之溪涧称为仙洞沟。明朝隆庆年间（1566—1571），这里就开始建庙修亭，成为一方游览胜地。近年经科技鉴定，查明洞屏山泉水中富含有益于人体的微量元素达 50 余种，是理想的优质矿泉。游人多提罐拎瓶汲水而归。

名声最古老者又莫过于三泉。阳平关镇擂鼓台是古三泉县遗址，宋代曾归京师直辖，开我国直辖县之先例。那么，三泉三泉，泉在何处？而今，擂鼓台前有三眼清泉品列，泉边杨柳垂荫，水草萋萋，仍为当地村民所汲用。

宁强的灵泉澄潭不胜枚举，大到亩许，小如碗盏，高到山巅，低至深谷，可以说山山有水，村村有泉。比如藏于罗村坝南山老林的老龙池，青木川龙池山上的龙池，巨亭与桑树湾各有一个鸳鸯池等，都是大自然造就的天池奇观。

县境内多瀑布，如新汉源瀑布群，沙河子龙王沟瀑布，马家河青家湾瀑布，毛坝河的观音岩瀑布，红石梁瀑布和双河乡的曹家坝瀑布等，或如垂链，或如倾珠，或气势轩昂，或从容舒缓，各具特色，难以尽述其状。每一道瀑布都是一首飞流的诗，一幅淋漓的画。

问渠哪得清如许，汉江源头活水来。

奇　峰

宁强群山攒集，峻岭森列。北部山势和缓，南部山岭峻峭；北部多矿藏，南部多茂林；北部的嶓冢山、雪花太平；西部的凤凰山、金子山；中部的五丁关隆起；南部的南山岭和九垭子，分别是它们的主峰或山脊。其共同特点是无山不青，有峰皆绿，或雄，或秀，或险，或峭，唯无荒山秃岭。

嶓冢山是载于史书经传的名山。唐朝诗人胡曾在《嶓冢》一诗中写道："夏禹崩来一万秋，水从嶓冢至今流。"嶓冢山系从汉王山起首，向西南延伸，直至川陕交界处。山之东水皆东流入汉水，山之西水皆西流入嘉陵。据传，当年汉王刘邦曾亲登此山，山上至今尚有汉王庙和汉王拴马桩等遗迹，昔日南麓还有高祖试剑石。南宋爱国诗人陆游告老还乡后，依然怀念嶓冢风光："嶓冢山之高插天，汉水滔滔日东去。高皇试剑石为分，草没苔封犹故处。"汉王山现已是飞播林区，满山葱郁，绿云接天。

雪花太平雄峙汉王山以北，汉王山东西横亘，雪花太平南北纵列，山高地寒，飞雪来早，银装素裹，娇姿绰约，且有雪兆丰年，万民太平之美意。

凤凰山像一只绚丽的金凤，栖息在宁强西北的秦陇边界，头抵白龙江岸，尾扬嘉陵江滨，身横青木川、八海河、燕子砭、太阳岭和苍社等五乡镇。其中支脉有金子山、明净石等峰峦，除深林密菁中丰富的林特资源，还蕴藏着黄金、白银、铜、锌、汉白玉、大理石、水晶等矿，经济后劲雄厚，开发前景广阔。

宁南属米仓山地，东南川陕交界处的九垭子是全县的最高点。主要山峰有南山岭、红石梁、照壁山、天台山、清明山、和平山、挂子山、张家山等，喀斯特地貌发育，多孤峰独山，高岩深谷，时有"云从脚下起，雾从身边来"的飞升超俗的妙感。

汉王山犹在，试剑石无存。时代毕竟变了。

幽　洞

宁强可以说山山有洞，洞洞称幽。有的在千余年前即被开发，成为秦蜀游览胜地。

龙门洞在三泉故县——擂鼓台西，沿公路行数里，一天然石桥横跨于龙门沟上，桥下就是龙门洞了，向有"龙门三洞"之称，这算是头洞。溯龙门洞而上，依次还有二洞、三洞，相距各三五里，自然景观以头洞最佳。大道通其上，清涧流于下，瀑布垂于洞口，倾珠泻玉，腾烟飞雾；洞中钟乳悬空，其状难名。洞外昔有龙门寺，殿宇宏阔，金碧辉煌；依山傍水有亭台楼阁，小桥回廊，掩映在松柏卉木之中。无怪乎晚清学者魏源称赞龙门洞道："天下洞壑之奇莫过于此！"

大安导岭沟沿岸有溶洞群，依次有洞屏山石窟、藏仙洞和大鱼洞。开发最早的当推大鱼洞。

大鱼洞在大安北 11 公里处导岭沟东侧。洞门宏伟，青嶂为屏。南宋孝宗年间，汉南大旱，地方官吏率民前往大鱼洞祈雨，巧逢天降甘霖，官民欢欣，具文上报，朝廷给大鱼洞赐号"灵应"。自此，游览、朝拜者愈多。洞分左右两厢，左厢幽洞回环，高下分层，互通孔窍。中有天然石海螺，可以吹奏，其声雄浑悠远，回响地宫，久久不息；有石琴如编钟，次第悬列，轻轻击打，激越清雅，音阶分明。洞中有龙影泉，石底石岸，形如玉钵，光照泉沿，水中立现龙影，鳞甲生动，令观者瞠目结舌。洞深处有药泉，冷冽袭人，千秋不涸。据民间口碑，认为此泉水可疗百疾。其间有大厅，石莲花鳞次缀陈，石宫灯蝉联下垂。还有石观音、石罗汉和数不清的精灵古怪之状，一步一景，令游人目不暇接。

大鱼洞右厢为一深巷或溶洞，中分岔洞，几处潭渊，但闻波涛奔涌之声，不敢近前。洞壁不乏飞禽走兽等钟乳造型。最深处的钟乳石上前朝官民题记多处，有的把洞中美景比作蓬莱仙岛，有的则把它比作《柳毅传》书中的洞庭龙宫。顺治时宁羌知州李楷还留下了优美的诗章。有心人还在洞中写下了灾情纪实。现大鱼洞经精心整饬对外开放，除游览自然景观，还设有洞天舞池，霓虹辉映，如梦如幻。

藏仙洞距大鱼洞三五里，那是另一个溶洞群。藏仙洞又名神龙洞，洞中被钟乳石装饰得如玉琢冰雕，琳琅多姿，天然形成几大景区，如层层宫殿，座座展厅，各有特色，绝少雷同。前厅以苍龙、白虎、朱雀、玄武四灵造型为主，中厅多仙人神话故事小品，后厅登石阶，上天台，上有娑罗双林，又称为玉树撑天，质丽神美，形体逼真。俯瞰洞中，气势非凡，你会感叹："此景只应天上有，人间能有几回观。"

藏仙洞附近还有碧山洞和山龙洞。碧山洞中有石花轿、石珊瑚等奇观；山龙洞中九天飞泉，银河落霞，各有千秋。

南屏乡的白岩洞是县内著名的大溶洞。洞门早年经人工整砌，安有栅门，宛若山寨。入则豁然开朗，高大宽敞，形似穹庐，可容千余人操练集会。洞中濒河一侧有石孔若天窗，下临深涧，上可攀登白岩山。日光月华从天窗照彻洞宇，形成明丽奇妙的景观。

洞厅里厢有一孔朝下倾斜的天然隧洞，可达地下河滩。河滩上钟乳、砾石在炬光照耀下，洁白晶莹。流水淙淙，凉意飕飕，回望洞口光柱耀眼，水气蒸腾缥缈神奇。前行，洞体时宽时窄，宽处如广厦巨厅，窄处如画廊小轩。洞中有碧水澄潭，也有漩涡激流，洞底石笋、石塔林立，洞顶垂帘悬珠层列，脂塑蜡浇，美妙绝伦。据说此洞与宽川乡屈家坝的黑洞相通，至今尚无一人直穿全洞。

宁强溶洞著名的还有石嘴子的干龙洞。高寨子的李家洞，马面山的老鸦洞，平溪河的朱坝溶洞，毛坝河的桃儿洞，八庙河的穿洞子，丁家坝的二郎洞，黄坝驿的左坝洞，禅家岩的落水洞、和尚洞和天生桥溶洞，舒家坝的郑家洞，大长沟的鹁鸽洞，城关镇的亢家洞，宽川的响洞、风洞，竹坝河的河源洞等，一座座如神殿仙窟。

处在深闺无人问，一朝成名天下知。时间不会太久……

嘉　木

宁强地处秦巴交汇地带，物种繁多。树木就有 92 科，247 属，626 种，嘉木古树随处可见。有"活化石"之称的银杏树，有清香高洁的桂花树，有象征爱情和相思的红豆树，有标志青春不老的苍松翠柏，有"霜叶红似二月花"的枫香树，还有至今世界物典尚难寻找的未名树……这浩繁庞大的家族，我无法一一表述，只就本县的树中寿星略做浮光掠影的浏览。

庙坝乡大林公路旁两株银杏树，形同姊妹相依为邻，树干周长七八米，皮裂槟纹，叶缀碧玉，根须多突露地表，盘根错节，宛然蟠龙，至今已经历 567 载沧桑岁月。丽日当空，绿荫数亩；金秋挂果，玉珠悬空，姿态苍劲俊美，号称双株银杏。据传这两株银杏树本为周姓所有，清道光年间，周氏家庭为树的所有权争利不均，打算砍掉银杏树瓜分与族人，以平积怨。当时地方民众不忍两株银杏树，培植千载，毁于一朝，于是自愿慷慨解囊，从周姓族人手中将两株银杏树购为公物，永加保护。并在两树之间立碑一通，详记其事。

树龄比双株银杏稍年轻的是高寨子韩家坝古银杏树，也已度过近 500 个春秋，依然春华秋实茂盛不衰。悬空的树垭上还寄生着一株翠柏，给这古老的银杏树又增添了几分活力和奇趣。此外，三道河、华严寺、大竹坝、坪溪河、曾家河都有古银杏树的分布，树龄都在二三百年之间。

县境内树龄最高者当推烈金坝的禹宫古桂，现已近 600 岁。其形若碧绿的华盖，每逢金秋花发，十里飘香。此处原有一座古老的禹王宫，清朝曾为汉源书院。"文革"中禹王宫被拆毁后，当地民众即视禹王宫的桂树为一方祥瑞之树，悉心保护。民间还传有一则神话说禹宫古桂的七条美丽茁壮的枝丫是天上七仙女的化身。于是桂树又蒙上了一层神奇的色彩，男女老少更加护之爱之，使它常青不衰。此外，宁强的华严寺、冯家营、金家坪等地的庙宇、祠堂和村落都有碧绿香远的古桂，年年岁岁向人们挥散馨香。

宁强县巨亭镇古木青藤子　王金泉　摄

红豆树多产于南方，亦称相思木，其籽殷红或半黑半红。自从唐朝文坛巨匠王维的一首"红豆生南国，春来发几枝。劝君多采撷，此物最相思"的名诗问世，使它身价百倍。这种芳名远扬的嘉木在宁强却并不稀罕，沙河子桃树沟还有两株古红豆树，树龄均逾百年，树高20多米，浓荫覆地盈亩。

楠木四季常青，木质坚密芳香，为建筑及制造器具的良材，全县都有它的踪迹。华严寺一株楠木树龄260余年，依然枝壮叶茂，荫蔽亩许。回水河一株楠树，树龄也近百年，垂荫宽阔，气势雄壮。

柏树也是著名的长寿树种之一，境内百岁古柏遍及南北。毛坝河一株柏树已 430 多岁。大安道母庵两株古柏均近 300 岁高龄。而县城以东月山的东山观上的古柏更有它光荣的革命经历。1935 年春，红四方面军集中 15 个团的兵力，由徐向前任总指挥，发动陕南战役，一举歼灭国民党守军，攻克宁强县城。红军指挥部设在东山观上，观前的古柏就成为徐向前总指挥的天然拴马桩，给这古柏留下千古荣耀。红军走后，当地人民把满腔热爱红军、怀念徐总之情，寄托给这苍苍古柏，倍加呵护，使它至今苍劲地屹立于月山之上。

县内最高大的树王要数水田坪的华西枫杨。树龄 520 多年，胸围 8.5 米，高 47 米，覆盖 730 多平方米，伟岸苍古，真可谓树中之魁。

最奇特且最有科研价值者莫过于米仓深处三道河龙堡上的一种未名树，属落叶高大乔木，树干通直光圆，树龄也已 170 余岁。4 月开白花，8 月种子成熟。至今植物经典未见记载。民间亦无俗名，当是树中新星。

宁强的嘉木古树如云。除以上数例之外，还有八庙河 400 余龄的飞鹅槭，华严寺、周家坝的黄连树，铁锁关的蒲松，大竹坝的刺楸，茅坪沟的青树栎，栓皮栎，八庙河与大竹坝的枫香树，毛坝河的沙棠树等等，树龄都在 200 岁以上。

古桂 600 年，风采如当年，可喜可歌。

山里人

宁强的雄关，秀水幽洞，嘉木皆有特色，而更值得记忆的是这里的人。

宁强人的个头大多不是很高，男子结实、精干，女子秀气乖巧。最能体现男子特点的是那挺拔、笔直的鼻梁和炯炯有神的眼睛。大小适中的嘴巴，说起话来抑扬顿挫，刚柔并济。宁强的女子皮肤白嫩，脸盘圆润，五官错落有致。而姑娘们的笑声尤其动人，如山中小鸟唱歌一般，极具表情的面容和悦耳动听的嗓音，不失为一道美丽的风景。

宁强的风味小吃特别多，这大概与其居民好吃有关。一个不足3万人的山城，小吃店比比皆是。每当夜幕降临，大街小巷的酒馆里人声鼎沸，切几块麻辣鸡，一盘"根面饺子"，几个王家核桃馍，加一瓶"玉妃酒"，猜拳行令，吆二喝三，给这个寂静的山城添了些许喧嚣的色彩。

宁强人的穿戴一点也不落后。大街小巷，城里乡下，到处都可以看到男人西装革履，潇洒倜傥；女子牛仔短裙，新潮现代。街头集市，偶见裹白头巾的妇女和穿中山装、缠腰带的老汉，传统和现代一体，形成多彩的服饰风格。宁强女子的发型也颇讲究，"招手停""披肩发"，随处可见。如果你在街头见一靓女，不听口音，你绝不会想到她是山里人。涌入市场经济的大潮中，山民们的观念明显地变了。

除吃、穿赶潮流，宁强人身处关隘之间，精神风貌却异彩纷呈。清晨，习武的、健身的大有人在。一个占地20亩的三角洲公园，常常是人来人往，穿梭一般。近年来，凉亭楼阁的建成，休闲这一城市人才能体会的情调，在这里也能涂上浓浓的一笔。他们设想，要在玉带河和小河的交汇处，建一橡皮坝，使玉带河常年有水，形成城河结合，以河兴市，相映生辉。用县领导的话讲："宁强经济虽穷，但文化不能是沙漠。"此话足以体现宁强人对高尚的文化情操和多彩的精神境界的渴求。近年来，以宋丈富、王安国为代表，文学、音乐创作热潮兴起，时有新作问世，外面人叹为观止。

宁强人的热情好客是出了名的，尽管这里目前仍贫穷。时不时走到路边，或到老乡家里，不管是熟人、生人、当官的、拉车的，总能听到一声"屋里坐"的招呼加甜甜的笑声。接着是沏热茶、端水，擦一把热汗，喝口水解渴，可谓关怀备至。到了广坪、青木川一带，那更是一般张罗。家里来了人，煮一块腊肉，烧一盘豆腐，加几个小菜，温一壶土酒，主人们轮番上阵。女子唱山歌劝酒，唱一曲，客人得喝一杯。听论有一女子唱歌数曲，客人已醉，可她仍不罢休。更有晚辈单膝下跪敬酒，如旧戏中的臣子向皇帝进言一般，客人不喝不起立，直到客人醉倒，主人方才满意。

宁强人非常勤劳。在三千余平方公里的土地上几乎找不到荒地。在茅坪沟、铁锁关一带，家家户户，院落整洁，屋内干净，平时和节日一个样。近年来，这里很少有行乞的，除了生活水平提高外，大概与勤劳的传统观念有很大关系吧。

宁强人疾恶如仇，极富反抗精神。历史上的田九成起义、燕子砭教案、红军闹革命等，曾使宁强引以为自豪。改革开放以来，他们走出深山，接受新事物，把核桃、柿饼等土特产销到四面八方，把外面的信息带回来，向贫穷、向愚昧告别的雄心壮志正在变为现实。

光阴荏苒，日月如梭。宁强在改革开放的洪流中正搏风击浪，与世纪同步。我衷心祝愿宁强在雄关秀水的映衬下，更加绚丽多彩，光辉灿烂。

（写于 1998 年）

走进青木川

记得 1998 年陕西电视台春节联欢晚会一开始，漂亮的女主持人就侃侃而谈："观众朋友们，我们陕西电视台春节联欢晚会摄制组在陕西最西南的宁强县青木川镇向大家报道……"画面背景是金溪河。至此，青木川镇的名声再度兴起。

青木川位于宁强之西北，西与四川青川县、东北与甘肃武都县为邻，可谓"鸡鸣闻三省"之地。镇西北的红岩观是陕西省的最西点，四周环顾，北边的凤凰山深地密箐，云飞雾漫，南边的龙池山东西横亘，上有龙池，寒冽清澈，四季不竭。中部的谷坝田园，地势平坦，土壤沃厚，乃青木川之"白菜心"。

阳春三月，沿广姚公路至青木川镇。忽然天阔了，展现在我们面前的是被青山环抱的一马平川，黄的油菜花遍地皆是，红的桃花星星点点，白的李花时隐时现，还有许多艳花漫山遍野，青木川是花的世界。

金溪河水清澈见底，从我们脚下潺潺流过。河上双桥飞渡，相映生

辉。一为钢筋水泥双曲拱桥，长 88 米，宏伟壮观。一为石柱木桥，古朴典雅。木桥的桥墩全是青石条砌就，迎水面为椭圆形。桥墩之间的跨度长达 15 米，上面的横梁全是木头。横梁间铺有木板，上建有桥坊。桥坊的柱子及扶手均为标准的方木，上盖小青瓦顶子。木桥既能通行，又是老乡休闲的地方。此桥建于 20 世纪 30 年代，半个多世纪以来，历经洪水冲刷，日晒夜露，风姿依旧。去年的特大洪水也未损其容颜。

金溪河左边是青木川老街，古名回龙场。在近千米长的老街上，建于清朝及民国年间的房屋保存完好，大部分为两层木楼，青石台阶，红漆门面。木楼的扶手凿龙雕凤，精细别致。户户庭院幽深，铺面在前，住宅在后，小四合院毗邻相接。这里，家家还保留着烤酒的习惯，因而户户门前玉米成串，呈现出一道金黄色的风景线。

金溪河右边是新建的一条宽敞、平整的新街。近年来，这里的群众照上了电，安装了有线电视，他们所建的新楼是看电视学来的。还有宝珠寺库区的移民迁安工程，加快了新街的建设步伐。镇政府新建的办公大楼气派现代，和回龙场形成鲜明对比。青木川以河兴镇，初见端倪。

　　说起青木川，不能不提及魏氏庄园。它坐落在金溪河畔、凤凰山下，占地面积约有10亩。魏氏庄园由造型一致的两个四合院构成，每院又分为前院和后院，两层结构。整个建筑群呈轴状，左右对称、前后对称、上下对称，有点故宫的风韵。建筑材料均为大青砖青瓦，台阶由青石条砌成，长的竟达3米，地面由方石条铺筑，整齐划一，柱头、楼梯、楼板、扶手均为木制，小方格双扇木窗相当精致，门前还有鱼池花坛。此建筑也有60余年的历史，但石条及木柱未见风化腐朽之迹象，

宁强县青木川古镇回龙场　王金泉 摄

可见当时选材之精良。人们感叹，张艺谋要在此拍《大红灯笼高高挂》，一定会在国际上多拿几个大奖。此外，辅仁中学八卦型的礼堂别具一格，青木川保留着旧建筑的精品。

青木川北山将军石有飞来石之说，西沟石梯子有古栈道遗迹。有人诗曰："断崖千尺鸟惊旋，上接青霄下临渊，神斧巧劈阶梯路，步步石阶向云天。"此地还有茂密的原始森林，前不久，有关专家考察西沟，还发现有金丝猴、羚牛等野生动物，建自然保护区的方案正在酝酿之中。镇南金溪河谷观音崖有摩崖造像，秦家垭曾是清朝大顺义军与官军激战之地，充满了传奇色彩。

沿青木川西下15公里就到了四川的姚渡，过白龙湖可直达九寨沟，未来的这条旅游热线一定会让更多的人了解青木川，一睹这颗陕西边陲明珠的风采。

（写于1999年）

沸腾的广坪

　　大茅坪铜矿的开发写进了程安东省长的《政府工作报告》，这消息通过电视传到了宁强，传到了广坪。宁强人笑了，广坪镇沸腾了。

　　在陕西省最西边有个宁强县，宁强县最西边的就是广坪镇，俗称"宁西"。广坪镇河沟交错，青山绿水。广坪河东纳曹家沟、田家沟；西汇观音庙河、水观音河和谢家沟，至唐坟湾进入川境。广坪河时而平稳安详，时而咆哮奔腾，这是广坪的血脉。因广坪河水而有了广坪电站，有了明亮、热闹的广坪之夜。而今，广坪河已和著名的宝珠寺水库汇集一起，走进了嘉陵江，融入了长江。宝珠寺水库蓄水后，极大地改善了广坪的生态条件，空气湿润了，农作物易成活了，广坪缺水的历史被改写了。

　　大茅坪位于广坪西南 7 公里处，大茅坪铜矿已探明金属贮量约 20 万吨，近期可开发的贮量在 10 万吨左右。因其矿多为铜金共生，因而有极大的工业开采价值。伴随着程省长《政府工作报告》的传达，来此

宁强县广坪镇　王金泉　摄

开矿的人趋之若鹜。北京和四川的两位客商已投资 700 余万元在这里拉
开了"战场"，35 千伏的变电站正在紧张地施工，宁强"第二个代家坝"
不久将在此形成。

　　宁西汽车运输公司是全省最大的私营运输企业，现已成为广坪镇的
经济亮点和广坪人的骄傲。该公司十余年来从小到大，艰难创业，现已
拥有客运中巴、大巴 40 余辆，固定资产近千万元，营运线路从县内扩
展到了全市、全省。从广坪乘车到西安一日可达，这在过去是不可思议
的，而今已是现实。作为公司领头人的张明华是地地道道的广坪人，他
不仅懂管理、善经营，且有很多独创。公司的一百多位员工每天要上早
操，司乘人员要定期开会学习，公司还建有党支部、工会。去年，司乘
人员中最高的工资总额达到 15000 元。家产万贯的张明华至今没有小汽
车，出门办事一律坐班车，可他却为修建中学实验室一次捐款 20 万元。
这和那些为富不仁、有钱只知花天酒地的暴发户比起来是何等的高尚。

张明华是省、市人大代表、政协委员，做事做人堪为楷模。他让我们看到了一个真正的广坪人"致富思源，富而思进"的博大胸怀。

广坪的集镇是崭新的。平地间冒出的几十幢楼房，新颖大方，气度不凡。凤凰宾馆、粮食宾馆喜召八方来客。广坪中学"品"字形的 3 幢教学楼错落有致。移民一条街，已成规模。沿阳广、广青公路，两条新街正在形成。自来水、有线电视已经普及。随着大茅坪的开发，来这里赶集、经商的络绎不绝，把个不足 1 平方公里的镇子围得熙熙攘攘。近日又有数十幢楼开工修建，"宁西明珠"不再是神话了。

广坪的交通已十分便利，沿广姚公路可达四川的姚渡，沿广金公路到达宝珠寺库区，进而入川。草鞋沟、平台山两条移民新街已成为库区的一大景观。白天，机器轰鸣，百舸争流；夜晚，山水相映，灯火通明，龙神庙的旧址已不复存在。记得 1996 年移民大搬迁前，市人大常委会主任张光中特意赶赴龙神庙，饱含深情地写下了寓意深刻的 8 个大字：虎踞龙盘，我为神主。今天，我可以肯定地说，广坪人当之无愧地成为建设广坪、造福广坪的神主了。

（写于 2000 年 6 月 27 日）

关口坝行记

关口坝是宁强西南一个海拔最高、条件艰苦的乡。不知什么原因，我对这个乡有一种特殊的感情，有机会总想去看一看。5月下旬的一天下午，我执意上山了。

从茅坪沟出发，车沿着崎岖陡峭的山路盘旋了一个多小时后，到达照壁山顶。这是茅关公路的最高点，海拔近1700米，在照壁山环顾四周，心旷神怡。我惊奇地发现，华山松在这里落叶扎根，一片片绵延不断，形成十分壮观的林海。俯视左右，棋盘关、牢固关及108国道上行进的车辆尽收眼底，山峦起伏，绿黄相间，层层梯地平展展，刺梨花香扑面来。"登上照壁山，一览群山小。"模仿杜甫名诗的"蹩句"不意间从我口里冒出。这时，西边的太阳正要下山，夕阳洒落在青松上，洒落在石壁上，和雨后初晴仍挂在草尖的水滴融为一体，折射形成一个多彩的晶体，五光十色，非常有趣。突然，我对照壁山的寓意有所感悟。山涧的画眉、布谷有节奏地鸣叫，我想这大概是迎客的一种仪式吧。

翻过照壁山，是另外一个世界，这就是关口坝。高山之间的一块平地，一片肥沃的土地。这里的庄稼长得特别好，间作套种、地膜普及。今春虽有些旱，可这里的洋芋、玉米、芸豆长得郁郁葱葱，十分可人。让人难以置信的是，在这个坝子的田地间，除了生长茂盛的农作物外，你几乎找不到杂草，村民们精耕细作惜土如金，大棚蔬菜、温棚育苗等新技术已广泛应用，农业科技在此独领风骚。

关口坝的街道业已成型。这里有历经数百年风雨洗礼、十分陈旧的木楼房，也有近几年新修的三层洋楼，彩电、冰箱不足为奇。听农民讲，这里每天有两趟班车发往县城，城里人有的，他们也有，言语间充满着自豪。农历三六九这里逢场，四川两河的、宁强城里的、广元旺苍的都来这赶场，热闹非凡。关口坝中心学校新修了一幢教学楼，十分醒目，大部分投资为群众所集。关口坝人不仅细种地，善经商，对尊师重教也有光荣传统。他们认为前人强不如后人强，人才是希望。他们不甘饭饱酒足、老婆娃子热炕头。乡党委书记如数家珍地谈起近几年的变化，组组通了公路，建了18处人饮工程，改建了乡中和四所村小，建了几个卫星地面站，海泡石开发已起步，改建的关茅路即将通车，大电年底可拉上山……我听着，心里热乎乎，我为这些干部和群众的奋斗精神所感动，所折服。

晚上，和乡干部们拉了会家常。石羊栈的水电因水小今夜未供，只好望星空了。很久没有工夫仰望的星星今夜特别耀眼，特别明亮。它把北边的圆山子，南边的尖山子的轮廓映衬得非常明显。这时，我的脑海出现了"和谐"二字，尖和圆是一矛盾体，谁也离不开谁，电灯不亮星星亮，大自然鬼斧神工，总是和我们心心相印。

无电的夜晚伴生着寂静，关口坝的夜晚用"万籁寂静"这个词形容一点也不过分。听不到脚步声，听不到狗叫声。我估计，如果有人在街上咳嗽一声，大家都能猜出是谁。寂静的晚上给了我安宁，给了我做梦的空间，给了我难得的享受。

　　尽管晚上睡得很迟，第二天，我还是早早起来了。街上的群众也起得很早，下地的开始下地，做生意的已拉开了门面，一个卖核桃馍的师傅已经开始烧炭……忽然，我的视线间出现了一个长相特别的老太婆，她的鼻子特别高，特别直，眼窝很深，头扎黄帕，正笑容可掬地招呼我吃饭。是不是羌人的后代？我想弄清这事。我同老太婆聊了一会儿，才知她上辈人是代家坝的。我有些失望。但我敢断定，这个老太婆的上上辈一定是羌人，遗传虽有变异，但有些特征好比"人住高处走、水向低处流"一样，是亘古不变的。

　　早饭后，我们开始下山，天也下起了雨，走着走着，雨大了起来，车在山间艰难地缓缓行进，不时出现打滑，我的神情又紧张起来，心里也犯了难，老乡的化肥怎么运得上去？赶集的群众怎么能回得来？好在司机经验丰富，我们终于安全下山了。返回途中，我只想到一件事，今年一定要修通改建的关茅路，使其晴雨无阻。

（写于 2000 年 6 月 25 日）

感悟燕子砭

　　"燕燕化为石，飞破桃花色。春风吹不休，梦入乌衣国。"这是明万历年间宁羌州知府陈昌言的诗。诗中的"燕燕"喻指燕子河，现为康宁河，燕子砭因此而有名。

　　燕子砭是宁强西部的一个新建镇。嘉陵江将此镇隔为南北两片。江南一侧地势开阔，土地肥沃，乡民因势造田，阡陌相连，颇有江南风韵，名曰千丘。最能体现其骤变的是近几年新兴的商业区。自东向西的两条长约千米的大街平整宽敞，两边几十幢楼房拔地而起，楼房大多是私人修建的，但其档次不低，风格不俗。一层为红色铺面，二三层均为表面贴有瓷砖的住宅。几个专业市场错落有序，白天，来这里赶集的有四川、甘肃和陕西宁略勉等邻县的商贾络绎不绝，成为甘肃的毛皮、四川的竹器和陕西的油桐、干果的集散地。夜晚，路灯明亮，霓虹灯闪烁，歌舞升平。八一铜矿的高空缆车，宝成线上风驰电掣的火车，嘉陵江中彻夜轰鸣的大船，吞沙吐金，热闹非凡。此时，6个字从我口里冒

宁强县燕子砭镇　王金泉 摄

出："燕子砭——小广元。"

　　和江南的喧嚣形成鲜明对比的是江北的宁静与和谐。那是古名为青乌镇的燕子砭街。它位于嘉陵江和康宁河的交汇处。方济众的诗："半壁险潭半壁山，大军飞渡燕子砭。俯视江汉翻雪浪，仰望微经人云端。"描绘了它的旧貌。远看去，坐落在江边的房屋像是一个城堡，依山傍水。山上林木葱茏，江中碧波荡漾。查阅县志，知青乌镇在唐初已成街市，为水陆码头，水路飞流下川，陆路迤逦入陇。青乌镇的街市现今保存完好，街道是窄了些，但两边的房屋梯次递进，整齐划一，青瓦红墙，店铺毗邻，这些房屋大多是清时修建的，百年风雨，不见衰落。有一幢小楼竟建在江里，下面流水，上面住人，别具特色。店铺里尤为兴盛的是布匹、干果，交易相当活跃。老街上有两口水井，水位均高于江面几十米，但常年不干，可谓一绝。

　　连接江南江北通行的，目前是几条旧木船。一根南北横空的铁丝固定了小船行驶的线路，也能阻止因涨水造成小船漂流。尽管承载量小，但却发挥着重要作用。乡党赴集，卖粮买菜，畜禽交易，运送化肥、籽种都少不了它。当地百姓戏谑：我们这里是水陆空，样样通。

时夜，我在嘉陵江畔漫步，感慨万千。江南的这几十幢新楼仿佛是一夜间建成的，而且都那么漂亮和气派。看看这热闹的夜景，体味这里的现代文明，城市人的优越感荡然无存。燕子砭，你大变了，无愧 50 年的建设。

看看江北的城堡，百年的洪水没使你坍塌，古朴的街市依然鲜活，那是燕子砭人坚强意志的缩影。如今，江神庙和青岗坪的洋教堂遗址还在，但人们已淡忘它了，新一代的燕子砭人已记不得当年的烽火了。"世上没有什么救世主，全靠我们自己。"燕子砭人将此话铭刻在心。

我忽然发现，往日凶悍的嘉陵江水在我脚下怎么这样的温顺、清澈。噢！阳安、宝成两条长龙纵横东西南北，已替代了水路的运输功能，古老的嘉陵江，你年岁大了，加之"厄尔尼诺""娜尼拉"现象和你过不去，你该歇歇啦!

青乌镇西的枣林坝有古人类居落遗址，听说在此发现有新石器时代的夹沙陶片，还有汉代的泥质灰陶片，以弦纹为主，篮纹次之。可见其悠久。我们不会忘记祖先，也将同样记住这个祖先生息的地方。

"一桥飞架南北，天堑变通途"，毛泽东气势豪迈的词句在我脑海回旋。我想，如果在燕子砭修建一座跨江大桥，那么这里将会有怎样的变化呢？

（写于1999年5月）

鸳鸯池行

　　巨（亭）——鸳（鸯池）路通了，宁强县唯一不通公路的乡通路了，这对宁强县而言是件大事，对巨亭乡 3760 名百姓来说是梦寐以求的。

　　巨亭乡位于宁强西北偏东，滔滔嘉陵江带着两岸绿风翠云曲曲折折奔腾流过，同时也阻断了对岸高山而居的巨亭百姓与外面世界的联系，宝成铁路的巨亭车站坐落在山脚下，却无法改变老百姓肩挑背扛的历史。千百年来，乡亲们无论是山货交易，还是走亲访友，均靠两条腿。嘉陵江畔的小木船虽可载人，但一遇洪水船就停开，汽车、拖拉机过不了江，上不了山，山里的成年人未见过汽车的大有人在。严峻的现实与百姓脱贫致富的愿望形成强烈反差，巨亭的出路在"路"。

　　公元 20 世纪 90 年代末，县上选派了一名 30 出头，血气方刚，富有创业精神的乡党委书记，他叫陈英文。上任伊始，他给全乡群众立下的军令状就是苦干 3 年，修通巨鸳路。小伙子言语不多，却智勇兼备，当年冬季抓规划，跑项目，接着就发号召，动员全乡近千名劳力，土法上马，开山放炮，凿石架桥，第一年24公里的路修了多半。紧接着，普修加固，公路延伸，江岸护坡，水上码头，相继落成。今年在交通部门的支持下，一台造价30余万元的载车钢船也已下水，至此，车过嘉陵江，开到鸳鸯池的愿望已变成了现实。

今年7月中旬，我以一种极度兴奋的心情带人乘车去我几年来想去而未去的地方。小车在嘉陵江畔缓缓驶进车船平台，向对岸开去。和汽车同船，既新鲜又有趣，不经意地船就到了对岸，穿过铁路桥洞，沿着山峦重叠的盘山公路向鸳鸯池驶去。

7月的宁强，正经受着大旱的磨难，可在亮垭子山上却是另一派景象。车到龙岗坝，花香扑面来，这里，玉米郁郁葱葱，山涧流水潺潺，泉水叮咚，令人十分惬意。我忍不住从"自流水"管头大吸一口，想以此慰藉半年来的焦灼心情。龙岗坝村的水稻几乎全插上了，长势很好。龙岗坝小学的排危已列上计划，年底就有新样了。从围上来的百姓眼里，我看到了笑容，悟出了一种难用语言表达的兴奋……

"过了龙岗坝，就是鸳鸯池了。"和我同车的乡党委书记陈英文不时地给我介绍乡情地貌，介绍修公路的艰辛历程。一路上我左顾右盼，对这里的一切都特别感兴趣。

为了弄清鸳鸯池的来历，我在山顶下车，眺望对面的宝成铁路，嘉陵江畔。听说山顶原有一个水池，里面有一对美丽的鸳鸯时常出现，呵护该村的百姓平安发财。后来不知什么原因，鸳鸯飞走了，飞到了对面的流溪沟村，因而流溪沟出人才、出大官。鸳鸯飞走后，池也干了，鸳鸯池落了一个空名，人气从此有些衰退。这个传奇的故事吊起了我的胃口，我要看看鸳鸯池的真面目。

经过近两个小时的盘绕，我们到达鸳鸯池。鸳鸯池真是个好地方，虽海拔较高，却不缺水。这里家家户户树成林，果满枝，鸡成群，粮满囤。虽说用的小水电，但能看上电视，村民们热情地接待了我们，围着汽车转来转去，问东问西。村干部们讲，公路通车一个月，就新添了两台汽车，7 台拖拉机，有几十名青年外出打工。他们下一步的目标是修学校，通大电，彻底旧貌变新颜。我也兴奋地对他们讲，公路通，百业兴，飞走的鸳鸯还会回来。村民们乐呵呵地笑起来，自发地放起鞭炮，感谢党和政府。

返回途中，我与陈英文算了一笔账，巨鸳路全长 24 公里，总投劳 26 万元，上级补助炸药、水泥折款 30 万元，如果靠国家，500 万投资也拿不下来，并且工期 3 年，未伤及一兵一卒，可谓奇迹。修建途中，百姓自发送肉送菜慰问干群，场面十分感人。看看山花烂漫的原野，听听这位年轻人的诉说，我的眼睛也湿润了，巨亭乡有这样一个年轻人领路，百姓之福啊。

太阳西下时，我们返程了。在汽车下船的瞬间，面对巨亭的巨变，我们依依不舍。蓦然回首，奔腾的嘉陵江，绵延的宝成铁路和错落有致的巨鸳路似 3 条飞龙狂舞，尽收眼底，尽在心中……

（写于 2000 年夏）

宁强的桥

　　"一脉鸣泉震荆襄，两水飞霞润衰疆"……老领导杨吉荣先生的诗句点明了宁强水系的特点。宁强属长江流域，汉江由此发源，嘉陵江穿境而过，流域面积在 5 平方公里以上的河流有 170 余条，人均占有径流量为陕西省的 3.8 倍和全国均量的 2.05 倍，宁强年降水量为汉中之最。宁强的河多、水多，桥必然也多。

　　据《县志》记载，今境内铁路桥 45 座，总长 3916 延米；公路桥 137 座，总长 4459 延米。此外还有数十座吊桥，计不清的木桥，且各具特色，形成宁强风光的亮点和宁强变迁的缩影。

　　天生桥不是"桥"，而是一个天然岩洞，西流河水由此穿过。洞中怪石林立，洞外奇峰翠嶂。而今，著名的天生桥水利水电枢纽工程已竣工，天生桥洞已被堵住，西流河水因此改道而行，引嘉入汉大功告成。

　　龙门洞桥是县境内又一天然桥，为"龙门三洞"之首。大道通其上，清涧流于下，瀑布垂于洞口，倾珠泄玉，腾烟飞雾，洞内钟乳悬空，洞外石雕罗汉，栩栩如生。有陈昌言诗为证："系舟石门旁，双阙孤云白。风雨常昼起，中有神龙宅。"

石拱桥保存完好的要数三道河仙女桥。据考证，该桥最早建于同治年间。石碑文记载：该处"一木能支，不忆雨打风吹，木朽板坏，功不能长……唐姓之孀功将竣，而一篑未成。夏有新铺谢公者触目惊心，始修板桥，万人得过，取名积善桥。"后建为石桥，石桥合龙处东镶龙首，西镶龙尾，宛若巨龙穿梁，飞天腾空之势。桥下河水多漩形成深潭，时而徘徊低吟，时而奔腾咆哮。一日清晨，村民发现桥面上有一未婚女子脚印，格外引人注目，故改名为"仙女桥"。该桥已有200多年历史。

双曲拱桥为宁强境内颇具现代色彩的桥。坐落在大安镇境内的双曲混凝土拱桥，建于1993年，全长近千米，取名"汉江第一桥"，名副其实。而今，桥头已成为重要的经济开发区。"卧云山庄""仲宝绿色食品有限公司"等现代企业就坐落在这里，桥在此功不可没。

"四周环山翠微护，二水绕城碧玉流。两条公路舞锦缎，三座长桥飞龙虹。"这两句对仗的律诗形象地概括了县城的特色。玉带河、小河环绕县城，3座大桥将老城区、新城区、开发区连为一体。连接新老城

宁强县城三桥　王金泉 摄

区的玉带河大桥为三孔微弯双曲拱桥，因桥面成拱形，两头低、中间高，平行视线，望不到尽头，而别具一格。桥的西头是县城最繁华的商业区。桥的东头，草坪葱绿，玉兰初绽，河灯映照，熠熠生辉。高杆灯、雕塑等颇具现代色彩的饰品在此伫立。"城河结合，以河兴市，相映成趣"这一宁强城建风格在此发挥得自然和谐。古羌州因河造桥，因桥兴业，一个鲜活、漂亮的新县城在玉带河桥头向世人展示。

此外，宝成铁路丁家坝车站附近，两条平行的横跨嘉陵江的铁路桥不久前落成。桥伟岸气派，相似于汉江双桥，是宁强境内最宏伟的铁路大桥。

铁索桥在宁强星罗棋布，屈指一算，也有几十座。主要在玉带河、毛坝河、韩家河、清河、三道河、黑水河等支流上。对于方便群众赶集、学生上学必不可少。这其中，建设在宝珠寺水库移民区的一座铁索桥颇引人注目。该桥长约百米，在浩瀚的水面上横空出世，实在使人瞠目结舌。它连接了平台山和草鞋沟两个移民点，走在此桥上摇摇晃晃，兴奋与惊恐交错的感觉绝对超过四川都江堰的铁索桥。当地村民竟能在上面骑自行车，可谓"绝活"。

青木川金溪河上的石柱木桥，堪称木桥类之精品。该桥的石柱均为整齐划一的青石方墩堆砌而成，桥梁为直径近1米的方木。桥上建有桥坊，目前尚保存完整，桥坊成为人们避雨遮阳、闲聊休息的领地。桥坊历经百年风雨洗礼，完好如初，已是奇迹。

宁强多水，已为幸事。宁强多桥，造福桑梓。宁强要发展，桥不可少。

（写于2000年）

巴山天池行

在海拔 1700 米的高山，在缺水的宁强县毛坝河镇竟有这么一个面积不小、常年不干的池，人们称之为天池。新年伊始，我踏上了上天池之路。

上天池的确有些艰难，被霜冻覆盖的羊肠小道又陡又滑，从二茅路口到吴家院，路不到四分之一，我们已经大汗淋漓，气喘吁吁了。还摔了几跤，所幸没出什么大事。

在吴家院稍息片刻后，又继续上山。这时，眼前出现了苍松翠柏，耳畔听到了呼呼的林间风吼。不意间地，我哼起了现代京剧《智取威虎山》中的唱段："朔风吹，林涛吼，峡谷震荡……"精神上的轻松减轻了身体上的苦累，上山的速度也加快了。

经过近两个小时的攀越，我们到达了红岩子山的最高点，蓦然，一片开阔地展现在我们面前，在中央有两个相邻的水池，这就是巴山天池，巴山奇景。风乍起，不时地泛起涟漪。

说起天池，真还有些名堂。天池的水没干枯过，冬天少，夏天多，年年如此。天池的水面常变，小到几十亩，大到数百亩；水深到数十米，浅到几米，没有定数。天池的边上有龙洞，据说池里水少时，龙就吐水注池；池里水多时，龙就吞水，岁岁如此，从不偷懒间断，天池有龙治水。

天池的水质很好，牛羊在此饮水不会生病，投放的鱼苗生长很快，天池里的土是腐殖质土，擦根火柴可以点燃，是当地百姓的财源。

天池冬天结冰，可以在上面行走嬉戏；夏天可以游泳，或乘木筏游玩，天池是乐园。

天池周围有大片大片的草地，碧绿松软，是天然草场，牛羊理想的栖息地。这天正好丽日当空，我兴奋地躺在草地上，站起身，舒展四肢，眺望南边的凤凰山，北面的莲花岩和西边的兴龙寺，心旷神怡，美美地享受了一次。

站在池边，视线由近及远，由下至上，可以看到四周青松环绕，绿草茵茵，白雪皑皑，山花烂漫。白雪洒在青松上，一簇簇，一团团，绿白相间。透过阳光，青松把它的轮廓映衬在天池里，山花把它的清香洒在天池里。牛羊在天池边恬静地饮水，鱼儿在天池里不时跳跃，蓝天、白雪、青松、绿地，好一幅草原牧图。腾格尔《天堂》中有这样一段歌词："清清的湖水，洁白的羊群，绿绿的草原，这是我的家……"我想，歌中唱的就是这里，这里就是"天堂"。去过九寨沟的人知道有个长海，可巴山天池的风景远在长海之上，只可惜她头巾未揭，深闺待嫁。

天池有美丽的故事。传说池边有金元罐，能为百姓济困。凡虔诚的百姓，真正有难时，写好借条并在兴龙寺焚烧，即可拿到金元宝。东面有个麦子坪，坪子上有庙，庙里原有两个和尚，麦子坪的麦子可以晨种晚收，庙里从不缺粮。后来外地的和尚闻讯赶来麦子坪享用，贪心致祸，麦子就成了一年一收了。

天池所在地叫汤家坝。汤家坝人就像这天池一样俊秀，似松树一样精干，他们也在考虑结构调整、退耕还林、大办交通、建校育人。我所见到的汤家坝的牛羊膘肥体壮，猫狗油光水滑，可见该村百姓之勤劳，山水之肥沃。

汤家坝的山民待人非常热情，男女老少毫不怯场，和客人打招呼的声音又脆又响，在村间回旋。这天，一村民杀鸡煮酒，一顿简单的饭菜我们吃得很香，我对随行的人讲，今天我们真正是"三土"：吃土鸡、喝土酒、说土话。拉家常，其乐融融。我在村民家里看到了石磨、风车，看到了电视机、VCD、缝纫机，看到了贴有瓷面砖的灶台，看到了历史的变迁和现代文明的气象。

夕阳西下时，我们依依不舍地返程了。站在红岩口，我面对群山大吼了一声，可爱的巴山天池，愿你走出深山，尊容早露。可爱的汤家坝，我会再来的。

（写于 2000 年 1 月）

汉源茶山　王金泉 摄

泛珠泉边的水磨房

宁强宽川乡东，有一泉，因水面常年泛出小水珠，故称"泛珠泉"。近日下乡，随意去看了看，唯独对泉边的水磨房有了兴致。

水磨房坐落在泉西的一条沟上，可能年代久了，远看去，已有点"衣不蔽体，摇摇欲坠"。这天正好有一村妇在磨玉米面，我对水磨房仔细做了观察并和村妇攀谈。

水磨房坐落的沟是用片石砌成的。从下往上看，磨坊的木水轮是水平置于水面，依靠跌差不到两米的水流驱动水轮做匀速圆周运动。与水轮轴紧连的是石磨的下盘，下盘转动做功而上盘不动，这有别于一般的碾坊和磨坊。

固定石磨上盘的装置可谓精巧。磨盘被两根精细均匀的麻绳斜拉着，麻绳的中间用两根木棒撬着。我问了一下村妇，才知此棒是用来调整上盘高度的。

磨盘下盛玉米面的底盘也是木质的，一个大圆盘，且有边沿，底座很光，表面呈黄色。磨坊的几根柱子已斜了，房上的小青瓦也残缺不全，但这并不影响其使用。村妇告诉我，虽然现在村里都照上电了，但村上的米面加工厂离这还有几里路，且加工还要交电费。这里磨面不收钱，虽慢些，但方便。

看了水磨房，我对力学原理在这里的巧妙运用很是惊叹。水磨房从机械到房子，全都是木的，没有轴承，没有齿轮，没有一丝现代色彩，可它依然将水能转化为机械能，造福邻里。没有螺旋，它却能自如地调节磨盘的高度，且年年月月，从未停止。

时代已快步进入新世纪了，可这老掉牙的水磨房居然还在转动。这使我想起了黑格尔的名言："存在的就是合理的。"山民们竟然如此青睐，舍不得丢弃它，大概基于此吧。

我们不必为电的广泛应用而欢呼雀跃，也不必为水磨房的存在而感到羞涩、可笑。水磨房，有朝一日，你会成为文物，成为珍品，供人参观，继续创造"剩余价值"。

水磨房，你的生命力与世纪同在。

（写于 1996 年）

二郎坝泄洪记

"飞流直下三千尺，疑是银河落九天。"这两句名诗本是诗仙李白形容庐山瀑布的。可如今，这样的壮景就在宁强，就在二郎坝山涧出现了。

深秋10月，本是雨季该结束的日子，或许龙王也被奥运会中国队28块金牌的佳绩感染，兴奋过头而放纵了时辰。10月10日晚10时，陕西二郎坝水力发电公司汛情急报宁强县防汛指挥部，称二郎坝水库的水位已达1775米，要求以每秒100立方米的流量泄洪。这是该工程竣工后首次泄洪，引起了方方面面的关注。防汛指挥部认真分析了汛情，权衡利弊后，一方面通知沿西流河两岸的群众做好防汛准备，一方面通知二郎坝发电公司按要求泄洪。

10月11日，降雨仍在持续。上午9时，发电公司又打报告，反映水位在不断上升，要求以每秒500立方米的流量泄洪。这个惊人的数字使几位防汛责任人心急如焚。"汛情就是命令，立即上山！"一种沉重的使命感促使我带人疾速赶到了二郎坝水库。这时，雨愈下愈大，水面尽管平静如镜，可水位却不断上升，已接近 1800 米的警戒线。溢洪洞能否经得起如此巨大水量的冲击，对我来说是个悬念。我和县防汛办及发电公司的负责人在一块紧张地磋商，一致的意见是，必须尽快加大泄洪量，否则，大坝的安全受影响。在这重要关头，决策必须慎而又慎。大坝的安全要维护，沿河群众的安危也不敢有丝毫的马虎。在向沿河乡镇发出汛情通报后，上午 11 时，第二份泄洪令发出。发电公司副总经理王升旗举起了令旗。11 时 10 分，一闸门提起，以每秒 500 立方米的流量再次泄洪。

瞬间，溢洪洞口的水如脱缰的马，铺天盖地，飞流直下，洪水喷射的面积近一平方公里，高度达 40 余米。不到两分钟，云遮雾障，溢洪洞口不见了，我和防汛办的同志虽近在咫尺，可谁都看不到谁，我们完全被笼罩在水雾中。依稀可见的是一浪高过一浪，此起彼伏的冲天水柱。震耳欲聋的洪水吼声和强大的冲击波使得我们有一种山崩地裂的恐惧。什么叫一泻千里？什么是势不可挡？今天，我们算是感受到了。几

二郎坝镇天湖边　王金泉 摄

位现场的新闻记者也始料不及，没有留下这精彩瞬间。

泄洪在继续，水浪在我们头顶肆虐咆哮。因水浪形成的气流吹飞了雨伞，飞奔而来的水流刀子似的打在我们脸上、身上，随时都有被吞噬的可能。可我，全然没有惧怕，反而更加镇静自如。我们在雨里、在雾中伫立，顽强地坚持，仰望这壮观的场面，欣赏这难得一见的飞瀑，经受着大自然的洗礼。在电视上，我曾看到黄河壶口瀑布的汹涌澎湃和庐山瀑布的酣畅淋漓。可今天，相形之下，我们的二郎坝水库因泄洪而形成的瀑布比壶口更清纯，比庐山瀑布更壮丽。此次泄洪量仅达到每秒500 立方米，如果按设计标准能达到每秒 2000 立方米，那将是更为壮观的场面。

须臾，泄洪量减少了，溢洪洞口又显现了。我们看到，原河道口的大石被冲得无影无踪，两边的岩石被冲洗得异常干净。此时，我们个个被淋得像落汤鸡似的，在风雨中冻得直咬牙关。同时，一种劫后余生的幸福感油然而生。二郎坝水库给了我们光明，给了我们青山绿水、鸟语花香、飞流瀑布，圆了"高峡出平湖"的梦。

西流河水改道后，西流河在干涸。可龙王没有忘记它的小兄弟，在公元 2000 年 10 月普降大雨，迫使水库泄洪。西流河喜笑颜开，又获雨水滋润了。

当日，二郎坝水库安然无恙，沿西流河两边的黎民百姓安然无恙。

（写于 2000 年 10 月 15 日）

两洞通，三关破

——西汉高速公路建设散记

公元 20 世纪的最后一个月，宁强境内鞭炮震天，捷报频传，牢固关隧道通了，黄坝驿隧道通了，建设者们以其辉煌的业绩向新世纪报喜，从此蜀道不再难，宁强人民欢天喜地，三秦儿女梦想成真。

宁强境内关隘重叠，道路险奇。尤以入川方向的牢固关、西秦第一关和七盘关最为显著，成为天然交通屏障。

牢固关位于县城西南 16 公里处，这里林密沟狭，山高水急，公路盘曲，如巨蟒狂舞升腾。登关口远眺，东南有红石梁，西北有蔡山岭，群山苍苍，云海茫茫。牢固关是汉水流域和嘉陵江流域的又一分水岭。关之东麓水流入汉江，关之西麓水注入朝天与嘉陵江汇合。清乾隆御史张向陶在《牢固关》一诗中写道："雄关经百二，归路易三千，回首迷秦风，低头听蜀鹃。"

下牢固关再行 3 公里，"西秦第一关"犹在眼前。此处东临大峡，

雄霸蜀道西秦第一关　　王金泉　摄

乃往日人行小道的石峡关。1935 年开筑川陕公路时，劈山凿崖而过，下有深涧百丈，群峰怪石，错列其中，上有悬崖峭壁，绿树青藤。此处树道又窄又险，"Z"字形公路使过往司机心惊胆战。有诗曰："云山林海雾漫漫，万壑千崖铸雄关，回首难觅古栈道，举目车队入云端。"张笃伦书"西秦第一关"大概也有如此感慨吧。

　　沿西秦第一关连绵 3 公里而上马鞍垭，道路又沿山脊回绕而下，此即今日的七盘关（又称棋盘关），其险奇程度超过前两关，清乾隆翰林编修李骥元的《七盘山》对此有生动具体的描述："南栈七盘促，北栈七盘长。凭高瞰地底，曲折同羊肠。一盘讶天近，举手扪日光。三四盘渐转，如滩下舟航，五盘陟六盘，冷翠沾衣裳。树垂万年古，泉落千丈强。行回逆七折，始得道平康。"可见七盘关之险峻。

　　三关险，三关难，三关不破梦难圆。这项具有划时代意义的世纪工程在 1999 年上马。工程的设计者跋山涉水,不畏艰难,数次考察,从多种意见中选定了在牢固关、黄坝驿各凿一个隧道,在西秦第一关处公路走河底的施工方案。2000 年 8 月,中铁十五局、山西路桥公司中标进入施工地段。他们面对十分复杂的地质环境,以前所未有的拼命精神啃此硬骨头,中铁十五局的勇士们喊出"开通牢固关,铁路大军理当先"的口号;山西路桥公司更不示弱,"古有五丁开关,今有山西路桥"的豪言壮语在空旷的山涧久久回荡。当地的村民们开山取石,送水送菜,热情支持筑路大军。打通两个隧道采用了国内领先的凿岩砌护工艺,西秦第一关处的定向爆破请来了全国一流的爆破专家。经过近 10 个月的奋战,到去年年底,两个隧洞顺利贯通,高速路的路基现已成形。在庆典仪式上,有一副对联格外有新意:打通七盘关续写秦晋之情,修好高速路加快川陕联袂。

而今,车过三关,如履平地,宽敞明亮的隧道使人心旷神怡。一改"地隔西南千嶂暗,天开蜀汉一蹊愁"的旧貌,那种"万里乍归尘面瘦,七盘轻上马蹄驯"和"回首迷秦风,低眉听蜀鹃"的诗境将使三关成为风景旅游胜地,吸引南来北往的客人驻足观赏。

汉中市委书记胡悦谈及修高速路时,说了一段极富哲理的话:"……我们没有能力走出秦岭,我们可以把路修好,把山门打开,让别人走进来,开发我们,这实际上是等于我们走出去了。"由此看来,打通两洞,对于汉中的开放发展显得太重要了。我们有理由相信,两洞已通,三关即破,西汉高速路全线贯通的日子不会太远。

(写于 2000 年年底)

十月十五观月

初冬之夜，在机关孑然一人，不免有些寂寞，忽见窗外格外亮堂。信步走到院里一看，才知是圆圆的月亮挂在天上。翻了一下日历，今天是农历十月十五，我忽然对今晚的月亮产生了浓浓的情趣。

今晚的月亮很圆很圆，圆周轮廓分明，没有一丝阴影；今晚的月亮很亮很亮，亮得叫人感到温暖、亲切。和八月十五的月亮相比，今晚的月亮少了几分艳丽、几分妩媚、几分朦胧，却很纯真，很清晰。因为大自然年轮的变迁，把地上天上一切表面的东西，时兴的包装无情地卸去了，八月十五的月亮也不例外。

十月十五的月亮是真实的。一个标准的圆球，没有月晕的映衬，没有秋风的伴唱，没有多少人注意到你的倩影。嫦娥也许早已歇息了，但你全不理会这一切，依然发光环绕地球，傲视同群。想起儿时只记得"月到中秋分外明""八月十五月儿圆"等词句，似乎月亮就只在中秋这天光彩，昙花一现。而今天，我才觉悟到那些咏月的秀丽诗句都是文人的夸张手法，和真实的月亮相距甚远。

今夜，在寒风凛冽中看月亮，没有了寒意；在四周一片寂静中观月色，多了些畅想。步入不惑之年后，常常有种"黄瓜打锣，去了一半"的惆怅。今夜观月，失落之意悄然退去。谁说人生几何，对酒当歌？而我更感人生处处有青山。一分耕耘、一分收获。让我们记住苏东坡的名句：月有阴晴圆缺，人有悲欢离合，此事古难全。但愿人长久，千里共婵娟。

今年中秋之夜，由于云层太厚，几乎未看到一个完整的月亮。今夜观月，正补遗憾。

（写于 1998 年）

玉带河畔

夜读汉江

时夜，我坐在汉江边的一石台阶上，聆听汉江，细阅汉江。

近处，汉江两岸灯火通明，江北的安澜楼、江南的汉江公园，到处人如潮涌。人们在江边戏水、乘凉，汉水园的茶楼异常火爆，南来北往的政要、游人在那里谈天说地，海喝海侃，细细品尝这汉江水泡出来的安康名茗，一览汉江秀美的夜色。

而我更钟情于这江中的静，喜爱仔细观察这静中有动、动中有静的汉江水。

汉江水永远是动的，"嶓冢导漾，东流三千"，汉江没有歇气的时候。正是这个"动"，汉江成为母亲河。汉水的动使它浇灌良田、润泽万物；使它蓄势发电，黑暗变光明；使它厚德载物，负重前进。近年又闻，汉江之水要大动，南水北调到北京。汉江的"动"使群山起舞，万木葱茏。

当然，汉江有时的大动也使其"恶名"大振，30年前的安康水灾，

近年来几乎年年都在发生的水患使人们对它倍加警惕，虽不可预料、不可抗拒，但也不能无所作为啊！

我在努力地平心静气地聆听汉江的倾诉。今天怎么这么静，丝毫听不到水声，难道汉江疲惫了？休眠了？

不，汉江在反思。它在经历了怒发冲冠的 7 月和 8 月之后，它在制造了天灾人祸的一系列恶作剧之后，一方面心力交瘁，另一方面觉得该"返璞归真"了。

自从盘古开天地，汉水就和沿江的人们共生共存、密不可分。汉水滋润人们，人们呵护汉水，和谐社会、和谐安康不能没有汉水，不能忘记汉水。几千年来，汉水以其博大的胸怀，无私奉献，造福社会，作为汉江儿女，我们能不感恩戴德吗？

汉水具有强大的亲和力，一年四季，几乎不结冰。对所有喜欢它的人，它都永远敞开胸怀热情拥抱。对旅途辛劳的人们它是甘泉，对爱美的姑娘，它是上乘的化妆品。难怪游人说安康姑娘长得靓，安康人好客，岂不知这都是因为汉江的缘故。

汉水从我身边静静流过，无一点浮躁，无一点厌倦。如此心平气和地独享孤独、随心随性。是啊，汉江是我心中的偶像，在经历了大起大落之后，回归自然，不张扬、不扎势、不畏人言、不畏鬼神，执拗而又坚定地东流去，虽低落平缓，却义无反顾、势不可挡。

汉江平静得像一面镜子，它不仅能使蓬头垢面的人自惭形秽，使青春少女更加光彩迷人，而且能使每个人复杂多样的内心世界在它面前无从隐匿，任何品德低下的人，灵魂肮脏的人都会在它面前原形毕露，进而洗心革面，重新做人。

汉江夜景

夜读汉江，我更多地在感悟汉江对我心灵的洗礼和冲击，"心如止水"，能做到吗？

夜渐深了，两岸悠闲的人们已陆续返城，这时的江边真正开始万籁寂静了。可上苍没有冷落它，月亮从云层中钻出来了，朦朦胧胧，与汉水若即若离、形影不离，和汉水做伴，和我做伴，开始了新一轮的倾诉。

汉江从嶓冢山流出，一路奔腾到汉口。在浪花翻卷的汉口，汉江清澈之水和长江浑浊的水相融，泾渭分明，你更能感受到汉江的清纯，汉江的高洁。你将为汉江之水和长江浊水共融而叹息，而惋惜，而无可奈何！

（写于 2006 年夏）

山水情深

——《风吹过秦岭》观感

当刘云亲笔签名的大部头书《风吹过秦岭》出现在我的案桌时，我多少还是有些惊讶，因为我知刘云爱好文学，多有散文见报，可这么一本厚厚的书这么快就出版了，可见刘云之勤奋。我用了若干个夜晚，仔细通读了全文，还真是感到惊喜。书中对秦巴山水精湛的描写，足以体现刘云观察事物的精细和文字布局的独具匠心，对乡村旧事的陈述则更显出刘云生活阅历的丰富和思乡亲民的质朴品行。俗话说，文如其人，刘云的书就像他黝黑的脸庞和浓眉大眼一样，厚重、灵性和深情。

一

秦岭巴山之间的安康，历史文化的沉积相对单薄，秦岭巴山的自然生态又因其生物的趋同性，相对平淡了些，名气小了些，我们常常为此

叹气，为此惋惜。可在刘云的笔下，却是另一般景致。他把家乡所有的生物及自然现象都赋予无限之活力，赋予了厚重的使命感，大气磅礴，震撼人心。

他在《植物性》中写道："高大的树木、细小的枝蔓，在我心头构成苍凉的远景，浓郁而有层次，我从而喜欢这样背负着植物行走……所谓老林子，一定是因为有了如此古老的树藤气息的弥漫，使时间停在原地，任何想象都没了意义……"

他写秦岭巴山的区别也很独到："在我看来，秦岭就是用刀戈劈出来的，巴山就是用绣花针精心绣出来的。一条汉水，又应该是一道大手笔的装订线，缀联起秦岭巴山这两页，一页是父性的，一页是母性的。"

他写竹子的生长："水过后，火过后，只要竹鞭不死，它依然会萌发起来，为这小城，像竹子一样生长起来的小城，注定涌动着生

机啊!"（《秦岭三章》）

他写下雪："老天给美美地下一场大雪的，把天地覆盖得通体雪白，叫人的心思也通体透明。"（《除夕诗情》）

他形容电闪雷鸣："正是按照大自然的意志，天空与大地猛烈地交媾着生命最初的光华，让生命之内的一切，哪怕是怯懦卑微的想法都高大无比，发出各自耀眼的光环……水在夏天的声音，一切试图模仿的声音都显得下作而小气！从高山而下，从长滩漫涌，从城市身边冲撞而过，从逼仄的荒野迸溅而过……它经过的地方，只留下生命的旺盛之迹，一切的腐朽衰败荡然无存。"（《水有根》）

秦岭巴山的雷鸣电闪千百年来，何此喧嚣过；秦岭巴山的树木何此鲜活、沧桑过；秦巴之间的河水何此汹涌澎湃、力大无边过，我没有想到。而刘云带给我们的是一幅波澜壮阔、催人奋进的生态画卷。

党的十八大报告中讲到建设生态文明，要尊重自然、顺应自然、保护自然。我想，对大自然敬畏、热爱是中国优秀传统文化的瑰宝。历史已证明，天人合一，返璞归真，依然是当今建设和谐社会最朴素的道理，我们应为刘云对大自然的赞美而欢呼，而践行。

二

秦巴之间的汉水从汉中宁强的嶓冢山发源，涓涓细流、九曲回肠，从汉中流经安康至汉口入长江，这是中国内陆目前唯一没有被污染的河流，常年清澈见底，碧波荡漾，是汉水流域人民为之呵护、骄傲的母亲河。刘云对汉水的描绘更是极其生动，极其精致。

他写水的来源："秦岭山中的水是挤出来的，是撞出来的，是跌出来的，这样说来你才明白，为什么秦岭山中的水，总是那么山高水长，总是那么青白分明，要么是溪，要么是飞花，要么是急流。

水是天生为寻找出口和突破口的，水是天生为流动和目标而来的……水也是为着高度而来的……"（《秦岭三章》）

他说水是有根的："那些强有力的根须，接通了我们的血管。粗大的或细小的血管，那些来自高天之上，被阳光过滤了的水珠儿，重又带着泥巴的亲切质外的气息，贯通我们的五脏六腑，所有曾经淤塞的经脉，都涌动着波涛般的冲动……"

而水的回归场面又是如此神奇和壮观：

"这水涓涓滑过的过程，天地变得如此静寂，似乎整个秦岭山地，整个的森林，整个的天地，都是屏住了呼吸的；这使得人生出伟大的感动了，一滴水走过了它的旅程，回到家乡，天地万物为它举行了最庄重的迎接仪式。"（《雨音乐》）

在刘云的笔下，水是有生命的，从哪里来，到哪里去清清楚楚，就和人一样，从出生到死亡，经历了切肤之痛，经历了大起大落，也经历了平平淡淡，最终他圆寂了，无声了。可重要的不是结果而是过程。

在刘云的文章中，对水还有更多更精彩的叙述，这和他在水边生长，水边弄潮有关。水给了他柔韧，给了他坚强，给了他灵感。

三

"吃"的场面在刘云的文集中篇幅不小、随处可见，因为刘云生长的年代，经历了"缺吃"的困难时期，因而对维系生存的第一需要有着切身的体会。他把平淡的吃相写得如此生动，叫人拍案叫绝。如他在《秦岭过夏》中写吃洋芋的场景：

"烫热的干面的洋芋入得口去，要在舌面上打几个来回，才敢咬开，哗的一股新洋芋的热香鼓胀了口腔，洋芋的热香与大蒜辣子合二为一，万般享受只待一咽。"

"煮好的汤洋芋已然凉透，捧一大海碗，埋进半个脸去，连吞连嚼，解饥解渴……"

他写民工饥饿时吃饭的场景：

"手中的筷子将米饭赶往大张着的口中，像极了工地上的大铲车，将山石泥块挖下来，堆在大地的口中……"

他在《狩猎者》中写山民们分享猎物的场景时，场面就更加生动：

"新鲜野猪肉用酸辣子就了山里的黑木耳爆炒了，汉子们下酒，可多喝二两，娃儿们吃得冒汗，直伸个红舌头喊辣。女人们让男人娃们吃得闷饱，才打扫了残汤剩水，也打出几个饱嗝了。"

他写安康人吃酸菜面的场景时，又极度夸张：

"吃一回酸白菜手工面条，海大的一碗，那个色香味呵，叫人油汗长流，七窍通畅。"（《基本口味》）

基于上，我以为刘云一是经历了饿的年代，二是一个对"吃"特别有兴趣的人，三是他对"吃相"观察入木三分。至于原因嘛，他在《粮食亲戚》中说得再好不过了：

"任你讲出天大的道理来，吃了上顿不知下一顿在哪里，你的道理还有意思吗？"民以食为天，亘古不变。

四

乡情是刘云笔下挥之不去的情结，它包含着太多的思念、太多的惆怅和太多的无奈，也是我们这些曾经生长在广大农村的贫民子弟心中永远不可抹掉的印记，刘云在《回乡的路有多长》中写道：

"熟悉而又陌生的路途，与其是车轮子碾尽的，不如说是焦渴的目光丈量的，抑或总在前头召唤着嘴巴、牙齿、腮帮子和火辣辣的胃部神经的那些食物，路边的、小店的、他乡的食物，食物与清水与火共同打造的回乡的引力，这引力像橡皮绳子，像中轭上的套索，像女人纳鞋底最后一把绷紧了的麻线，最后坚强地把家乡拉到眼前了。"是的，乡情是个能量无边的磁场，不管贫穷与富贵，不管有病与健康，它都会对你保持引力，终生不断。

他写家乡的农民工返乡时的悲喜交加的心情：

"走过山山水水的脚板，把梦想甩在身后，空空的背囊依然塞满着离开家乡时的曲曲折折的叮咛，在家乡的第一阵清风中悦耳地作响了。"

他写乡亲们过年时的"腥膻之味"：

"雪把村子变成真正过冬的棉花套子，而炊烟也变得粗大而持久，羊血的膻味那么刺鼻，叫他们激动不已。年货就是沿着这腥膻之味纷纷抵达村子的，连同赶在腊月关门的霎时最后回到村子的人们一起，进入到乡下生命唱和的高潮。"年景被刘云渲染地如此恢宏和悲壮。是啊，当下民工潮涌，农村空心化日趋严重，面对村庄衰落的现状，刘云的心中不平静，一年一度的春节本该是个高兴的日子，可却因为对乡亲们过多的牵挂和对乡村的深情眷恋而变得沉重了，他在《风吹过秦岭》中写道：

"巨大的沉静压迫着我们内心的不安，我们突然感到应当对眼前的乡场三鞠躬，感谢他对流浪者最后的接纳。"

"少小离家老大回，乡音未改鬓毛衰。"刘云的书中，对乡情的回忆，对乡村旧事的记叙都是非常生动的、典型的，这是他的宝贵精神财富，是他从政守土的动力。

五

在刘云的文章里，多次提到"父母官"的字眼，父母官是什么，在百姓心中，他是"包拯"，是百姓的希望和救星。而在我看来，"父母官"虽然带有封建意识，但对共产党人来说，它是一种职位，一种使命，关键时刻老百姓想他盼她啊。他在《雨纷纷》一文中写道："面对灾情，我们只能没日没夜地行走在山里，行走在民间，仿佛我们唯有不停地走，那灾情才会降低一般，也仿佛唯有这样，好日子才会从头再来……"

是的，我有同感，在安康工作近 10 年间，抗洪救灾，处理突发事件，多少次疾行，多少次冒险，客观上明明知道是徒劳的，可主观上还要这么做，因为这是职责，是良心，每每看到自然灾害导致我们的群众死难受伤，流离失所，我们心如刀割彻夜难眠啊。灾难对我们的启示也是深刻的，正如文中所叙："情愿面对群众，因为真情，眼泪纷纷，伟大的泪水，所以有了伟大的情怀，不要笑话泪水，它一定会叫你善良、真诚。"

在刘云的记述中，还有他在深山老林中的访贫问苦的场景，有他在招商引资工作取得成效后的喜悦，更有他对底层村民上访老户、狩猎老者等的惦记。看得出他是一个善良的人，一个睿智的人，一个极富有同情心和责任感的人。

其实，我和刘云接触并不多，单独在一块谈文学，几乎没有。但通过《风吹过秦岭》这部大作，可以看到，在当今人心浮躁，乱象丛生，多少人为此愤慨不已却又不得不染指其中，表现出"无可奈何花落去"的年代，刘云对文学的挚爱，对文化的坚守，是多么的可贵。它像一缕春风，吹绿了大地，吹动了万物，带给我们清新，带给我们生机。

读刘云的作品，有一些激动，是一种享受，很过瘾。我喜欢刘云的作品，希望他不断努力。

（写于 2013 年）

壮美音画

——再读刘云《风吹过秦岭》

不知是对安康山水的熟悉挚爱，还是对音乐的敏感，我对刘云的《风吹过秦岭》有一种特殊情感，闻乡音挥之不去，观山水似曾相识。

之一：乡音

在《风吹过秦岭》中，刘云的音乐味很重。《雨音乐》《乡村音乐》《歌状态》是其代表作。从标题可以看出，刘云对乡音的描写是动态的、全方位的。

他在《雨音乐》中写道："那就是山溪、河流，林下临时冲出的水沟，它们几乎是在同一时间，从等待的战阵后冲决而出，呼啸着发出慑人的呐喊声，那声音是以声浪的形式回荡在森林上空的，是从大大小小的山涧里、沟道里、河岸里……蜂拥而出，吹响尖锐的口哨，摇动着巨大的牛皮大鼓，其间也穿插着铜质的响器，如钹、镲、锣、铃、号诸如此类的音响，汇成比雨本身更加浩瀚的场面……"这场面是如此壮观，这音响又是如此有力有序且具专业性，秦巴山涧的雨是这么富有音乐灵性，真叫人惊叹不已。

刘云在《乡村音乐》中写出了乐音的"流淌"："一双锄把磨粗了农夫的手，一管用雪亮的镰刀削制而成的紫竹的笛子，偎在木讷的嘴唇边，怎么就发出清越得近乎天籁的声息呢？那音乐的碎屑也是在渐渐萌动的月色中，向着晶莹的河面漂浮着，继而在水面闪烁不停。一管竹笛，吹响了一河秋水，在乡下深沉者的睡梦中，淌过竹林，淌过白蜡树疯长的山湾。"在这里，音乐是流动的、温顺的，与山水融为一体，成天作之美。

音乐需要天赋，需要灵

美丽的汉水源 银河天上来

感，更需要对事物平心静气的观察和领悟。在我看来，刘云是一个对声音极敏感、感情特细腻的人。在《菜花强悍》中，他用很形象的语言描写榨油时的音乐效果："此时，油榨槽内整齐挤压着的油饼，发出清脆的呻吟之声，油槽的下方，沥沥地下着小雨。"在《有病》一文中，他对乡音的描写更是入木三分："迎着早晨的空气，乡下的空气发出咯咯嘎嘎的声音，是搬梯子的声音，是水欢快地流淌的声音，是手骨节搓动时发出的声音，是一口酽茶把喉咙冲动的声音。"刘云用最质朴的语言表现出乡音的生动，读来使人酣畅淋漓，解馋。

音乐是表达人们思想感情、反映现实生活的一种艺术。我以为他已能熟练地驾驭这门艺术并为之努力。他在《歌状态》中写道："我把音乐比作走夜路时，远远的黑暗尽头出现的人家的灯光，微弱而又温暖……尽管它柔弱，不堪一击，但它是离我们灵魂最近的一层保护膜。"他对音乐的认识是到位的，且更人性化了。

之二：美色

刘云描写秦巴之美最使人兴奋，悦目的是鲜明的色彩。他在《除夕诗情》中写道："乡下的刨汤肉，新鲜，切开那肉的肌理还在发着颤。入口，真正是透着一股子肉香的。不像在城里，肉淡如柴，艳色张狂得很，却像是化了妆的。刨汤肉的红艳，是暗红，紧凑，分明地发出草木的清香来。"一句"肉淡如柴，艳色张狂得很，却像是化了妆的"，不仅形象地表现出城乡之别，也巧妙地讽刺城里人的扎势做作，虚爱面子的小市民心态。

在《菜花强悍》一文中，他形容油菜花的壮观："是太阳研制的金粉调着露水涂抹到大地上，天地间呈现无限高贵色泽，叫人想到幸福。"他写秦岭的景色时，更是变化无穷，对比鲜明："秦岭的秋色是大艳，火得分明……细细看，秦岭的一派深红里，也是有了浅黄的，加上常青的松木，不变色的青刚，一年四季一个样的白蜡，色泽的深浅明淡便层次出来，中国山水画的意境倒十分明显起来。"（《秦岭秋》）刘云自己已做了注解，秋天的秦岭就是一幅壮美的山水画卷。

当然，色彩不仅有艳丽，也有灰暗和单纯。他在《美丽乡愁》中描写乡村实貌："此刻，他们穿行在乡村农家的灶房和堂屋，脸上都是灰土色的，装束是灰土色的，声情并茂也是灰土色的……"

在《麻雀》中描绘雪景："四山雪坡雪岭大面积背阴处的黑雪，一律变得发白，山河一片通明，白净得扎眼，远看如凝脂，近看似一堆一堆、一浪一浪的散碎银两。村庄的房子都戴着高顶子的白帽子，墙也是白的，只留下门窗是黑色的……"

细读上面这段文字，可以看出，刘云对色彩学悟得颇深。笔下的描写出神入化。喜欢大红大绿的美艳，而不怠慢黑白分明的本色，看好色彩的变化无穷，又钟情于看似无色胜有色的单纯。

之三：杂味

在《城市与秩序》中，刘云描写大城市的"镜像"。"在那个城圈子里，即便是在严冬也会让你闻到白菜帮子腐烂的气息"。刘云用"白菜帮子腐烂的气息"形象地描绘了当今大城市人车增多、环境污染、就业困难、生活压力大等城市病。是啊，我们的大城市曾经美丽，是"白菜心"，令人向往。可现在它"得病"了，病得不轻，就像菜帮子，放久了，腐烂了，该倒掉了。他在《雨落汉江》中，又让我们闻到了酸菜味："早风习习，一掀筒子的酸菜味还没散尽。汗味和屁味也混合过来，叫勤快的人不敢深呼吸……高声低声的安康老腔，叫你如同泡在老的酸菜坛子里，呛味冲鼻。"酸菜是安康的特产，酸菜味是祖传之味，平民之味。和"腐烂的白菜帮子"味比起来，它更受平民百姓青睐，更具生命力。而《乡下气味》则把我们带回从前，带回远古。他写道："喜欢乡下那火烧火燎的气味，什么时候回去，接接那气息，都是要长一回精神的。"还有："羊肉的膻味那么刺鼻，叫狗们激动不已，年货就是沿着这腥膻之味纷纷抵达村子的。"这"膻味"勾起了我们对童趣和过年的追忆，对现实生活的满足和美好未来的向往。

（写于 2013 年）

汉江之水美安康

——第八届中国安康汉江龙舟节主创歌词曲作者崔光华访谈录

记者 袁朝庆 谭西

作为市委常委、组织部长，特殊的身份让崔光华成为相当范围内的公众人物。就是这样一个在大多数人看来正统多于激情的组织部长，居然还写歌词，而且自己作曲。第八届中国安康汉江龙舟节主创歌《汉江之水美安康》，就是他的作品。

知道我们要就此事采访他，崔光华二话不说："先听歌。如果你们听了觉得还好听，有宣传报道的价值，你们再报道。"

屋子里安静了下来，欢快明朗的旋律响起。此时的崔光华，右手托着下巴，似乎在陶醉，似乎在沉思。

这是女声独唱。刚一结束，崔光华说："还有男女合唱的，你们听一遍。"还是那个动作，还是那副表情，电脑屏幕上，光影在旋转，思绪在飞扬。

采访由此正式开始。

艺术家能唱普通人也能唱

记者：歌曲给人感觉非常欢快，激情饱满，昂扬向上。除了这种精神之外，还有很多可以玩味的地方。歌词中并没有提到安康人民的勤劳善良、艰苦奋斗，但始终能让人感到一种非常积极的情绪。歌词中的赞美汉江、呵护汉江，至少体现了安康人民当前的一种精神状态，怎样做到这一点？

崔光华：这首歌中融入了一些民歌和汉剧的元素，比较欢快、流畅。这并不是一个容易达到的目标。这几年，我把安康作家写的书都看遍了，把关于安康的歌也都体会了，发现很多反映安康的歌曲艺术家能唱，普通人唱不了。我要达到的目标，就是要让艺术家能唱，

美丽的汉水源　秋水

普通人也能唱。这并不是因为我现在的工作和身份，我只是想给安康人带来美感带来快乐。

记者：这首歌创作用了多长时间？

崔光华：从3月下旬到4月上旬，前后半个月的时间拿出来的。当然，半个月是基于这几年对安康山水的认识，对安康人文风情的积淀和领悟。

记者：从2003年8月来安康至今，最宝贵的时光基本上都奉献给了这里。这对你的创作有什么影响和关联吗？

崔光华：到安康这几年，我已经逐步习惯了这里。从个人感情上来讲，我已经和安康的土地、安康的人民融合在了一起。我喜欢有山水的地方，它们能给我带来创作的灵感。每一次到西安，或者是其他很繁华的地方，我都会想：钢筋混凝土跟我有什么关系？创作这首歌，我的确费了不少心思。这是我这些年来在安康的积淀，跟安康的山水和安康的群众的感情积累到一定程度的结果。

记者：这首歌与安康的市情有哪些联系？

崔光华：安康有很多值得宣传的东西。比如生物资源、特产、生态旅游等等。听了《汉江之水美安康》，你能感受到很多具体的意象，一些安康人非常熟悉的物产和景点，而这些物产和景点刚好能衬托出安康和汉江的密切联系。

记者：歌词中"太极城里有凤凰"，是实指吗？

崔光华：有虚拟的成分。旬阳有太极城，但安康汉阴有凤凰山。凤凰是吉祥鸟，这是用一种文学化的语言，表达一种大家都期盼的美好。《汉江之水美安康》是一件艺术作品，虚实结合，给大家造成一种悬念，感觉会更好。

我喜欢实实在在地做点事

记者：要创作出这样的作品，是不是一个很艰难的过程？

崔光华：前几天，我陪一个博士团，他们也问到了这个问题。我说了三点：一是要有基本的音乐常识，会识谱；二是要具备一定对音乐作品听、读的能力。就像陕北民歌一样，一听就知道是那里出来的。"文革"的时候我正好上中学，当时文体活动多，我从拉二胡开始学习识谱，逐渐有了兴趣。三是要有悟性和灵感。很多有名的音乐人都能谈出精辟的理论，但他们写不出作品。瞎子阿炳的《二泉映月》是名曲，但他并不会识谱。我没上过音乐课，没有一个专门的老师辅导过，全是利用业余时间自己钻研，自己领悟。

记者：从开始到最终定稿，中间的经历应该比较多？

崔光华：词作者只要有点文学基础，自己都能写。但音乐是一种特殊的语言，讲究协调，每一个音符怎么组合，需反复斟酌，初稿就修改了七八遍。先写词，再作曲，词也改，曲也改，完全靠自己一个人独立完成。写好之后，拿去征求安康职业技术学院几个老师的意见，他们觉得还不错。

记者：在音乐方面和一些知名人士有过交流和沟通吗？

崔光华：很少。我在宁强当县委书记的时候，和党永庵他们讨论过。当时他们在宁强开过两次笔会，对我的两件作品很看好。有一个记者，非要采访我，他说要让公众知道还有一个写歌词作曲的县委书记，但被我谢绝了。我喜欢实实在在地做点事，我的指导思想不是出名，如果这样，我完全可以找一些知名的词曲家，来给我点评。我始终承认，我只是一个业余的。

记者：《汉江之水美安康》是怎样被确定为今年龙舟节的主创歌的？

崔光华：开始我并没有这个意识。以前曾经有人找过我，拿了歌词让我帮忙谱曲，我试着做，但后来发现根本进行不下去，读者听了不知道安康有啥东西，所以后来我彻底放弃了，决定自己重新写歌词谱曲。好了之后请人听，觉得还有点冲击力。后来有人说马上要办龙舟节了，不妨拿去试一试。我觉得艺术的生命力在群众之中，让大家来检验，何尝不是一件好事。经过后来的一系列运作，才有了现在这个样子。

地域文化要创新才能走出去

记者：听说你去年写过一首关于组工干部的歌，你觉得怎么样？

崔光华：我是看了湖南一个人写的词，觉得不错，自己又改编了一下，谱了曲。让组工干部生活更加丰富多彩，也是我的责任。这首歌组工干部喜欢唱、专家们听了觉得还不错，现在没事了我就打开电脑放这首歌，也是一次陶冶性情的过程。

记者：《汉江之水美安康》融入了民歌和汉剧的元素，那么你对近年来安康各地比如紫阳、平利、旬阳、岚皋在民歌方面做的一些工作，有什么看法？

崔光华：那天有个电台的记者也问我这个问题。安康的文化根底很厚重，但毕竟有很大的地域性。安康要把地域文化推出去，就目前的情况来看，人才奇缺，作品数量也有限。要想走出去，必须对原生态的东西进行改造创新，否则是没有出路的。这种忧患意识时常在我脑海里出现。

近十几年来，有安康人写安康，但少有外地人也来写安康。流行的更少，都是 70 年代的。非常欣慰的是这几年，各县区都非常重视地域文化建设，但最关键的是要抓紧培养人才，有人才才能出作品。

所以，我希望安康地域文化基础更加厚实，创新力度更大一些。能走出秦岭巴山，走向全国，其实这不是不可能的，《茉莉花》也就是一首民歌。

健康的兴趣爱好会使人更充实

记者：我看 2007 年第 1 期《安康文艺》，首篇就是你写的《可悲的升迁之路——兼评〈一路飙升〉中的两个人物》。你对文学好像有很浓厚的兴趣？

崔光华：我评这个小说，是因为这个小说跟组织工作也有关系，我是有感而发。我跟李春平是好朋友，曾经两三次跟他面谈 3 个小时以上。他的作品，从以前的《上海是个滩》《我的多情玩伴》，到后来的《奈何天》《步步高》《一路飙升》，我都很关注。他在《一路飙升》中的一句话"这就好像一袋垃圾，只有提起来，才能扔得出去"，我觉得太深刻了，已经上升到了一定的哲学高度。

记者：一般人对组织部长的印象是不苟言笑，但你在作品中由内而外地抒发自己的感情，你怎么协调这两个方面？

崔光华：这个话题说起来长。我从小作文就好，恢复高考以后，阴差阳错，考到汉中师院化学系，学了 4 年理科。文学方面的东西接触得少了，但我并没有放弃。在汉中的一个区上，我干了 6 年，离家远，相对有点自由空间。在宁强 8 年，我一个人在那里要战胜空虚寂寞，只能白天紧张地工作，晚上来继续这个业余爱好。从写作、校对都是自己一个人完成的，我觉得自己的精神世界一直很充实。

领导干部应该有点健康的爱好，不管是对他施政，还是对个人身心健康，都很有好处。来安康后，工作环境相对较好，我平时就看看书，写写东西。我今年已进入"知天命"之年了，不怨天尤人，平和地充实地过好每一天，是我的生活追求。

人还要有朋友。我做组织工作，但我结识了一帮文学圈子里的朋友。我们有共同的爱好，在一起聚会很轻松。他们又不想升官，巴结我也没有用，但是我们有共同的话题。只有具有了共同的爱好，才能谈在一起、走在一起。健康的爱好对工作也是一种调剂，让工作更富有激情，消除浮躁的状态。我在想，我们安康的干部、公职人员，大家如果都喜欢音乐、文学等，业余时间少玩牌、少喝酒，那么每个人的精神生活都会更充实、社会就会更和谐。

第 四 辑

人在旅途

走马观花他乡行

——西欧散记

有幸跨出国门，寻觅异国的风采。10余天的匆匆之行，走马观花，使我对欧洲这块曾经十分陌生的土地有了了解，有了好感，有了深思。

有益的启示

世界历史波澜壮阔。在近代和现代历史上，欧洲占有重要的地位，欧洲文明有着粗犷而又强悍的生命原型，有延续数千年的历史情节，有一些鲜为人知的秘密角落。从1492年欧洲人哥伦布横渡大西洋、发现新大陆，到1584年葡萄牙人达·伽马抵达印度西海岸，116年以后，麦哲伦穿越大西洋与太平洋，证明地球是圆的。航海探险决定了西班牙、葡萄牙两个小国率先在世界崛起，后来荷兰依靠航海优势，大力发展商贸、金融，使一个一半国土在海平面以下的国家，在17世纪成为世界霸主。近代的英国因为亚当·斯密的"国富论"和瓦特的蒸汽机，率先进入工业革命，成为资本主义萌芽的诞生地、世界现代化的领头羊。法国拿破仑王朝的兴衰，德意志经历的分裂、统一强盛之路，这些都给世界留下非常宝贵的物质财富和精神财富。至目前，欧洲在全球依然是收入较多、比较富庶的地区。近代 500 年来轮流在世界上成为霸主的 9 个国家中，欧洲就占了 7 位。纵观欧洲的历史，我们可以看到，欧洲人在资本的积累过程中，对财富、对商业利润的追求是赤裸裸、无休止的，欧洲的历史就是一部侵略扩张史。当年哥伦布航行毫不隐讳地宣称自己要去遍地黄金、香料的中国和印度。西班牙人坚称自己为猎取食料和黄金而航海。当年称霸世界的荷兰使者到北京，为商业利益，不得不破例向清王朝行跪拜之礼。正是因为这种观念，欧洲的历史血雨腥风。也正是这种骨子里面的扩张野心，使得这些国家的民族得以强盛。

考察欧洲的历史，我们不得不为其灿烂的文化、辈出的文化巨匠而感叹。意大利文艺复兴时期的遗迹、罗浮宫的绘画雕塑，德国、奥地利浓郁的音乐氛围，音乐大师莫扎特、施特劳斯，作家伏尔泰、歌德，雕塑家、建筑大师达·芬奇、米开朗琪罗等，他们的作品几百年来在世界上享有盛誉，今天依然熠熠生辉。一个值得注意的现象是：尽管近代不少欧洲国家也是封建专制，但统治者对艺术家似乎比较庇护，不少艺术家还是政客、当朝统治者的密友，不能不说是一种历史的进步。

以史为鉴、发人深思。中华民族虽有 5000 年的辉煌历史，但也有许多叫人痛心疾首、难以平静的记忆。郑和先于哥伦布 87 年航海，把大明王朝的铁锚抛扎在海洋沿岸的港湾。郑和当年的船队是 200 多艘战船载着 27000 多壮士，而后来哥伦布、麦哲伦的船队只有几条船，最多不过 20 多条船。但欧洲人成功了，我们却落后了。探其原因，正如梁启超先生所言："哥伦布之后，有无量数之哥伦布，达·伽马以后，有无量数之达·伽马。而我则郑和以后，竟无第二之郑和"。郑和的征帆落下，开放的帷幕也蓦然重降。明朝中到鸦片战争的300多年，中华民族闭关锁国、割地赔款、屈膝求和、丧权辱国的酸楚历史，腥风依然，血痕犹然。我们要牢记小平同志的话："不搞改革开放，中国死路一条。"

欧洲众多的文化巨匠和文化遗迹是其宝贵的财富。在旅游产业被众多的经济学家和历史学家、文学家一致看好的时候，它的作用得以充分显现。而我国的旅游景点除了名山大川之外，千篇一律的是庙观、陵墓。缺乏名人，缺乏文化内涵，缺乏艺术品位。台湾作家龙应台女士讲：文化是经济，它的产业折值——媒体、设计、建筑……早就是先进国家的经济项目大宗，文化可以是以柔克刚的军队、温柔渗透的武器，文化更是一个国家的心灵和大脑，它的思想有多么深厚，它的想象力有多么活泼，创意有多么灿烂奔放，它自我挑战、自我超越的企图有多么旺盛，彻底决定一个国家的真实国力和它的未来。十七大报告中讲：推进社会主义文化大发展、大繁荣是明智之举，理应全力抓好。

城市掠影

意大利的罗马具有悠久的历史：文艺复兴时期的斗兽场，展示古罗马皇帝的残暴和古代竞技活动的残酷。圣·彼帝广场的壮阔显示宗教的神圣力量。当年纵横万里的凯撒大帝，不仅英勇善战，还著书立传留下8卷《高卢战记》，其中7卷是他自己写的，成为后来重要的军事教科书。

我们在罗马，目睹的是其建筑的沧桑、恢宏，思索的是曾经的硝烟

2007 年 9 月于罗马

弥漫、不可一世。正如一位名人评论："罗马的伟大，在于每一个朝代都有格局完整的遗留、每一项遗留都有意气昂扬的姿态、每一个设计都构成了前后左右的和谐，每一种和谐都使时间和空间安详对视，每一回对视都让其他城市自愧弗如，知趣避过。"

水城威尼斯凭它有趣的生态景观而引人注目，它身在现代居然没有车马之喧。一切交通只靠船楫和步行。因此，城市经络便是蛛网般的河道和小巷，徜徉于素面朝天的河道小巷，静观两边斑驳陆离的墙壁，细品水城的韵味，真使人耳目一新。

旅行家马可·波罗是威尼斯人，相传他到过中国，曾做过扬州总督。

2007 年 9 月于威尼斯

　　小城佛罗伦萨伟大之处在于它出了诸多世界巨匠。作家但丁，曾被当局数次判处死刑，但矢志不移。创作《大卫》的米开朗琪罗、《最后的晚餐》的作者达·芬奇、发现自由落体运动定律的科学家伽利略，都是这个城市的骄傲。

　　音乐之都维也纳城市的气质在于它新颖别致。虽年代不远但很有个性。100 多年前就有人评价："在维也纳抬头低头都是文化"。在这里我们领略了国家大剧院、金色大厅的宏伟气势、市民良好的音乐素质、街头无处不见的音乐艺人。据中国大使卢永华讲，奥地利几乎每人都会一样乐器，贝多芬在维也纳搬家 80 多次，80 多次都未离开，音乐之城名不虚传。

　　萨尔斯堡，一个古老城堡的成名在于它为全人类贡献了一位伟人。音乐家莫扎特，6 岁开始作曲，36 岁英年早逝，他是天才音乐家，他的作品是音乐界的经典。余秋雨说："只有文化大师的出现，才能够让一座城市快速地从整体上摆脱平庸和无聊。"此话精彩至极。

科隆、法兰克福、慕尼黑都是德国新兴的工业城市，矗立在莱茵河畔的科隆大教堂是这座城市历史的见证。它建于 1248 年，1880 年正式建成，先后建了 600 年。600 多年来，这个哥特式建筑舒展、俏丽，像是拔地而起的冷峰、触天的石林，在夕阳的余晖映衬下，更显其固执和坚毅。

慕尼黑高楼林立，建筑奇特。奥林匹克公园秀丽无比，驰名的宝马总部就设在这里。我们浏览了宝马展览馆、世博会展中心，德国工业高度发达的痕迹随处可见。在法兰克福，我在不起眼的歌德故居门前流连

2007 年 9 月于慕尼黑宝马总部

2007 年 9 月于巴黎

忘返，脚踏在产生这位伟人的土地，口里振振有词的背诵其在《少年维特之烦恼》中的名句，体味文化精英这个舒适的创作环境。

坐落在塞纳河畔的世界大都市巴黎久负盛名，具有象征意义的协和广场、凯旋门，记录着法国民族辉煌的历史，巴黎圣母院的钟声在周末连绵不断，使得这里庄严肃穆。在巴黎市政厅门口，我们见识了欧洲式的上访，听说也是因为拆迁安置问题，但市民们显得平和有序。

罗浮宫是典型的巴洛克式风格的宏伟建筑，这里是法国自文艺复兴时期以来文化的圣殿。从美不胜收的绘画作品里，我们见识到了法国昔日的辉煌，人民生活的充裕和安逸。神秘的雕塑作品胜利女神、维纳斯残缺的躯体向世人展示着这样一个哲理："只有残缺的才是完美的。"

罗浮宫门前由贝聿铭设计的金字塔吸引着众多的游人，但我对此建筑从整体上破坏了卢浮宫的美感到遗憾。

埃菲尔铁塔是巴黎标志性建筑，它是巴黎工业发达的象征，其造型的独特、结构的完整，使人叹为观止。蓬皮杜艺术中心像是一个工厂，它的艺术性体现在哪里，我们未搞懂。

有名人评价巴黎："它高傲，但它宽容，高傲是宽容之本。"我理解这个"本"说的是法国辉煌的历史和灿烂的文化成果。"它悠闲，但它努力，因此悠闲得神采奕奕。"这讲的是巴黎城市建筑的群体和谐、个性鲜明，巴黎人追求浪漫、恬静的生活情调。

荷兰在历史的长河中曾经担当霸主、不可一世。而今因其中立国的政治标记，使其展示出另一幅景象。"北方威尼斯"阿姆斯特丹是极富传奇色彩绚丽的城市。九月，国花郁金香色彩夺目，独具特色的风车村使人领略了靓丽的田园风光。乘船在阿姆斯特丹城中河游览，可以看到十八世纪豪华船上的皇家宫殿和帆船竞赛。在这里古代与现代交融汇合，别有一般景致。

荷兰同样产生了两个文化巨人：画家伦勃朗和凡·高。代表作分别是《夜巡》和《向日葵》。

生活点滴

欧洲人因为率先完成了第一次工业革命，其经济发展速度快，人民生活水平高。据中国驻奥地利大使讲，奥地利人均国民收入已达 4 万欧元，该国国民最低生活保障线为 800 欧元。还有卢森堡、比利时等小国

因其政治中立和金融发达的缘故，国民收入已进入世界前列。

　　欧洲人注重节俭，平时的饭菜都很简单。我们在巴黎铁道医院访问时，带去了汉阴的"炕炕馍"，协会会长即时分给医院的院长、科主任。有一块掉到地上，会长立即捡起来吹了吹，又分给几个同事吃了，这个细节使我们在场的同志深受感动。欧洲人的节约随处可见，公路边的草坪自然形成，很少有长明灯，建筑楼群无空调。

　　欧洲的卫生设施相当方便、适用。宾馆饭店，无论城乡都非常干净。房间虽然不大，但被单洁白，墙壁一尘不染。无蚊蝇，洁具样样俱全，和我国某些地方形成了鲜明对比。在欧洲上厕所非常方便，除饭店、加油站、商店都有厕所外，公路上还有流动厕所，大小车上备有垃圾箱，无随地丢弃物品现象。

欧洲的交通很发达，其运行非常有序。在路上见不到交警，但却很少发生塞车现象。在巴黎因为缺停车场，车都停在街道上，但车与车之间的距离只有 15 厘米，且整齐划一。遇到行人与车抢道时，总是车让人。我们所乘坐的中巴车上安装的导航仪，使车行驶准确无误。在高速公路上行驶时速不超过 100 千米，且每行驶两小时必须休息，从而避免司机疲劳开车，保证行车安全。

我们所到的城乡，社会治安状况很好，建筑楼群民居没有安防护网的。路上见不到警察和戴"红袖章"的。中老年人注重休闲和锻炼。在城乡，到处可见一对老人开着装有自行车的小汽车在公路上行驶。酒店门前，有成群的老人在品酒、闲聊，显得非常轻松和快乐。

欧洲人的服务很周到，不管语言是否相通，不论肤色是否相同，他都会采用一些特殊方式，包括形体语言，表达他的友好之情。虽在异国他乡，却无陌生难受之感。

在欧洲，一个有趣的现象是"华人遍天下"。无论是在繁华的都市，还是在偏僻的乡村，无论是在商店，还是宾馆你都会遇到能听懂汉语的"乡党"。在中国人开的饭店里，你可以见到"生意兴隆通四海，财源茂盛达三江"的对联。在维也纳一个华人饭店，我们还看到了张学良题写的一首诗和十大元帅像。可见中国人在欧洲的影响力之大。他们中间，大部分是浙江人，来自中国商业最发达的地区。

意识问题

走马观花地看欧洲，给人最直观的印象是其建筑。西欧国家的建筑都很古老且很有特色，有许多上千年的建筑物时至今日，仍不过时。罗马的万神殿已有 2000 年的历史，但它仍是最杰出的建筑之一。而我国很少保留古典建筑，究其因，除了在建筑的选材上，有木石之分外，最重要的是文化观念。欧洲人追求宗教意义上的永恒，而我们则追求生生不息、代代更新。娶妻生子、修房造屋几乎成为中国人的行为伦理。

在色彩的选择上，欧洲人追求自然、和谐、中性、收敛，而我们建筑的一大特色就是涂金描红、龙飞凤舞，因而易褪色、衰落，各领风骚二三年。

欧洲人"规则"意识很强，决不变通。比如司机行车两小时必须休息 20 分钟，司机不变通。排队购物参观，没有插队的。标明是残疾人用的卫生间，即使里面没人，正常人也不会闯进。这些生活中常用的行为规则，由于市民的自觉遵守，从而形成了有序和谐的环境，保证了市民享有安定、舒畅的日常生活。

"休假"意识。欧洲人休假意识很强，他们把个体休闲权力看得至高无上。他们认为，平日辛苦工作，大半是为了休假，因为只有在休假中，才能"使杂务中断，使焦灼凝冻，使肤体回归，使亲情重现"。这与我们的休息是为了更好地工作不同，很难说这中间谁对谁错，关键看效率。人应该是生活的主人，而不是工作的奴隶。上升到理性来认识，就是"我们生来就是为了来欣赏和享受各种不同文明的千姿百态的。"

诚信意识。考察西欧诸国的发展，我们不难看出，商人守契约讲信用，是其得以聚集财富，快速发展的秘诀。比利时、卢森堡都是小国，且没有资源优势，但因其诚信度极高的商业金融体系，使得这里几乎成了欧洲的财富中心，欧盟总部就设在比利时的布鲁塞尔。荷兰在历史上最早形成股票、信托、银行等金融机构，并有严格的诚信许诺。就是在其和西班牙、葡萄牙开战的时候，荷兰的银行家依然可以给自己的敌人贷款，这中间除了法律许可外，诚信就显得格外重要。在欧洲购物，很少有假冒伪劣。

民主公平意识。在小国圣马力诺，我觉得特别有意思的是其民主选举办法。全国普选60名议员，不识字的由女学生代为投票。再从60名议员中选出20名最高行政长官的候选人，这20人再投票从中选出6人，最后从民众中选出1个盲童，让他从6人中抽出2人作为最高行政长官，其国际地位相当于总统，只任期半年，不得连任，每月薪金只有5美元。如果被选出的人拒绝上任或半途离任，都要承受巨额罚款。这些奇怪的规定，体现了一种朴素的民主政治理念，至于为什么选用女生和盲童，他们的观点是，越是处理复杂事务，便越是需要动用孩童般的单纯。我相信，在圣马力诺，绝对没有人跑官要官，没有人搞腐败，制度反腐才是治本之策。

境外数日，匆匆忙忙，浮光掠影，很难说取到了"真经"。但西欧国家高度的政治文明、社会文明是不争的事实。当我们还在为古代"四大发明"而飘飘然的时候，人家在探索现代未知；当我们还在孔夫子的书中咬文嚼字时，人家已在海洋和其他星球上进行着新的试验。落后要挨打，我们要有勇气承认落后，不甘落后，通过扎实工作努力追赶。我们要学习借鉴欧洲文明进程中的精粹，为我所用，从我做起。

出访澳大利亚、新西兰日记

2011 年 8 月 30 日

昨日，从西安乘机到广州机场。

今早我们一行 5 人从广州机场乘南航（2301 次）航班 8:50 起飞，晚 6 时（当地时间 8 时）顺利到达悉尼。飞机为波音 777，很宽敞，飞行很平稳。机上乘客未满，我们就有机会睡"卧铺"，空姐服务也很到位，9 个小时很快过去。当晚 9 时到达 INFORMATION 酒店后，首先就是打电话发信息，报平安。接下来洗澡、洗衣服。酒店为四星级，洁具很高档，床铺干净整洁，光洗手池就有 3 个，电视没中文频道，夜晚很寂静。大明买来方便面，价格不菲，一桶相当于人民币 50 元，可见物价不低。

8 月 31 日

上午与宣和市政府举行公务活动。宣和市前市长王国忠（华人）接待我们。王是香港人，移民澳洲 30 余年。汉语讲得很流利，交流的主要内容是政府管理。王谈到，澳大利亚的理念，自由、民主、平等、包容（如支持同性恋）等，市政府由议员（7 人）中产生市长、副市长，市长提名议会任命总经理，总经理提名部门经理。工作人员实行聘任，在体制上不存在州和市之间的隶属关系，联邦州和市分工明确，市政府只管城建，其他的如税收、治安、救济等由州管。议员、市长没有薪酬，兼职，只有少量补贴。当地的社会福利比较好，困难户（低保）每个月政府可发给 3000 澳元补贴，看病基本免费。年轻人消费观前卫，基本是"周光族"，和中国不同的，结婚、请客都很简单，不铺张。

下午游览悉尼港，悉尼虽四面环海，但依然缺水，年降雨量 1100 毫米，因而其市树为桉树，极耐旱。悉尼港海水碧清，帆船、观光艇、军

2011 年 8 月于悉尼港

舰星罗棋布。四周林立的高楼凸显其经济的发达程度之高。悉尼歌剧院是著名的标志性建筑。外形似帆船和贝壳，它是由丹麦人设计（内部由澳洲人设计）的 1959 年建设，1964 年落成。内有十个厅，内部装修古朴，地面为花岗岩碎石（产于中国），墙壁为木质，顶上水泥梁呈自然状，其建筑之奇特，风格之典雅，实属精品。

下午游览海德公园，碧绿的草坪，一望无际，哥特式风格的大殿堂庄重肃穆。悉尼国立大学曾有 8 位诺贝尔奖获得者，特别是医学叫人赞叹。

晚在房间，看到"中文国际"很亲切，手机能收到安康天气预报。

9 月 1 日

早去南山，观热带雨林，乘世界上最陡的缆车（25°），看 150 年前的煤矿，中午在南山旋转厅吃自助餐，饭后我们去参观 1980 年奥运会场馆，场馆面积很大，建筑风格也新颖，但很冷清。

晚饭在中餐馆吃的，龙虾很新鲜，喝了自带的家乡酒，大家很兴奋。晚 6:30，我们去悉尼机场，登机程序很简单，钟导帮我们寄了行李，我们顺利登机，晚 10 时许，飞行 70 余分钟到达墨尔本，住 NOVO-TEL 宾馆。下飞机后我耳朵失聪，半小时后才恢复，宾馆房间不大，但整洁。

9 月 2 日

今日上午在墨尔本（维多利亚州首府）市区游览。参观市政府议会厅，司法部办公楼等标志性建筑。还有皇家植物园、圣伯多禄大教堂、菲瑞兹花园、库克船长故居、联合艺术中心等。导游说，墨尔本市区有

2011 年 9 月于墨尔本

13 个公园。皇家公园、植物园占地 30 公顷。园内古树参天，草坪大片大片的，见到的游人都是带小孩来的，周围运动的人很多，跑步，骑赛车的到处可见，我们还游览了 1976 年墨尔本奥运会足球赛的主场馆。

下午乘车 150 余公里到菲利普岛观看企鹅回家。沿途看到高速公路两边，成片的牧场，成群的牛羊在憩静地吃草，悠然自如。去一农场主家观葡萄园，现榨汁做的葡萄酒，味儿很浓很香。

约晚 6：30 到达菲利普岛。参观的游人很多，小企鹅在夕阳的余晖下，排着整齐的队形摇摇晃晃，从水中到草地，沿路边的小沟返回其窝。小企鹅走走停停，摆头晃脑，挺可爱。

约晚 9 时返回市区，因周末，街上人很多。墨尔本给人的印象是绿地很多，整个城市就是个大花园。人们生活悠闲，上午 9 点上班，下午 3 时就下班了。学生一年放四个假。高速公路上无收费站。路两边的草地自然质朴，沿途的袋鼠、兔子随处可见，人与自然和谐程度很高。导游先生当过兵，在大使馆做过武官，经商十余年，情况很熟，语言风趣，开车也很老练。

9月3日

早 10 时从墨尔本乘机，12 时到达布里斯班。中午在布里斯班的"中国城"吃饭，饭菜还合口，只是数量少。布里斯班是昆士兰州首府，该州 400 万人口，是澳大利亚第二大州。畜牧业占到 57%，旅游业很发达。在市区，我们参观了 1988 年世博会现场及古建筑、故事桥、袋鼠角。这些曾经很有趣的名字给人以惊喜，导游调侃，事过境迁，"现在是袋鼠角里无袋鼠，故事桥上无故事"。

下午到黄金海岸市。该市约 60 万人口，现代化水平比布里斯班高。一条黄金海岸线约 70 公里长。目前，只利用了 43 公里。在黄金海岸逐浪踏沙，观海水潮涨潮落，挺有意思。在黄金海岸游艇俱乐部，看到许多高档游艇。导游说，许多有钱人乘游艇、坐直升机去钓鱼，可玩的项目很多，这实际上是在"烧钱"，叫人不可思议。

夕阳西下时，在出海口我们意外地看见了彩虹，看到无数在礁石上伫立的水鸭子，一幅天人合一的彩绘。

9月4日

昨晚住海洋世界酒店，睡得还好。早上 6 时就醒了，去海边转了一会，听说我的几个同事早 4 点就出来观日出拍照了，真佩服他们的精力。

早饭后来到天庄农场，观赏马术、挤牛奶、煮茶、剪羊毛等传统节目。剪羊毛的确还有点残忍，马术表演挺精彩。和树熊、袋鼠这些憨态可爱的小动物在一起，挺惬意。农场的工作人员很热情，和我们留影。中餐馆在农场附近，这里竟也有中国的服务人员，还备有筷子（澳洲好多餐厅都没有）。

午饭后去电影世界，这是美国华纳公司搞的游艺项目。四维电影很惊险，还有飞车表演，抓匪徒很奇特、很刺激。还有宾尼兔卡通人物花车游行等，叫人耳目一新。一个形似美国名演员梦露的美女站在路边供游人参观合影。

9 月 5 日

今早从奥克兰市出发，前往有公务活动的威多摩市。该市前市长马克·艾蒙热情接待我们。我们交谈的主要内容仍是政府运行机制、社会福利方面。马克先生介绍，市政府的主要职能是兴建道路、水利、排污，还有部分税收（财产税和商业税）。教育上，从小学到高中全免费，由国家负担。卫生上实行免费医疗，65 岁以上老人，每周有 260 新元（相当于人民币 1480 元）补贴。社会高福利化。市政府有总经理、46 个部门经理，40 多名工作人员，总经理可连任。公务人员任用上，凡出现空缺，在网上公布，笔试、面试全部公开。

马克先生对中国的传统文化情有独钟，他说，不希望中国太现代化，古老的东方文化还应保留和发扬。

路途中我们看到的，还是大片的草地，奶牛、羊群比布里斯班明显

增多。

　　午饭后，我们前往新西兰北岛中部的罗托鲁瓦市，参观毛利文化民族村、华卡雷瓦地热保护区、红树森林公园。罗托鲁瓦的市政广场很大气，其建筑也有近百年的历史，红杉树成片成林，很独特。海边的黑天鹅很美丽，不时地出现在我们的视野里，照相机记录了这一刻。毛利人很热情友好，毛利民族是一个快乐、勤劳的民族，有很多照片、木刻、图腾，引人驻足。地热保护区的岩汽爆发场面挺壮观，白色的浓雾间断地喷射，柱状高达 90 米，二氧化硫味很浓。岩汽周围的石头都烫手，是疗养治病的好地方。

　　夜间吃饭时，见到开店的主人也是中国人，店主问我们能不能把自带的酒杯送给他，后来我们连酒瓶也送给他了。饭店挂有灯笼，门口对联为"海内存知己，天涯若比邻"，门口还挂有中新两国国旗，还有中国的红十字结。

9月6日

今日参观新西兰最负盛名的牧场——艾格顿农庄，由旧式拖拉机牵引的游览车带我们游览了这个面积达360英亩的牧场，梅花鹿、鸵鸟、驼羊等动物非常可爱。在我们的身边蹿来蹿去，友好地和游人进行"交流"，特别是驼羊，个头很大，颜色各异，动作也敏捷，特受游人喜爱。

返回途中，大家对当地新颖别致的民居很感兴趣，拍了不少照片。晚上在一家中餐馆吃饭，上的是油泼豆腐、榨菜、炸鸡块等，很合大家口味，当地的猕猴桃味道也很好。此次出行，看到国外的饮食卫生很安全，不管是饭菜，还是水果、饮品都有严格要求，"入口关"很严。

晚上回到奥克兰市。该市规定，房间不许吸烟，可街上抽烟人不少，怪事。

9月7日

今日是我们此行的最后一天，我们参观了伊甸死火山口遗迹。在此俯瞰奥克兰全景、海湾大桥、帆船俱乐部等。奥克兰号称千帆岛国，160万人口有40余万条帆船（平均每3人有1条）。帆船的造型各一。在海边，我意外地遇见一个年长的中国人在此钓鱼，和他攀谈，知他是东北人，已来此地多年，可见当地人生活之轻松自如。

晚餐后，我们从奥克兰搭乘返程飞机返回广州。在飞机上，我把此次出行的情况过电影一样，细细品味了一下。感觉印象最深刻的，一是澳大利亚、新西兰特美的自然环境，蓝天白云下，绿树成荫，牛羊成群，人在城中，城在园中，诗情画意，人间天堂，毫不夸张。二是经济高度发达使得社会福利程度很高，少有所学，病有所医，老有所养，这些我们经常说的"口头禅"在这里早已经成现实了。三是行政管理体制的简单高效。政府工作人员很少，但职责明确，社会中介组织充分发挥了作用，有效地防止了腐败、作风拖拉等，值得学习借鉴。四是地球太大，也太小。我们不远万里，漂洋过海，可到澳大利亚、新西兰，到处都是华人，到处都有中国餐馆，没有语言上的障碍，没有生活上的不适，地球真是"一个村"。

访台日记

2012 年 6 月，我率安康市农业考察团去台湾，考察现代农业发展及旅游业现状。8 天时间，匆匆忙忙，夜间抽空，记下数笔，以此存。

6月9日

昨日下午 6 时，我率安康市农业代表团一行 14 人，从咸阳机场出发，当晚 10 时许到达台北，一切顺利。

今天的主要行程是参观台北故宫博物院、王阳明公园、"台北总统府"等。"台北故宫博物馆"是中国著名的历史与文化艺术博物馆，建筑设计吸收了中国传统的宫殿建筑形式，淡蓝色的琉璃瓦屋顶覆盖着米黄色的墙壁，洁白的白石栏杆环绕在青石基台之上，风格清丽典雅，里面陈列的稀世珍宝和文物不少。王阳明公园占地 10000 多公顷，因历史的原因，蒋介石对王阳明很崇拜，故在此建公园。以"王阳明"而命名。小林官邸曾是蒋、宋去台后休闲居住的主要场所，整洁、简朴，现

2012 年 6 月于台北

在已开放，供游人参观。台北总统府为一巴洛克式的欧式建筑。当年日本占领台湾时所建，现为"总统"办公地，门前很空旷，不见有警察站岗。

我们所住的酒店叫圆山酒店，听说是台湾的"钓鱼台"。酒店正面为传统的中式建筑，红柱青瓦顶，装修得金碧辉煌，远远看去很耀眼。房内干净整洁，卫生洁具齐全，马桶有加温设备。插座有方头、圆头的，很齐备，使人倍感温馨。

今晚台北市农经会理事长刘志旋为我们举行欢迎晚宴，开始前双方相互致辞并互赠礼品。我们带了丝绢画《清明上河图》，对方回赠了台湾的茶叶等。席间别开生面的一个内容是为考察团成员吴大芒祝贺生日，我很惊奇，台湾的服务如此细致。农经会的秘书长陈淑秋女士即兴唱了邓丽君的《你问我爱你有多深》，吴大芒回唱了《绿岛小夜曲》，把气氛推向高潮。

夜间回房后打开电视，中央四台、深圳台、湖南台、凤凰卫视、NHK 等电视台都能收到，一点都不感到陌生。

6月10日

昨晚台北地震，5.8 级，圆山酒店有震感，我却未感觉到，可能睡得迟的原因。

台湾是海洋地区。气候变化多端，早上从台北出发时，还艳阳高照，可往南走不久，就下起了大雨。上午计划是参观南投县现代农业企业，生态休闲农场。可到达现场后，大雨倾盆，公司为我们准备了雨伞、雨衣。农场老总陈振昌亲自为我们做讲解、观看电视片。该集团主要做种苗、花卉，在全台都有影响。

午饭后参观佛教圣地中禅寺，虽大雨，但游人络绎不绝，大部分是大陆去的。后去日月潭，依然大雨，伞都撑不住。常在电视上见的旅游胜地日月潭，因雨雾而黯然失色，大家不免有点失落。

晚住嘉义市耐斯王子大饭店，可能考虑到大雨影响了大家的情绪的原因，晚间的饭菜很足，58 度的高粱酒也喝得尽兴。特别是导游洪志峰细心为大家服务，不停地上菜，还特意为杨军（回族）专做了回民菜。他每天把大家带的辣子酱、榨菜带到餐桌，用后又收拾好，第二天又带来，服务意识很浓，大家挺感动。

台湾规定房间、公共场所不许抽烟，这可使我们几位同事倍感不适。

6月11日　大雨

　　今早由嘉义市往南参观阿里山。阿里山共有18座高山组成，属于玉山山脉的支脉，总面积为1400公顷，群峰环绕，山峦叠翠，原木参天，非常雄伟壮观。相传以前有一位邹族酋长阿巴里只身来此打猎，满载而归。后常常带族人来此，为感念他便以其名为此地命名。因大雨，在阿里山只上到中部就上不去了。在茶园游览，品茶，售茶的阿里山姑娘很漂亮，大家争相去合影。后来还观看了高山族舞蹈，一曲《阿里山的姑娘》吸引大家一起和演员跳起了欢快的集体舞，气氛热烈。茶庄老板郑虞坪出面接待我们，随团的同志在此购茶不少。

　　下午返回到高雄市，参观当年英国租地，游高雄港。高雄市现为民

2012年6月于阿里山

进党管理，市长是陈菊。高雄的街道很整齐，比台北宽敞，以"中华、中山"等中字号命名的街道很多。台湾中山大学也在此。

台湾的交通管理很严。每到一市，游客下车后，司机必须立即把车开走，出发时再呼，否则要抄牌。

导游小洪很热情敬业，沿途不时给大家找雨具，买小吃，活跃气氛。

晚上住高雄运潭国际会馆，环境很好。

值得记忆的是。今日在车上观看了台湾的历史片，对其兴衰、曲折的历史有了进一步的了解，台湾人对蒋经国的执政才干充分认同。

6月12日　大雨

今日依然大雨，从高雄到屏东，参观屏东农业科技园，实际上是个现代中药研发生产基地。热情的工作人员悉心讲解，并使用喷剂让大家现场体验直接效果。不少人买此产品，可见其推销手段之高明。

下午在台湾海峡浮潜，开始我还犹豫，后来果断下水，体验冲浪的刺激，用目镜能窥视到海里的珊瑚。刚开始，我对呼吸要领掌握不好，但总算坚持下来了，有点自豪。

晚住垦丁福华酒店，有花园、游泳池等，很生态。因下海的缘故，大家很兴奋，自带的酒喝了不少。

休息前我仔细察看了酒店的配置，除必备的外，酒店有总经理张积光签名的欢迎信。所备书籍有释澄严的《静思语》、圣严法师的《108自在语》、韩愈的《佛光山灵感录》。提示牌语：响应环保，珍爱地球。人文气息，传统文化味浓。

6月13日

今日上午由屏东北行，到台南参观安平古堡、赤崁楼。安平古堡是1662年郑成功收复台湾时的指挥所，赤崁楼是郑成功和荷兰人签订议和条约、收回主权时的办公地。历史悠久，参观人很多。

今早在屏东电视上看到台湾中视 CTV 报道，全台暴雨，中南部降雨 1132 毫米。"学生停课，国军出动。中南部大雨，嘉义以南防豪雨。""预测迟缓，大雨早来 8 小时，文山地区水灾豪雨倒灌，农损 1.4 亿。市府水利处长下台"。"全台泡水里，5 死 4 失踪、5000人转移，直升机起降"等。和大陆的报道侧重点明显不同。

2012 年 6 月于台南

6月14日　大雨

上午由台东到台北，参观野柳地质公园。这是台北著名的地质公园，经千百万年的侵蚀、风化的交互作用，逐渐形成蕈状石、烛台石、姜石、壶穴、棋盘石、海蚀洞等地质奇观。

因雨太大，不甚尽兴。

中午饭后，拜见台湾国民党中央副主席林丰正。会见时的气氛很好。林谈到近年来台湾和大陆"三通"给台湾人带来了便利，改善关系促进经贸、旅游产业的发展等。林对陕西很熟，曾到过西安、陕北，对安康的情况也有了解，显然提前做了准备。我介绍了安康的市情和资源优势，表达了寻求合作的意愿。邀请对方在合适的时机来安，林愉快地接受了邀请，主动与大家一一合影留念。并赠台湾的画册、御酒等。我回赠了我们带去的丝绢、茶叶。后到国文纪念馆，了解孙中山当年辛亥革命时的情况。

台湾的"101"大楼很有名，曾是世界第二，现是台湾金融中心。楼高509.2米，总楼层地上101层，地下5层，由建筑师李祖原及其团队设计。于1999年动工，2004年12月完工。大楼造型奇特，26层以上，每8层一个台阶，整个外形呈八层塔状。参观者可达89层，有自动讲解设备。在此可观台湾全景。我问了一下当地人，每天在此参观者不下2万人，可见台湾旅游业之发达。

晚住台北花园大酒店。约八时许，我在房间和桃园县私立大华高级中学董事长方海龙夫妇进行了交流会谈。方先生前年在网上看到宁陕办教育的报道后，曾为梅子小学建校捐款10万美元并赠了教学图书设备等。这次又准备再行义举，特叮嘱以梅子小学的名义开一个港元账号，以便寄款。方先生的教学理念先进，我们为之感动。我叮嘱大芒回去后抓紧，保质保量建好梅子小学，不辜负方先生夫妇之重托。

6月15日

今日要返回了，上午大家收拾行李，早饭后赶到桃园机场，导游小刘热情帮大家办理行李打包，退税，登机事务。约中午1时许，台湾中华航空公司602次飞机起飞，下午4时许在咸阳机场降落。我们安全顺利返安。

晚上在家，把这次台湾之行的情况简单梳理了一下。三句话，一是开阔了视野，二是学有所获，三是安全顺利。台湾给我的直观印象是人多、水果多、寺庙多。但在三多背后，可以看到更深层次的东西。台湾依托优势，旅游业做得很规范。首先是

2012年6月于台北

秩序好，虽然游客很多，但很有秩序，导游的服务意识强、敬业精神强。宾馆旅店设施先进、卫生条件好。整个行程 8 天，我们 14 人未有一人因饮食不卫生等生病的。在整个行程中，没有欺诈、强买强卖的，人性化的服务非常到位。二是农业产业高度发达，新鲜水果、时令花卉在宾馆、饭店、高速公路休息场所比比皆是。涉农的基本农场化了，集约程度较高。三是台湾人在弘扬中华传统文化方面，数十年如一日，儒家思想入脑入心。这对维持台湾的政治秩序、丰富文化生活、规范社会公德起了积极作用。台湾人的敬业精神表现在方方面面，不管是导游、司机，还是服务员都把他们的自身工作做得很细致很到位。相互见面，点头鞠躬，很有礼貌。台湾的社会管理很严格，处处体现法制观念、规则意识，这在建设现代文明社会是不可或缺的。我同时感到，通过这么多年的改革开放，台湾人和内地人在意识形态方面的鸿沟似乎正在缩小，民主和谐一家人的气氛越来越浓，这或许正是我们所思所盼的。

新 疆 行

去新疆是多年前就期盼的事。2015 年 10 月的一次机遇，圆了我的梦。如今回忆起来，感叹不已，四个字：不虚此行。

奎 屯

奎屯这个地方我早听说过，只是不知她在何处，奎屯二字有什么来历。

今年的国庆长假还未休完，我就随安康市文化交流志愿者一行 50 余人去新疆奎屯。这是由国家文化部、中央文明办主办，两省区文化厅承办的"春雨工程"的重要内容。是安康、奎屯文化工作者携手共举的一件盛事。出发前，杨海波局长给我报告了此项活动的准备情况，邀请我随队前往，给安康的文化工作者壮行。我愉快地答应，并提前了解了对方的情况，心里多少有了底气。

　　10 月 7 日中午，历经 4 个小时的飞行，我们到达了乌鲁木齐的地窝堡国际机场，接站的奎屯市文广局办公室主任张军很热情。攀谈中了解到他是汉中南郑人，早年随父定居新疆，已是地道的奎屯人了，因而交谈中格外亲切和自如。

　　车行在无边无际的准噶尔盆地南缘平原上，随处可见的是大片大片的牧场，一望无际的棉花在微风中有序地波浪式摆动，红彤彤的辣椒成片地睡在大地上接受日晒脱水，还有在电视上见过的恢宏的风电场，采油井架，这些对我来说都是非常新鲜的。一个朋友听说我来新疆了，发一微信："不到新疆，不知中国之大。"确实如此。

　　奎屯市建于 1975 年，原是新疆建设兵团农七师，是新疆伊犁哈萨克自治州的直属市。它位于天山北麓准噶尔盆地西南，东与塔城，西与乌苏市，南北与克拉玛依市接壤，是中国西北的新型工商业城市，人口15.6万，有汉、哈、维、回、蒙等34个民族。少数民族人口1.04万。奎屯的战略位置也很特殊，第二条欧亚大陆桥在此贯通。也是重要的粮油棉基地。

"奎屯"是蒙语译音，意为"极冷"，始见于《元史》"奎腾"这个地名。据传成吉思汗西征时，军队夜宿于此，正值寒冬，兵士口呼"奎屯"，因此得名。奎屯素有"西部明珠""戈壁明珠"的美称。其丰富的历史文明，积淀出了无穷的文化魅力，剪纸艺术，民间社火，群众喜闻乐见。我们和奎屯文广局的朋友见面的第一天，就领略了哈萨克族青年优美的舞蹈，悦耳的冬不拉弹唱。市文化馆的刘馆长是回族人，他长年致力于当地的摄影艺术研究，我市的摄影专家任黎华对他的作品也连连称赞。

我市带了3个交流项目：一是少儿画展，在此引起轰动；二是任黎华的摄影讲座，引起了当地爱好者的极大兴趣，持续了4个小时，还余兴未尽；三是大型汉调二黄《莲花碑》的演出。奎屯的艺术中心场馆很先进、很现代，但他们一直没有大型演出团队，听说安康的大戏要来演出，都很兴奋。当晚的演出现场，1200人的剧场座无虚席，且中途无人退场，当地的党政领导都来捧场了。改编后的《莲花碑》我也是首次观看，汉剧团的演出人员十分卖力，尤其是女主角陈珊的表演，其唱腔、道白、舞蹈等都十分出彩，演出中台下不时掌声阵阵，演出结束后，好评如潮。我心里念道：汉调二黄走奎屯，成功了。

在活动的间隙，我们去了奎屯的一个景点——奎屯河大峡谷。它位于市西南方向近20公里处。由于天山雪雨及河水年久不息地冲刷，这里形成了长廿公里，宽近一公里，深约 200 米的峡谷。谷壁上的冲沟将谷壁雕琢成石林状，奇特险峻。谷底平展开阔，河滩上砾石遍地，流水时合时聚。谷底东侧的水渠顺谷底延伸，构成一幅美丽画图。任黎华会长在现场不时给大家辅导对此景观的摄影技巧。我试了几张，果然效果特好。

克拉玛依

"当年我赶着马群寻找草地，到这里来驻马我瞭望过你，茫茫的戈壁像无边的火海，……你没有歌声没有鲜花没有人迹，啊，克拉玛依，你这荒凉的土地……"这是吕文科《克拉玛依之歌》中克拉玛依旧貌的描述。今日，当我真正走进克拉玛依时，歌中的旧貌已荡然无存了。

如今，克拉玛依的戈壁滩，已矗立起一座现代化的城市，这里高楼

2015 年 10 月于克拉玛依

林立、道路宽敞、四通八达，草地不见了，马儿也找不到了，取而代之的是鲜红的石油井架和绿红相间的番茄园。克拉玛依，石油城，去年人均 GDP 为 22.3341 万元，成为大陆人均收入最高的城市。克拉玛依，矿产资源丰富，天然沥青，沥青砂 2.5 亿吨。从 1909 年第一口油井开钻，现已成为国内第一个数字化油田。多么辉煌的历史！

克拉玛依不仅石油丰盛，其"世界魔鬼城"更令人叹为观止。那天虽是个晴天，依然风声如吼。我们乘坐景区的观光车，目睹了其奇特的风貌。魔鬼城坐落在克市东北部 100 公里外的地方。景区面积十余平方公里，景区内沟壑纵横，岩层千姿百态，是世界著名的两大雅丹地貌之一。因该地处于风口，四季多风，每当大风刮来，黄沙漫天，故称"风城"。又因大风在群岩间激荡回旋，凄厉呼啸，继而成为奇观美谈，故得名魔鬼城。远眺风城，像戈壁滩上并列的一座座形状各异的巨大石柱，仿佛中世纪欧洲的大城堡。走进魔鬼城，和千奇百态的造型相并存的，还有为数不少的雕塑、战马、战车、沙漠驼队，我理解创意者原想以此人文来点缀一下沙漠的荒凉、空旷。可我现场目睹后却觉得，和庞大的魔鬼城上千个城堡比起来，他们显得是如此之渺小，没有丝毫美感。我在想，去掉这些吧，大自然的鬼斧神工永远比人类的创造更富有美感，从远久走来，又向远久走去。

吐鲁番

"吐鲁番的葡萄熟了，阿娜尔罕的心儿醉了……"当关牧村悠扬的歌声还在我耳边回旋时，同行的一位提醒我，吐鲁番到了。

吐鲁番之行的第一站是火焰山，这是个有着疯狂传奇的地方。在高速公路边一块空旷的地方，矗立着一个擎天大柱，那是孙悟空的金箍棒。面目狰狞的牛魔王，俊美安详的王母娘娘，灵活怪异的孙悟空，3个传奇人物加一个金箍棒演绎着中国老百姓人人皆知、相传久远的灭妖除怪、追求正义的精彩故事。对面山上的石头是红的，脚下的土地是烫的，解说词上说，把鸡蛋放在地上，瞬间可烤熟。我真想试试，可惜没准备，找不到鸡蛋。

　　坎儿井是古代新疆人智慧的集中体现，在缺水的吐鲁番，人们发现了坎儿井这一特殊的灌溉系统，成为与都江堰、京杭大运河并称的中国古代三大水利工程。

　　坎儿井的结构大体是由竖井、地下渠道、地面渠道和"涝坝"四部分组成。吐鲁番西北部多山，春夏时节有大量积雪和雨水流下山谷，潜

2015 年 10 月于吐鲁番

入戈壁滩下，人们利用山的坡度，巧妙地创造了坎儿井，引地下潜流灌溉农田。坎儿井并不因炎热、狂风而使水分大量蒸发，因而流量稳定，保证了自流灌溉。吐鲁番人的聪慧在此充分得以展现。

沿着盘旋的扶梯，我走到了坎儿井的井底，这里凉风飕飕，流水潺潺，我双手捧水品味，甘甜如蜜。可敬的坎儿井。

葡萄沟位于吐鲁番县东北角，是火焰山西侧的一道峡谷。两山夹峙，中间宛如一绿色画廊，长流不息的河水，恰似一道银河奔腾而下，纵贯30余里，浇灌着整个葡萄沟。听朋友讲，葡萄沟又叫布依鲁克，意思是又多又好的葡萄地。这里葡萄品种有百个，无核的、马奶子、比加干、白玫瑰等。我们来的季节晚了，葡萄大部分已摘，葡萄沟的葡萄依稀可见，但葡萄沟的十里长廊，丰富的果品市场，阿凡提庄园依然使我们兴趣盎然。特别是王洛宾纪念馆，使我这个音乐爱好者肃然起敬。

2015年10月于吐鲁番

　　生于 1913 年的王洛宾才华横溢，命运坎坷。他从 1938 年起就常年生活在中国的大西北，创作了上千首脍炙人口的民歌，其中《达阪城的姑娘》《在那遥远的地方》《掀起了你的盖头来》等，至今依然响遍中国。他一生因政治原因曾两次入狱，但这都没有动摇他对音乐的热爱和生活的向往。1981 年平反后，他的歌再次风靡音乐世界。

　　我非常喜欢王洛宾歌曲的优美、旋律的舒展，且极富民族味。有名人评论王洛宾的作品：中国百年音乐的标本，这个标本联系着民间和庙堂，舞台和监狱，草原和京城，苦难和辉煌，耻辱和尊贵，贫寒和富有，爱情的难得，失去与滚烫得让人难以承受的彷徨。这是对王洛宾一生的经典总结，有些沉重。我在王洛宾塑像前久久伫立，仔细拜读了他的《在那遥远的地方》的手稿……

　　吐鲁番的葡萄哈密的瓜，库尔勒的香梨人人夸，叶城的石榴顶呱呱。这是流传新疆的民谣，我想，一个葡萄沟，一个火焰山，再加一个坎儿井就已经把吐鲁番这个地方演绎得美轮美奂了。它以奇特的自然地理物产和丰富的人文传奇故事使人兴奋，入脑入心，叫我怎能不向往？

奇　台

奇台县位于新疆维吾尔自治区东北部，天山北麓、准噶尔盆地东南缘。县城距乌鲁木齐市近 200 公里，是新疆昌吉州的边境界，有对蒙古开放的国家级一类口岸——乌拉斯台口岸，有中国唯一的塔塔尔族乡。为什么要去奇台？这和汉中有关。一是公元前 119 年西汉时的张骞出使西域，各部落国始通于汉；二是我此行的随行者周斌是在此创业成功的汉中人。我到奇台的当晚，周总邀请了县上几大家领导陪我，聊天中他们对我这位乡党高度评价。我在奇台看了他开发的产业，心里无比激动，周斌好样的。

奇台奇在它的地理环境独特，地形地貌复杂多变，自然风貌集沙漠、戈壁、绿洲、山谷、草原、森林和冰雪等自然景观为一体。南部山区崇山峻岭，逶迤连绵，雪峰冰川高耸入云，林海草原苍茫无际，翠谷溪流清幽隽秀。中部平原田野广袤，阡陌纵横，一派北国田园风光。北部沙漠戈壁有完好的海相、陆相动植物化石群。

江布拉克位于奇台县半截沟镇的一个风景区，深深吸引了我。这里一草一木、一山一水都写满了绿色与美丽，充满着神奇的诱惑。

江布拉克是哈萨克语，意为"圣水之源"。车行之处，我被远山近水相映、林海雪峰交融、绿波花海如潮、牛羊相拥成群的美景震撼。在刀挑岭上，在深秋十月，我看到一眼望不到边的山峦上，已收割完的麦

2015 年 10 月于江不拉克

田里依然一片金黄。一村民骑马从我眼前急驰而过，惊得在不远处漫游的羊群骚动。岭的西边是大片的草原，雪山和青松在夕阳下相映成趣，折射出的七彩在我眼前晃动。我老想抓住这晃动的影子，可惜一次次失败。我真想停留在这广袤的草地上，一天，一年，甚至更久远。

奇台县境内有石城子，史称疏勒城。历史上著名的疏勒城保卫战就发生在此城。可惜，时间太紧，未能光顾。

木垒胡杨

木垒哈萨克自治县紧邻奇台，周总告诉我，木垒的鸣沙山、胡杨林一定要看。

鸣沙山位于木垒城东北 130 公里处，起于戈壁砾石地面，沙山高度近百米，长约 1500 米，宽 800 米。鸣沙山的沙鸣是一大特色，只要沙粒顺风大面积滑动，便会发生隆隆的轰鸣声，响度大、传播远、颇具节奏，经久不息。我在现场观看了众多游客，包裹严密，在此滑沙的壮观景象，心里在想，金子般的这座山是怎么在广阔的戈壁滩上形成的，无解。

胡杨长啥样？在我脑子里一直是个悬念。当我走进木垒的胡杨林子里，才明白胡杨"活着一千年不死，死后一千年不倒，倒后一千年不朽"的沙漠英雄树的风姿。

木垒胡杨林面积约 30 平方公里，专家介绍已有 6500 万年的历史。千年漠风雕塑着千枝大树的"艺术"形象，千姿百态。有亭亭玉立、枝叶茂盛的青春少女；有虽然秃顶，但身躯依旧壮实，富有战斗气息的壮士。有弯腰驼背，满脸憔悴，属于"祖爷辈"的老叔，龟裂的树皮记载着悠悠岁月，给它留下风刀霜剑的痕迹。还有更多的像动物化石般的树干，躺着、靠着，如冠如伞，枝叶纠缠。设想当人们在大漠中艰苦跋涉

而出现在前方的大片葱茏的绿林又并非虚幻的时候，那种对"生"的喜悦是多么的珍贵。

我在胡杨林间见到一石，上书曰：不与万物争风流，沙漠深处度春秋，干旱炎热不枯萎，狂风寒流不低头。另一石上有陈维贤诗曰：茫茫戈壁一孤林，风餐露宿超红尘，历书沧桑三千载，一身傲骨大漠魂。两首诗大气磅礴，精炼深邃，胡杨精神浩气长存。

有史记载，胡杨林四周的荒漠中常有黄羊、野兔、狐狸、狼等动物出没。还有一种名叫"大鸨"的鸟貌似家鸡，腿长，稍高，似雁而有斑纹，十分美丽，飞有声，脚无后趾，是国家珍禽。1987年8月，沙特国王曾派人来木垒猎捕大鸨。可惜，我们未见到。

在新疆，我们还去了天山的天池，石河子等地。闻名遐迩的喀纳斯湖，赛里木湖都未去成。虽然略有些遗憾，但我已十分满足了。在返回的途中，我的耳边又响起了李双江气势雄壮的歌声：新疆是个好地方，地肥水美令人神往，沙漠驼铃把欢乐摇晃，哈密瓜甜到咱心坎上，啊……

2015年10月于天山

去 西 藏

公元 2006 年的国庆长假，我去了一趟西藏。对我来说这不仅是一次长途旅游观光，更重要的是实现了一次心灵的净化和感知上的超越。终生难忘。

去拉萨

西藏是个遥远的地方，西藏是个神秘的地方。目睹雪域高原的风姿，了解它的神秘，我下决心了。9 月 29 日我们从西安出发乘飞机去拉萨，当日西安一直在下雨，能见度很差，我们有些担忧。可飞机一升空，所见的却是另一片天地。云层之上，天空晴朗，蓝蓝的天，洁白的云，绿绿的水尽收眼底。由于飞行高度近 2000 米，窗外的一切都显得非常清晰和新鲜。

中午 11 时，飞机在拉萨机场顺利着陆，我市援藏干部郑小东以西

2006 年 10 月于拉萨

藏礼仪，敬献哈达欢迎我们，很使人激动。中午在拉萨迎宾馆休息，小东同志辅导我们吸氧、服药，叮嘱注意事项，以尽快适应高原缺氧。

下午，参观大昭寺，这是供奉松赞干布的第一夫人（尼泊尔公主）的地方。这里有很多讲究，数千年的壁画和奇特的建筑带给人神秘和沧桑。

大昭寺已有 1300 多年的历史，在藏传佛教中拥有至高无上的地位。是西藏现存最辉煌的吐蕃时期的建筑，也是西藏最早的土木结构建筑。环大昭寺外墙一圈称为"八廊"，大昭寺外辐射出的街道称为"八角街"。以大昭寺为中心，将布达拉宫、药王山、小昭寺包括进来的一圈称为"林廊"，这从内到外的 3 个环型，便是藏民们行转经仪式的路线。

寺前终日香火缭绕，信徒们虔诚地叩拜在门前的青石地板上留下了

2006 年 10 月于拉萨

等身长头的深深印痕，万盏酥油灯长明陪伴着朝圣者日复一日，留下了岁月和朝圣者的痕迹。当日下午，我看到成排的藏民整齐划一地跪拜在大厅的青石板上，一次次举起虔诚的双手，又一次次双膝跪下，不断地重复着这一规范的动作。身处其中，拥挤的人流摩肩接踵，却一点也不吵闹，只有低沉的诵经声和五体投地磕头人的拜倒声。也许在他们的心里，幸福感就从脚下油然而生。

晚上在唐布拉宫看文艺演出，藏族人优美的歌声和欢快的舞蹈一下子吸引了我们，突然我听到了主持人喊我的名字，我立即走上舞台和大伙一起手舞足蹈。晚宴间，主人不时敬献哈达，载歌载舞，气氛非常热烈，高原反应因此而冲淡。

林芝路上

第二天,去林芝。林芝古称工布,在拉萨的东南方。林芝被称为西藏的江南,有世界上最深的峡谷——雅鲁藏布江大峡谷。其水利资源丰富,占全藏的70%以上,水电装机容量是三峡大坝的三倍,动物资源(羚羊,鹿)植物资源(虫草、灵芝、雪莲花)非常丰富……在车上,小东滔滔不绝地为大家介绍风情地貌,我们兴致极高。

林芝是西藏风光最好的地方,一点也不假。一路上绿树成荫,拉萨河清澈见底,一个叫巴松措的湖进入了我们的眼帘,留住了我们的脚步。

2006年10月去林芝途中

小东介绍,巴松措又名措高湖,藏语含义为"绿色的水",湖面海拔 3700 多米,湖面面积达 6 千多亩。巴松措有湖心岛、湖中桥,还有历史悠久的庙宇建于唐代的措宗工巴寺。它集雪山、湖泊、森林、瀑布、牧场、文物古迹、名胜古刹为一体,景色殊异,四时不同。

我看到,巴松措完全被茂密的原始森林所包围,是那种淡淡的玉石般没有杂质的绿色。湖水清澈得可以看见水下两三米成群的鱼儿,四周青山如黛,顶峰是终年不化的积雪。湖边的雪山和湖面倒映的雪山彼此纠缠着,连绵不绝,壮美极了。

快到林芝县时,我们看到路边一个牌子——鲁朗林海,这也是一个旅游景点。在这里,我们看到的是一望无际的松林、花海。太阳在云层里不停地穿梭,射出耀眼的光芒。天空时而乌云浪翻,时而晴空万里,叫人捉摸不透。我问了一下当地的同志，知这是从前进出西藏的主要公路，到成都得两天。公路养护得很好，两旁的行道树笔直笔直，显示出顽强不屈的品格。

返回的路上，我们在一个叫柏林王的地方合影，林芝巴宜区巴结乡境内的巨柏自然保护区树木分布集中，生长较好。这棵柏林王胸径有四五米，树高四十多米，树冠投影面积好大好大，很使人振奋。

走进布达拉宫

布达拉宫的雄伟气势在影像上曾多次看到，但当我们真正走进它，撩开它神秘的面纱时，更多的是震撼，发自心灵的震撼。

布达拉宫是当年松赞干布迎娶文成公主时修建的，已有1300多年的历史，西藏千年的政治、经济、文化全在这里得以体现。

布达拉宫是历世达赖喇嘛的冬宫，也是过去西藏地方统治者政教合一的统治中心。从五世达赖喇嘛起，重大的宗教、政治仪式在此举行，同时又是供奉历世达赖喇嘛灵塔的地方。

布达拉宫移山垒砌，群楼重叠，殿宇嵯峨，气势雄伟，坚实敦厚的花岗石墙体，松茸平展的白马草墙领，具有强烈装饰效果的巨大鎏金宝瓶，幢和经幡，红、白、黄3种色彩交相辉映。宫殿的设计，根据高原地区阳光照射的规律，设有四通八达的地道和通风口，各大厅及寝室均有天窗，便于采光，调节空气。宫内的柱梁上有多种雕刻，彩色壁画面积达2500多平方米。题材主要有高原风景、历史传说、佛教故事等。宫内收藏的大量文物珍宝，有各式唐卡近万幅，还有大量的金器、银器、玉石、木雕、泥塑、各类经书、释迦牟尼指骨舍利等稀世珍宝。其中最重要的是安放历世达赖喇嘛遗体的灵塔，其中五世达赖的灵塔高达 14.85 米，据说建造时花费白银 104 万两，黄金 11 万两，可谓价值连城。

布达拉宫的转经筒是成排成排的，宫内的酥油灯是长亮不熄的，所需酥油全都是朝圣的信众带来的，可见宗教力量之神圣和巨大。今天人们眼中的布达拉宫，不论是它石木交错的建筑方式，还是从宫殿本身蕴藏的文化内涵看，都能感受到它的独特性。同时它又是神圣的。在人们心中，这座凝结劳动人民智慧又目睹汉藏文化交流的古建筑群，已经以其辉煌的雄姿和藏传佛教圣地的地位，成为藏民族的象征。

在拉萨北部，我们还参观了一个叫色拉寺的地方，他是藏传佛教格鲁派六大主寺之一。室内保存有上万个金刚佛像。我们去时，色拉寺的僧侣在辩论，我们听不懂，但从他们虔诚的脸上和丰富的肢体语言可以看出，在佛界，那应该是件很有意义的事。

走青藏公路

在西藏的最后一天，我们沿青藏公路车行，去体验建于 1954 年，世界上海拔最高、线路最长的柏油公路。沿途有一望无际的草原和戈壁滩，成群的牦牛在阳光下自由地吃草。在海拔 5300 米的唐古拉山口，一藏民跑来和我合影。天空虽然阳光明媚，可山口的大风吹得人浑身发抖，留下了深刻的印象。

纳木错湖就在青藏公路边，藏语为"天湖"之意，这是青藏高原海

拔最高（4700 米以上），面积最大的湖（2000 平方公里），这是西藏第二大咸水湖。放眼眺望，纳木错无边无际，天水合一，蓝天白云下是洁白的雪山，雪山下是清澈的湖水。憨态可爱的牦牛和游人相伴同乐，一幅精美的山水画卷！我想每个到过这里的人，他整个的灵魂一定会被纯净的湖水所洗涤。纳木错有着独特的蓝色，天蓝蓝，水蓝蓝。在这里，你可以辨识到淡蓝、浅蓝、灰蓝、深蓝以及如墨的蓝黑。这由浅而深的蓝色，蓝得丰润，蓝得迷人，似乎包含了世界上一切的蓝色。

返回的路上参观了羊八井的地热发电。沿途我再次目睹了叩长头跪拜的藏民。我问了一个年轻小伙，知他已出门几十天，再有 5 天，就到大昭寺了。我从他破烂的衣襟和布满老茧的手上看到了他的坚毅，从他

2006 年 10 月于羊八井

黝黑、汗流满面且带笑容的脸上读到了他充满胜利和自豪的佛教世界。我深深地为这种虔诚的态度和坚定的信念而感动和折服。

短短 5 天的西藏之行结束了，在返程的观光列车上，我一边观景，一边思索此行的收获。雪域高原的美是空旷的美，是圣洁的美，是神秘而神奇的美，是既传统又现代之美。这种美有摧枯拉朽之势，有净化整个大千世界，感化芸芸众生之能。小东告诉我，他来西藏三年，收获最大的是学会了快乐，学会了真诚。这对我感触很大，看看沿途络绎不绝前往大昭寺跪拜的藏民，他们不远几百里，吃尽苦头到拉萨，他们所祈求的仅仅只是佛祖保佑平安。他们这种坚定的人生信仰和乐观的生活态度，不正是我们这个社会所缺失的吗？想想自己，来前还在相对优越的环境下时不时的为名所困，为利所惑，陷入矛盾中不能自拔，真是惭愧之至。看看这些佛教徒，我们不应该轻松一些，简单一些，快乐一些吗？

　　那一日，闭目在经殿的香雾中

　　蓦然听见你诵经的真言

　　那一年，磕长头匍匐在山路

　　不为觐见只为贴着你的温暖

　　那一世转山转水转佛塔

　　不为来世只为途中与你相见

降央卓玛浑厚悠扬，回味绵长的歌声让我夜不能寐。

美丽乡村行 (三首)

赞婺源

婺源最美在乡村，

油菜花开遍黄金。

延村牌楼眼前立，

浣妇捶衣在思溪。

粉墙黛瓦建筑群，

2013 年 9 月于婺源

木雕石刻留印记。

文化底蕴太深厚，

千年徽商山崛起。

记乌镇

小桥流水在乌镇，

曲径幽深好风景。

乌篷搭客河中游，

木格窗里见宁静。

鸟语花香扑面来，

沧桑石板诉衷情。

名人名家栖息地，

古宅民居收眼中。

2013 年 10 月于乌镇

自古江南出才子，

天时占尽地亦灵。

观凤凰古城有感

凤凰古城远闻名，

耳目一新似仙境。

白日游客如潮涌，

南华门外苗家情。

时夜沱江遍彩虹，

微风吹来竹笛声。

碧水清澈见倒影，

从文故里人入胜。

（写于 2013 年 10 月）

2013 年 10 月于凤凰古城

镇巴行

金秋十月山涧行，

细雨伴我圆旧梦。

苗寨雄姿山峰起，

泾河两岸垂柳成。

晨现广场太极秀，

夜观霓虹伴歌声。

追今抚昔多感慨，

镇巴美景在心中。

注：癸巳秋，13 年后再看镇巴，面貌大变，感慨万千，夜不能寐，书成此文。

2013 年 11 月于镇巴

"南政"学习有感

　　癸巳夏，有幸去号称"军中北大"的南京政治学院学习 10 日有余。悉听多位国防部门教官指点迷津，结识了很多全国各地的同仁，相互交流，收获颇丰。以下是我的结业发言：

2013 年 5 月于南京政治学院

癸巳丽夏，汇聚金陵。读书听讲，交流互动。多路名家，据典引经，严谨求实，博采专攻。出入队列，"南政"一兵。诸位学员，谨记要领。当今世界，风起云涌。我国周边，很不安宁。习总书记，高屋建瓴。富国强军，中华复兴。党的领导，军中之魂。能打胜仗，优良作风。军民融合，体制创新。举国动员，光荣传统。十日虽短，收获颇丰。重视国防，法律规定。责无旁贷，各级党政。学以致用，不辱使命。

（写于 2013 年 5 月）

附：致学友诗

致李国田

会聚金陵十日短，
富国强军梦要圆。
汉水东流入京津，
桃李园里可耕田。

（李国田，天津宝坻区副书记）

致段伯汉

金陵十日天见面，
"东西"联姻皆有缘。
天下美景数菏泽，
牡丹园里会伯汉。

（段伯汉，山东菏泽市委常委、副市长。"东西"指山东，陕西。菏泽为牡丹之乡，伯汉送我一本《天下牡丹》）

致林向阳

向阳花开在金陵，
朋友相见诉衷情。
顺天顺地皆顺义，
汉水东流到京城。

（林向阳，北京顺义区常委、副区长）

致刘俊

学习国防聚石城，
朝夕相处见尊荣。

漓江汉江皆东流，

俊美珍珠寄深情。

（刘俊，广西防城港市委副书记。学习期间，刘俊赠我广西珍珠。）

致张瑞书

会聚金陵十日短，

富国强军梦要圆。

自古燕赵多豪杰，

书传瑞气报平安。

（张瑞书，河北邯郸市委副书记）

致叶小文

初秋相聚，养怡山庄。

小文局长，精彩演讲。

宗教"三性"，《条例》为纲。

语言幽默，强力磁场。

知识渊博，众人敬仰。

学员来自，陕西安康。

此番进京，不负众望。

学有所获，心情舒畅。

和风西送，终生难忘。

（写于 2009 年 8 月 18 日）

（叶小文为原国家宗教局局长。此文为作者在培训班结业会上的发言。）

人在旅途

　　人生如同旅途，不是缺少美，而是缺少发现美的眼睛。手捧《羁旅随笔》，清新质朴的文字，富有诗意的言语，细腻而广博的情感，无论南国郴州还是陕南安康，在一个湘南汉子的笔下，一山一水都充满了灵性，让人为之动情而深深地眷恋！

　　"秦巴行云""潇湘丝雨""汉江薄雾"三辑，写景、叙事、抒情，寄情于景，情景交融，让人仿佛置身于秦巴汉水之间，踏青汉水之滨，漫步汉阴油菜花海，感受丹青石泉，沐浴白河"三苦精神"，字字句句，情真意切，饱含着他对安康这座城市情同故乡的热爱，读来如品香茗，淡淡清香，沁人心脾，韵味无穷。

　　首先是"秀色可餐"。透过文字，展现在面前的是一幅幅精美别致的秦巴汉水风情画卷，美不胜收。"从桥下穿过，湖面越来越开阔，烟波浩渺的喜河水库与石泉城融在一起，曼妙的古城就仿佛湖面上的一叶轻舟……巍峨的秦岭山脉白雪皑皑，湖岸绿树成荫，水城边的山村炊烟袅袅，村落依山就势，参差散漫，粉白的墙壁，配以或红或黛的坡形屋顶，村落周边的参天大树，翠红纤纤，倒映在这如镜的湖面，如梦如幻，构成了一幅玲珑剔透、靓丽绝伦的水墨丹青图卷"。"丹青石泉梦里老家"，如此美景，不禁陶醉其中，令人神往。

其次是"真情可鉴"。"文章不是无情物"，在曹辉的散文中弥漫着浓郁的亲情、真挚的友情、诗般的爱情、不了的乡情。正如《神灯》："晚上，母亲就点着昏暗的煤油灯，细细清点，把皱的尽力压平，把开裂的纸票粘好，一沓一沓仔细地叠放整齐，用麻绳捆好，第二天父亲再去乡信用社换整钱……红砖瓦房的财务室好像行将倒塌，地上杂草丛生，人又多，挤得父亲透不过气来，好不容易缴了学费，父亲已是气喘吁吁，满头大汗……"简单而质朴的文字，却把亲情写得如此细腻而贴切，如同朱自清的《背影》，让读者看到了"神灯"般父母之爱，那么伟大而无声，神圣而深沉，指引着孩儿在人生的道路上不断前行。

再次是"精神可贵"。读书是学习，摘抄是整理，写作是创造。创造需要不断进取、持之以恒的精神。曹辉是 2008 年我市面向全国选拔招考的领导干部，在平日琐碎的工作之余，坚持学习，笔耕不辍。更可贵的是那种认真做事，用心思考，善于总结的生活态度。《羁旅随笔》首篇《喜爱安康的一百条理由》，只用了短短 4 个月时间，一个外乡人，却总结出了比安康本地人还地道的整整 100 条理由，将安康的乡土风情、民俗文化、社会发展描述得自然而不失唯美，朴实而充满灵秀，不禁让人眼前一亮，拍案叫绝。

安康兼有北国之雄悍，南国之秀美，是一个绿色、生态、宜居小城，是一片充满生机、正在开发的热土，我也深深地爱着她，俨然已成为了一个地道的"安康人"，就像《喜爱安康的一百条理由》所言："安康是我家，儿不嫌母丑，狗不嫌家穷，没有理由不爱她。"有此一条足矣。

是为序。

2013 年 7 月

（本文是作者为曹晖所著散文集《羁旅随笔》所作之序）

附：

和曹晖

行走秦巴五年间，

山水灵气致境宽。

才思涌流见《羁旅》，

真乃立地潇湘汉。

曹晖原诗

五载一瞬如烟云，

秦巴汉水虚度年。

折腰只为五斗米，

愧对苍生更愧天。

——来安 5 周年感怀

（曹晖，湖南临武人，2008 年来安康）

可悲的升迁之路

——兼评《一路飙升》中的两个人物

何建生"走红"的启示

何建生是《一路飙升》中的主角，这个在广电局"不仅仅是不受欢迎，而且是人人讨厌"的人，居然从一个广电局的普通记者官运亨通一路飙升，由团县委副书记——书记——广电局长——副县长，成为一颗年轻的政治明星，耐人寻味。

集中在何建生升迁过程中的林林总总，折射出我们现实官场的痛疾。

何建生德才何在？"无论从能力上、品德上、群众影响上，还是从资历上讲，都是全县各部门领导中最差的一个"。说他品德差是因为他居然在他老婆的裤衩涂上辣椒粉来惩罚老婆，使其在公众场合出丑；居然在女主播回宿舍的路上撒生石灰来捕捉领导脚印。

何建生民意何在？"何建生的群众基础差到透顶了。以至于他从广电局调走时，人们竟像送瘟神一样。"

何建生何以平步青云呢？原广电局局长凡尘是成就何建生的关键人物，这个有极高执政智慧且有良好群众基础的人，实际上也是最讨厌何建生的人，可他却为何建生升官一步步铺平了路子。在他看来，在现实体制下，对于一个自己讨厌的人，能把他撵走的最好办法就是唯心地说假话，让其提升走人。"这就好像一袋垃圾，只有提起来，才能扔出去"。凡尘经典处世办法是："县城就这么大，不便公开说他不好，如果外面单位都知道了他人不好，将来就没谁要他，那他就一辈子烂在广电局了。"为此，他做了一系列有利于何建生"走人"的工作。先是和党组书记一块到组织部门把何吹捧了一番，接着又任命何为电台编辑部副主任，在组织部门对何进行考察时先行一步统一了口径，使其顺利升迁走人。在何建生二度返回广电局当局长时不遗余力地帮其"修桥补路"，以至于政府办公室主任唐春生感叹：何建生真是怪了，讨厌他的人在成全他，不讨厌他的人也在成全他，这种人才是真正有福气的人。

凡尘是个聪明、敬业的领导干部，他在现实中做出的这种选择，不失为一种智慧。但对大局而言是有害的，他对组织部门的推荐是一种本位主义，对群众的暗示是一种误导，如此下去，民心的分崩是显而易见的。当然，我们必须在制度探索上下功夫，改变"管人、管事相脱节，有看法、没办法"的现状，使是非分明起来、正气树起来。

何建生的某些"表演"也为其挣了分，何建生善于作秀拉关系、能屈能伸，且符合某些领导口味。比如，他在当了团委书记时要求团委的女干部穿衣得体的观点就博得县长张家权的好感，"围绕县上的中心工作开展团委的工作"的口头禅使主管领导眉开眼笑，他在看望小学生集体中毒的现场"一人流泪"的场面博得县长的赞扬，他请政府办主任吃了一顿饭就"搞定"其兄弟的工作，后来还使其"转干"了。二度回广电局后，不计前嫌，去请姜萌萌回台播音，把其"奉若神明，捧在掌心"。

广电局职工因为不喜欢何建生才投了他的票，使其顺利升迁走人。这反映出是非观念的错位。多年来，我们在干部任用上，反复强调"群众公认"，其重要标志就是民主推荐票的高低。一个优秀干部，如果得不到单位多数人的公认，票数太少，升迁就无望。何建生却因其讨人嫌而票数大增，顺利过关的事实告诫我们，必须对民主推荐票进行科学分析，防止简单地以票取人。否则，反映出的民意肯定是错位的，是极具讽刺意味的。

还有县长张家权因一两次见面对何建生产生好感，进而在关键时刻为其说话，也是何建生的"福气"。这些年来，很多领导干部把实事求是的干部作风丢了，对部下批评少，表扬多了，溢美之词不绝于耳，其后患无穷啊！

何建生的升迁是选人用人上的重大失误。"选错一个人，打击一大片"。后事不忘前事之师，只有全社会道德的复苏，是非观念的归位，才会使何建生"讨人嫌"成为狗屎，而不是"财富"。

唐春生的蜕变

唐春生也是《一路飙升》的主角。他是大学本科生。在团委书记这个岗位上有声有色地做了 4 年，在县政府办公室主任岗位上也做了 6

年，"把县政府各部门的关系协调得非常好，不能不承认他是个聪明能干、沉着冷静的人，也是一个有着相当执政智慧的人"。唐春生从来不利用职权和工作之便为自己或亲属谋取私利，在各局领导中，唐春生是最有威信、最有影响的人，也是最有竞争力的人。

就是这么一个优秀的青年干部，却因何建生提拔使他对眼前的官场现实有了更深更透的认识，随之而来的便是更多的失落与困惑。

他先是对何建生的提拔发牢骚："不就是个人渣吗，上面是把苍蝇当雄鹰用。"后来又说，可能是政府办的风水不好，这个主任当腻了，当得胡子都分叉了。

发展到后来，唐春生变成了一个郁郁寡欢的人，他在会上都很少说话。当何建生提出把其弟以工转干时，他唯心地同意了，"原则"上一步步地退让。

最为关键的是，当唐春生和何建生进山路遇车祸人命关天时，"唐春生突然伸出手，把我的手机夺去了，说'我给打吧'，他拿着手机侧过身去，宽大的背对着我，按了半天键……把手机拿在手上挥了挥，递给我说'摔坏了嘛，不能打了'。我接过手机一看，机身与机盖已经分离了。我好纳闷'刚才还是好的，怎么就身首分离了?'这个问号的答案是唐春生从容不迫的弄坏了手机，丧失了救人的最佳时机，为后来他的提升留下了位子。唐春生的良心丧失已尽。

唐春生从一个优秀的最有威信、最有影响力的青年干部因为多年"原地不动"而产生困惑，因为何建生这样一个平庸、无能之人的提拔而信念动摇，进而发展到良心缺失，反映出我们处在一个经济多元化、文化多元化的时期，价值观的错位已经到了极端的地步，心浮气躁，私欲膨胀必然会毁灭一个人。

原省委书记李建国曾讲："现在一些领导干部不能正确对待名利地位，名利之心旺盛，把个人的职级待遇看得过重。有的盯着位置干，算着年头干，一看提升无望，就工作消极，分心走神……对这些不良的思想作风，我们必须高度警惕，严肃对待，认真解决。"何建生的任用已是一个大错，对唐春生这样的人物我们还能麻痹吗？

纵观历史，从政升迁风云变幻，"有人碌碌无为却能平步青云，有人才能卓越却终不得志，也有人糊里糊涂得到升迁，你不服也得服。"这是一种无奈，一种现实中存在的无奈，一种发人深思的无奈。何建生的人生是一出悲剧，唐春生的启用也将是个悲剧，避免悲剧的再度发生任重而道远。感谢作者为我们提供了发生在这两个鲜活人物身上的生动故事。

（写于 2006 年）

巴山秋雾　郭军　摄

三十年后来相会

——汉师院化学系七七级毕业 30 年西安聚会散记

7 月 20 日中午，我赴西安，参加久已期盼的毕业 30 周年同学聚会。

大概是在 7 月 3 日，江秀涛同学发来短信：定于 7 月 20 日至 22 日在西安举行汉师院化学系 77 级毕业 30 年同学聚会……共忆当年同窗事，共叙离别相思情，关中同学在西安恭候各位到来……

收到短信，我的心情为之一震。是啊，30 年是多么的漫长而又短暂。同学们的音容笑貌还是那样吗？30 年前的学友神态像过电影一样在我的脑海里回旋……我期待着这一时刻的到来。

在这期间，不时有同学打来电话或发短信，相互联络。江秀涛不时把筹备工作的音讯传来，石正义、张志平把汉中同学的信息传来，张建安发电邮索要从前的照片等。我也做了些准备，完成了二胡音画《汉江之水美安康》的制作，作为向同学们见面时的馈赠礼物。

20 日下午 3 时，我到达西安电专燃管中心。在大楼门前，张志平、张引红等热情地迎接我。随即和先期到达的同学们一一见面握手。目睹

30 年后同学们的风姿：刘学怀一头银发，神采飞扬，酷似中央电视台主持人陈铎；王中锋高大伟岸，言谈举止依然是当年蹦蹦跳跳那个样子；金建中、贾孝端二人虽已头顶发亮，但满脸笑意，憨态可爱。听说罗重文做过大手术，但此次见面，明显看到他气色好了，状态极佳。岁月的沧桑虽在 7 位美女的脸上略有沉积，但她们依然光彩照人，成为吸引大家眼球的风景线。

在下午的座谈会上，江秀涛主持并介绍了筹办情况。张义明介绍了陕理工发展概况。我在会上发表了感言诗。特别是刘学怀为 52 名同学量身定做的 52 首《七绝》，引起了大家的热烈鼓掌，张建安制作的光盘《难忘岁月》把大家带回到二三十年前。我的音乐作品悠然舒缓的节奏使大家领略了安康的风光无限。经典的发言有：王中锋：我想死你们了！周卓民：我现在每天可做 20 个俯卧撑，争取 30 年后再相会。杨金柱："身体第一，健康就是胜利"。张志平："2016 汉中再聚会……"

晚间的酒会掀起了高潮：原团支书江秀涛、党支部委员杨金柱、班委张义明等，不时为大家敬酒，活跃气氛。李春林、贾孝端等平时少语的同学这天也特别兴奋，在酒场上挥洒自如。杨拴鱼主动为大家斟酒添水、服务周到……

晚饭后已近晚 9 点，大家又在房间叙旧谈笑，说不完的知心话，叙不尽的旧情。虽都是儿女情长、油盐酱醋之类的，但这是生活中不可或缺的。在到场的 36 位同学中，已有 3 人退休。全班 52 位同学里，陈为民已逝去，大家不免感到悲伤、惋惜……当晚，是个不眠之夜。

21 日上午，艳阳高照，大家乘旅游大巴到世园会现场游览。在长安塔下留影，和世园会信使拥抱。当年同小组的、同桌的、同宿舍的分门别类、话题多样，在这里重温当年的情缘。虽然当日温度很高，但同学重逢的热情更高，以至于个个泪水交融、汗流浃背……

七八级同学卢总中午宴请大家，同学之情溢于言表。

下午，游览大明宫，大家依然兴致极高，在皇帝的龙床上坐一坐，感觉一下做皇帝的滋味；在大明宫微缩景观前看一看，感悟当年大明宫的恢宏……

游完大明宫，直奔临潼。下一个节目是观《长恨歌》。到达临潼时，天已下起了小雨，在一个农家饭店，张引红安排大家吃临潼小吃，肉夹馍、羊肉泡、饸饹面等，种类繁多，味道极佳……

现代情景剧《长恨歌》，让大家开了眼界，唐明皇和杨贵妃的故事虽人人皆知，但利用现代声光电，天地人相互结合，立体全景的惟妙惟肖的艺术表现形式，真使人饱尝了文化大餐。在雨中观景看戏，更是别有一般景致。赵彦明现场赋诗一首，观《长恨歌》有感：

胡鼓频传帝未知，

华清池畔妃理瓜，

西辛巴蜀马嵬变，

东望长安紫微启。

21日的早上，牛自德同学出现在大家的视野里，又引起了热议。当年的"牛娃"现在已经是石化行业的专家了，为参加聚会，前日从天津出发，清晨4时赶到，大家很感动。当年的牛娃似乎没多变，还是那样的儒雅、沉稳。

　　在曲江遗址公园游览，大家的情绪更高。因为今天已是最后一天，得抓紧时间。在"寒窑"遗址前，话题不少，女同学要学王宝钏，男同学不学薛平贵……党小组的、篮球队的旧话重提、旧情再叙……在曲江池的合影特别好，我仔细观察，每位同学都笑得非常灿烂……

　　告别的午宴在江秀涛的致辞中拉开帷幕，"长安老窑"喻指聚会在长安，友情永不忘。张志平妙语："天下没有不散的筵席，席散情不散，长安不是久留之地，但长安相会之情永留心底。"我不时用照相机记录下这永恒的瞬间……

　　22 日下午，大家陆续离开，西安的同学依依相送。黄宝华、任少华、袁小庆随我返回安康。在两天的旅游中大家谈笑风生、情真意浓……

　　聚会的余温正在发酵……

22 日晚我写诗一首，发给诸同学：

　　　　　　相聚古都长安，
　　　　　　风华英姿重显；
　　　　　　汗洒灞柳世园，
　　　　　　留影大明宫前；
　　　　　　寒窑感慨万千，
　　　　　　曲江池畔畅谈；
　　　　　　只缘光阴似箭，
　　　　　　再聚哪日何年？

刘学怀和诗一首：

　　　　　　相聚二〇一六年，
　　　　　　油菜花中共缠绵。
　　　　　　学究赋诗笑品酒，
　　　　　　老崔放歌欣揉弦。
　　　　　　江畔踩青自忘归，
　　　　　　母校忆旧当流连。
　　　　　　人生际遇百千万，
　　　　　　情深意笃是同年。

石正义回诗一首：

　　　　　　四十学友会西京，

共话昔日点滴情；

微缩读时多段梦，

再现隆环鹊桥景；

三十余载已故去，

秦之内外皆有成；

翘盼诸子齐努力，

别过亥帝会薛君。

张志平诗一首：读学怀《七绝》52首：

学成氢氦锂铍硼，

怀含喜怒哀乐情。

仁心教化黄口辈，

只诚赠诗同窗荣。

真才实学令我羡，

大笔一挥李杜惊。

儒雅秦风天生成，

也说汉韵众英雄！

袁小庆诗：

俏女俊男皆资深，

长安聚首同窗心。

促膝长谈怨时短，

结伴出游追青春。

华发难掩书生气，

皱面犹透智女精。

笑貌依稀现当年，

音容虽改仍勾心。

常恨当年太青涩，

更悔未敢吐心声。

唏嘘学子情未了，

挥手辞别泪沾巾。

　　此次聚会，我感到一是组织比较周密，活动安排紧凑。二是同学及家人到场多，始料不及。三是真情表露、气氛热烈。一个共同的心愿是，聚会要坚持下去，同学之情永远。2016年，汉中再相见！

（写于 2012 年 7 月）

毕业三十年西安相聚感言

三十四年前，我们在汉中相遇

进大学的喜悦时常挂在眉头

人生命运的改变

全赖于恢复高考制度

四年寒窗苦读书

哪管清贫与寂寞

尔后，我们毕业了

告别时大家泪串着泪，手拉着手

怀揣绿色的学位证和七彩的梦

向四面八方，天南海北奔赴

而这一别，竟是整整三十个春秋

2012 年 7 月于大明宫

三十年的历程，是那样漫长而短暂

我们，曾经为爱情而陶醉

也曾经为子女的成长焦愁

曾经为自己的进步而欣慰

也曾经为国为民分忧

我们在艰难而充实地走自己的路

奋斗不息，日渐成熟

而今，我们在古城西安相聚

感慨万千，思潮起伏

从前光鲜的脸庞不再依旧

白发也已悄然上了头

知天命之年的人啊

深感人生的短促

我们肩上的担子还重

养老抚幼，油盐酱醋

一点都不能少啊

一刻也不能停步

我们不怨天尤人

我们知荣辱，重操守

珍重生命的宝贵，苍天在保佑

他日来年，我们再相聚

众里寻他千百度

蓦然回首，他在灯火阑珊处

（写于 2012 年 7 月）

致杨吉荣先生

癸巳重阳节

岁岁重阳金菊香，

今又重阳天晴朗。

高歌一曲夕阳红，

不似春光胜春光。

附：

杨吉荣回短信

老乡啊好老乡，

总有新词闪灵光。

巴山秦岭一江水，

碧波卷绿浪。

节日短，时空长，

友情永比人情长。

祝宦海泛舟摇橹忙，

忙得心舒畅。

（注：杨吉荣，汉中人，曾任安康行署专员。）

2011年杨吉荣考察安康老干部活动中心

和张雁毅 (两首)

2011 年 7 月 13 日，我离开宁强县整 8 年，当夜，和雁毅互发短信，深情叙旧。

张雁毅诗：

> 兄离汉源整八载，
> 奠牢根基弟跟来。
> 如今均已别羌州，
> 兄弟情谊难忘怀。

回雁毅：

> 羌州一别八年整，
> 梦回常思兄弟情。
> 他乡为仕实不易，
> 遥祝亲友更安宁。

2007 年 6 月和张雁毅于西安

张雁毅诗：

> 兄弟惜别整八年，
> 一城无首举县难。
> 百载不遇洪涝灾，
> 练就弟身力与胆。

回雁毅：

> 练就吾弟力与胆，
> 历经艰辛苦变甜。
> 今日天高任鸟飞，
> 再创伟业勇向前。

（张雁毅，现为中共汉中市委常委、市政法委书记，曾和笔者共事多年。）

安康八年抒怀

2011 年 7 月 17 日，我来安康整 8 年，时夜不眠，叙诗一首，并求诸友指点。

离汉来安八年整，

追今抚昔思泉涌。

风口浪尖经考验，

刚直不阿为百姓。

抗洪抢险总在前，

扶贫帮困动真情。

随遇而安平常心，

自信天地有公正。

江秀涛：

看光华信息有感

昔日同窗有四载，
兄弟情谊入脑海。
弹指已过三十年，
时常想起总感慨。
好在有心能相聚，
你来我往也释怀。
今日人生过大半，
康健身正好未来。

张志平：

光华安康八年

光阴如梭八年整，
华夏金州写春秋。
安得汉江羌为源，
康健身体待君还。
为有英雄多壮志，
民众口碑日月天。
难报父老养育恩，
务必兄弟再向前。

刘学怀：

七律和光华友

八年远汉羁山城，

五秋辙生少小雄。

抢险岚河流悯泪，

抗洪平利露慈声。

踏破山涧留痕迹，

帮扶乡村划策成。

半年蓝台轻势利，

迎来陌巷久褒评。

石正义：

也和光华7·17赴安康上任有感之有感

光阴荏苒八岁重，

华阳丹心照征程。

学识肝胆双辅佑，

友情黎民见真情。

心寻汉源展新姿，

想在金州安澜平；

事皆为仕苦中乐，

成则大家汉中行。

任少华：

和诗一首

古往今来，功名显赫者有，家财万贯者众，唯君身正官清。兼济天下之达者鲜。遂和诗一首，以彰心境：

今生识君只为缘，

吾辈同窗独占先。

武侯宏愿虽未尽，

金州大地有新篇。

遥忆当年农家院，

风吹水烫出英贤。

自强不息功名就，

光华普照众心间。

赵彦明：

和崔光华

白驹过隙顷刻间，

皓首已近甲子年。

风雨几度欲折枝，

岸然不动仍难撼。

自任半生任评说，

他人惶恐吾自酣。

激流王柳望东篱，

清茶一杯话巴山。

和王彪

王彪同志赴西藏阿里上任，无以相送，唯有四首诗文，略表寸心。

一

天高云淡碧水蓝，
洗净铅华心境宽。
隔山隔水不隔音，
安康阿里一线牵。

（写于 2012 年 10 月）

附：王彪原诗

地苍云浓天净蓝，
西域风动山水塞。
梦回乡音两三事，
晨起泪悬挂腮边。

二

雪域高原满目新，
登山眺望皆揽尽。
《珠穆朗玛》歌一曲，
心旷神怡天籁音。

（写 2013 年 8 月）

附：王彪原诗

高天厚云传音讯，
西域苍山满目春。
阑夜思乡清风来，
万水千山总是情。

三

又到丹桂飘香时，
中秋佳节倍思亲。

喜马拉雅升明月，

嫦娥下凡到阿里。

（写于 2013 年中秋前夜）

附：王彪原诗

八月生白露，

旦夕秋水凉。

月圆送音讯，

故人皆安详。

四

雪域高原有卓玛，

珠穆朗玛一朵花。

它日南岛会娜鲁，

山水相依成大家。

（写于 2012 年 9 月）

和俊杰同志"七律"有感

艰苦奋斗数十年，
励精图治喜讯传。
全民齐力求发展，
工业强县好梦圆。
城市环境大改观，
乡村旧貌换新颜。
太极文化促和谐，
宏图大业有续篇。

（写于 2013 年 1 月 10 日）

附：邹俊杰七律

元旦感言

克艰奋进又一年，
连创佳绩志更坚。
财政新超十五亿，
农民收入六千元。
城乡巨变可圈点，
末日谣言成笑谈。
全面小康是众望，
定当快马再加鞭。

（邹俊杰时任旬阳县委书记）

和袁小庆 (两首)

一

国庆聚会皆欢喜，

秋风送爽总相宜。

岁月无奈人沧桑，

心境开阔重情意。

酸甜苦辣虽有别，

健康和谐是主题。

今日共饮同窗酒，

君子之交常联系。

（2013 年 10 月 6 日于汉中）

二

初七学友聚西风，

同喜同乐缘小庆。

耳顺年近思孙切，

雪花飘洒人间情。

（甲午正月初七，小庆同学请汉中诸友在西风酒店喝其孙满月酒，当日大雪纷飞，酒性甚浓。草拟几句，助兴而已。）

附：袁小庆诗

国庆汉中同学小聚有感

一

更衣抿发扮精神，

描眉施粉掩皱纹。

原来叟妪欲赴会，

同窗小聚喜盈盈。

老友相见免寒暄，

不谈自己谈子孙。

崔周嫡孙将面世，

张任儿郎欲完婚。

高调低调皆喜调，

笑声欢声真开心。

举杯共祝体健康，

各自忘好难念经。

二

癸巳初冬得孙女有感

金蛇曳尾送喜音，

蓉城讯报诞女孙。

翘首西眺阻群山，

耳际犹闻婴啼声。

升级晋辈殊惬意，

怀揽嫡囡待开心。

耆年欣享天伦乐，

朽木枝头又生春。

2012 年与袁小庆在安康

四君安康行

　　2012年7月24日，黄宝华、任少华、袁小庆三位同学在参加汉师院化学系七七级毕业30周年同学聚会后，相约随我来安康游览。两天间游瀛湖、观石泉燕翔洞、品安康农家乐、叙学友旧情，感慨不已，互留下若干小诗，以示纪念。

四君安康行

崔光华：

和黄宝华安康行有感

竹林四君安康行，

山水相伴情意浓。

中坝峡谷有奇险，

别开生面燕翔洞。

金螺岛上传佳话，

放歌一曲"梦驼铃"。

开怀豪饮重逢酒，

汉水东流到金陵。

黄宝华原诗：

安康行感

安宁康泰名知晓，

山水相依城美貌。

小庆少华相伴行，

光华款待兴致高。

欢歌畅饮话情意，

宝华心情甚是好。

他日金陵来相聚，

一醉方休自英豪。

袁小庆诗：

安康行

四君重逢在安康，
长安聚会续节章。
古城颜改姿更艳，
天成美景世无双。
朝见大桥披彩霞，
暮眺宝塔缀斜阳。
夜赏江景人惊叹，
满目流彩又溢光。
中坝幽谷觅仙踪，
燕翔奇洞费思量。
瀛湖浩荡故事多，
轻舟飞渡勾遐想。
农家佳肴垂客涎，
酒逢知己皆好爽。
江畔放歌忆华年，
昔日同桌在何方？
金州虽好难久留，
依依惜别黯神伤。
汉江水流万里远，
难比同窗情谊长。

任少华诗：

游瀛湖

瀛湖美，山如黛，水似墨。

织女登崖望，不见牛郎归。

瀛湖美，清波扬，彩云随。

山林今何在？四君笑音飞。

（黄宝华、任少华、袁小庆均为我大学同学，其中黄宝华供职南京，另二人供职汉中。）

致赵彦明：重逢有感

汉中一别三十年，

今日重逢汉江边。

天各一方难相见，

唯有电讯鸿雁传。

人过半百常忆旧，

相识相知都是缘。

但愿诸君多保重，

挚友之情胜当年。

（写于 2011 年 6 月 28 日）

2011 年 6 月和赵彦明于安康

和志平"安康行"

十天高速路，

蜿蜒向东方，

蓝天白云下，

两边绿海映。

偶见农家院，

整洁又明亮。

城乡成一体，

殷实又安康。

（写于 2011 年 8 月 14 日）

附：张志平诗

安康行

登上安凯去安康，

眨眼之间到东乡。

人虽有恙不精神，

青山绿水好欢畅。

松涛阵阵入眼帘，

稻田芙蓉花飘香。

农家小楼似别墅，

汉水美景全神往。

（写于 2011 年 8 月 14 日）

2012 年 7 月和张志平于西安

致学友

三十年风风雨雨弹指瞬间，

三十年成家立业苦乐甘甜；

三十年人间万象时有感叹，

三十年聚少离多真情永远。

（写于 2012 年 1 月 23 日）

江秀涛回信：

同窗缘时时在心，

兄弟情日日俱增。

知天命无须在意得失，

近甲子更要身体第一。

光华，昨晚我梦见你了，感觉很好。祝你健康快乐。

（写于 2012 年 1 月 24 日）

2012 年与江秀涛在西安

和刘学怀 "七律·恭贺乙未新喜"

辞旧迎新又一春，

寒去阳开暖吾身。

骏马奔驰犹未尽，

山羊抵角自发奋。

岁月无情东逝水，

洗净铅华显真尊。

人间沧桑皆浮云，

满目青山夕照明。

2012 年与刘学怀在西安

附：刘学怀七律

恭贺乙未新喜

新桃旧符又一春，

月转阳移信志身。

马岁绝非乌首寡，

羊年信是鹤发人。

羞花闭月无开眼，

落马登龙未挂心。

紫气东来添金寿，

眸空万物健精神。

辞马拥羊福寿康宁，刘学怀给你拜年。

重 逢（两首）

2014年5月10日，久久盼望的老班长张承华率众同学来安康看望老同学，激动之情，溢于言表，写就两首小诗，以表衷情。

老班长安康行

十天高速雨蒙蒙，
班长率队安康行。
安澜楼前观江水，
高新公园争留影。
龙头村里品香茗，
坝河驻足见五峰。
举杯重叙寒窗事，
沧桑岁月有真情。

老班长回汉中

回首三十二年整，
甲午初夏终圆梦。
风采不减当年勇，
谈笑风生诉衷情。
看望诸友尊前辈，
关怀备至似长兄。
光阴如梭瞬间逝，
班长常在吾心中。

2014年与老班长张承华于安康

附：诸同学诗

和光华《老班长安康行》

袁小庆

风雨无阻驰安康，

只缘挚友心中装。

汉江奔腾报信急，

安澜迎客臂高扬。

阔别重逢语却咽，

心曲万谛叹沧桑。

山乡品茗新耳目，

轻歌最显情谊长。

2014年老班长安康行

老班长回汉中

袁小庆

三十二载太漫长，
天各一方讯渺茫。
笑貌常在梦乡见，
无缘对面话衷肠。
千呼万唤始还来，
重逢汉水茶未凉。
动地感天同窗情，
兄长风范吾当仿。

和光华《重逢》

张志平

岁月无情人有义，
友谊不老夕似今。
汉水清清茶犹热，
大庆悠悠酒尚温。

诗 四 首

甲午元宵有感

情人节里品元宵，
月亮虽圆情未了。
老夫哪管东与西，
折枝玫瑰自逍遥。

（甲午年元宵节与西方情人节重合。）

生日有感

腊月廿四是生辰，
时值五八近耳顺。

岁月沧桑多漂泊，

一生忧国亦忧民。

心气平和淡名利，

步履坚实迎难进。

时光如梭瞬间逝，

老骥伏枥童心存。

七律六十抒怀

乙未冬晴万象新，

岁月沧桑至耳顺。

共青事业燃激情，

汉江源头留石印。

辗转安康十余载，

踏遍山水万顷林。

勤奋敬业存本色，

无怨无悔寸草心。

丙申抒怀

丙申新春阳光照，

微信送福图文茂。

追今抚昔入花甲，

岁月沧桑催人老。

心存感恩世间情，

尚有余力尽忠孝。

网闻诸友雅趣事，

闲庭信步乐逍遥。

后　记

农历乙未年腊月廿四，儿子特意为我举办了一个简朴而庄重的生日聚会，他精心准备了一段演讲词，记叙了我的工作生涯和父子间的情感往事。我在感动的同时，忽然间又生出一种悲悯和感慨。我已进入花甲之年，该由社会回归家庭了，人生的坐标面临又一次重大的修改了。

60年，弹指一挥间，过去的一切时常浮现在眼前。我这多半生的经历可以套用一句老话：道路是曲折的，前途是光明的。我和20世纪50年代出生的同龄人一样，都曾饱受困难时期饥饿的煎熬。"文革"中极左思潮的冲击，恢复高考后带来的命运转折，从教从政，务实苦干，赢得民心的喜悦。曾有人评价50后，说他们是现阶段中国历史上最能吃苦，最富有创业精神的一代。我为此感到欣慰和自豪。

《夜读汉江》堆积起来的文字约20万左右。时间跨度20年有余。基本记叙了我童年的辛酸苦乐，青年的勤奋耕耘和壮年的成熟与平和，表述最多的是我对山水的眷恋，对火热生活的感悟和对亲友的挚爱。那挥之不去的乡愁和激情燃烧的岁月将永远定格在我的记忆中。之所以起名为《夜读汉江》是因为我在襄河（汉江第一大支流）畔长大，工作在汉水间往返，和汉江有着深深的情缘。同时，由于我对文学的酷爱和文字的钟情，在孤灯做伴的夜晚不时地"仰望星空"，迸发出写作的冲动。

《夜读汉江》分为四辑。第一辑"大场忆旧"主要记叙童年、少年生活中一些铭刻心底的印记，内中有趣事、趣闻，有对自然景物、劳动场面、炽热亲情的怀念和感叹，是永远的乡愁。第二辑"激情岁月"记叙了我大学毕业真正走向社会，在人生的黄金时代，在不同的岗位上发光发热的片段。这中间，我从教师岗位做起，后改行从事青年工作，尔后又在区、县重要岗位上干事创业。其中，宁强八年是我从政生涯中自感最实、最累、最富有成就感的 8 年。文中之所以多次提及宁强，是因为我对这块土地有太深的感情。转战安康的 10 余年间的情况基本未叙，只是有些诗文、评论，间接地表述自己进入知天命的情怀。第三辑"夜读汉江"基本都是散文，那是我在孤灯做伴的夜里，挑战自我，提升境界的收获。对山水的挚爱不仅填补了我不时冷清、寂寞的心灵，也极大地鼓舞了我热爱生活，踏实做人做事的勇气和信心。第四辑"人在旅途"则主要记叙了近年间，出境出国出行的一些场景和感悟，以及和同学、同事间的情感交流，淡泊名利、以文会友，也算是一种雅趣吧。

之所以汇集这些文字，是因为字里行间的描写都是我亲力亲为的，有些似平淡如水，但也有惊心动魄。它是真实的，朴素的，是用心血和汗水完成的。想起几十年的风风雨雨，铭记走过的山山水水，终于可以说，无怨无悔了。

从文体上讲，《夜读汉江》大部分为散文，亦有纪实文学、通讯、诗词等，很不成体统，因为我在写作上较为随性，不求文体规范，只求真情表达，文字上尽量大白话，通俗简练，难免有不尽人意之处，还望各位文友，有兴趣的读者批评指正。

成书过程艰辛漫长，感谢省作协副主席、市作协主席张虹女士倾情作序，感谢杨海波局长、周墙馆长的大力支持，感谢王金泉先生提供的部分照片，感谢周群女士和唐友彬先生的辛勤编校。还有为此书默默奉献的诸位亲友，在此一并谢过。

崔光华

2016 年 10 月于安康